主編：陳大為、鍾怡雯

華文散文百年選

中國大陸卷

壹

編輯體例

一、時間距度：以一九一八年為起點，到二〇一七年結束。

二、地理範圍：以臺灣、香港、馬華、中國大陸等四個創作質量較理想，而且學術研究成果已具規模的華文文學區域為編選範圍。歐美、新加坡等東南亞九國的華文文學，不在選文範圍內。

三、選文類別：以新詩、散文、短篇小說為主，在特殊情況下，節錄長篇小說當中足以反映全書敘事風格，而且情節相對獨立的章節。

四、編選形式：以單篇作品為單位，透過編年史的方式，讓不同時代作品依序登場，藉此建構一地文壇的百年文學發展脈絡。百年當中，總會有幾個時期的整體創作質量，或直接受到政治局勢左右，或受二戰的戰火波及，而導致嚴重的崩壞；但也總會有那麼幾個時代人才輩出，而且出版業興盛，每個「十年」（decade）的選文結果因此不盡相同，不過至少會有一兩篇重要的作品負責呈現那個「十年」的文學風貌，或文學浪潮。在此一理念下建構起來的百年文學地景，應該是相對完善的。

五、選稿門檻：所有入選作家必須正式出版過至少一部個人作品集，唯有發表於一九五〇年以前的部分單篇作品得以破例。

六、選稿基礎：主要選文來源，包括文學大系、年度選集、世代精選、個人文集、個人精選、期刊雜誌、文學副刊、數位文學平臺。至於作家及作品的得獎紀錄、譯本數量、銷售情況、點閱與按讚次數，皆不在評估之例。

七、作家國籍：華人作家在過去百年因國家形勢或個人因素，常有南遊北返，或遷徙他鄉的行述，部分作家甚至產生國籍上的變化。在分卷上，本書同時考慮「原國籍」、「新國籍」、「異地定居」、「長期旅居」等因素（不含異地出版），彈性處理，故某些作家的作品會分別出現在兩個地區的卷次。

目次

總序

華文文學・百年・選

《華文文學百年選》是一套回顧華文文學百年發展的大書，書名由三個關鍵詞組成，涵蓋了全書的編選理念。

先說華文文學。在中港臺三地以外的華人社會，華文是一顆文化的種籽，從華文小學到華文中學，從華語到華文課本，「華」字的存在跟空氣一樣自然，一般百姓不會特別去思量它的命名有何不妥。華語文不但區隔了在地的異族語文，其實也區隔了文化中國這個母體，它暗示了一種「海外」獨有的、在地化的「非純正中文」或「非純正漢語」，日子久了，發酵成像土特產一樣的腔調。

在一九八〇年代進入中國學術視域的「華文文學研究」，不包括中國大陸的境內文學，因為那是「中國文學研究」，臺港澳文學後來跟海外華文文學融為一體，統稱為華文文學。當時臺灣學界不重視這個領域，命名權自然被中國學界整碗端去，先後成立了研究中心、超大型國際會議、專業學術期刊，甚至主動撰寫各國文學史，由此架設起一個龐大的研究平臺，「世界華文文學」遂成囊中之物。華文文學自此獲得更多的交流與關注，學科視野變得更為開闊，我們對東南亞華文文學的研究，確實獲利於此平臺，中國學界的貢獻不容抹煞。不過，「海外」華文文學詮釋權旁落的問題十分嚴重，除了馬華文學有能力在一九九〇年代奪回詮釋權，其他地區至今都沒有足夠強大的本土研究團隊跟中國學界抗衡，發不出自己的聲音。世界華文文學研究平臺，是跨國的學術論壇，也是話語權的戰場。

近十餘年來，有些學者覺得華文文學是中共中心論的政治符號，必須另起爐灶，重新界定了「華語語系文學」，它的命名過程很粗糙且漏洞百出，卻成為當前最流行的學術名詞。它建基於學理和心理上的「雙重反共」，在本質上並沒有改變任何東西，沒有哪個國家或地區的華文文學創作和研究從此改頭換面。

再度把鏡頭轉向廿一世紀的中國大陸，情況又不同了。原本屬於海外華人專利的「華語」，被中國民間商業團體改了體質，撐大了容量，成了現代漢語全球化的通行證，華語吞噬了漢語的概念版圖，一個懷抱天下的「華語世界」在中國傳媒界裡誕生。其中最好的例子是「華語電影傳媒大獎」（十七屆）、「華語音樂傳媒大獎」（十七屆），和「華語文學傳媒大獎」（十五屆），全都是包含中國在內的影音文學大獎；如果再算上那些五花八門的全球華語詩歌大獎，即可發現華語在非官方的日常使用領域中，正逐步取代漢語或普通話，尤其在能見度較高的國際性藝文舞臺。

我們以華文文學作為書名，兼取上述華文和華語的慣用意涵，把中國大陸涵蓋在內（一如我們主辦的「亞太華文文學國際學術研討會」），強調它的全球化視野。這種視野同樣體現在馬來西亞「花踪世界華文文學獎」（九屆），卻在臺灣逐步消失。鎖國多年的結果，曾為全球華文文學中心的臺灣離世界越來越遠。

這套書的最大編選目的，不是形塑經典，而是把濃縮淬取後的華文文學世界，以編年史的形式帶進臺灣書市，學生和大眾讀者可以用最小的篇幅去了解華文文學的百年地景——展讀中國小說家如何歷經五四運動、京海之爭、十年文革、文化尋根，和原鄉寫作浪潮的衝擊，如何在新世紀開創武俠、科幻、玄幻小說的大局；或者細讀香港文人從殖民到後殖民，從人文地誌到本土意識的敘述；以及歷代馬華作家筆下的南洋移民、娘惹文化、國族政治、雨林傳奇。當然還有自己的百年臺灣文學脈動。

現代百年，真的是很長的時間。

這百年的起點，有幾種說法。在我們的認知裡，現代白話文的源頭來自白話漢譯《聖經》及晚清傳教士的衍生寫作，當時有些讚美詩的中文／中譯，已經是相當成熟的「歐化白話」，胡適不過借用現成的歐化白話來進行新詩習作，從這角度來看，《嘗試集》比較像是一筆重要的文學史料或遺產。真正對中國現代文學寫作具有影響力並產生經典意義的，是一九一八年魯迅發表的〈狂人日記〉，此文正式揭開中國現代文學乃至全球現代漢語寫作的序幕，是歷久不衰的真經典。故本書以一九一八年為起點，止於二〇一七年終，整整一百年。

百年文學，分量遠比想像中的大。

我們在過去二十年的個人研究生涯中，花了一半的心力研究中國當代小說、散文和詩歌，另一半心力則投入臺灣、香港、馬華新詩及散文，有關新加坡、泰國、越南、菲律賓的研究成果不及一成，北美和歐洲則止於閱讀。上述研究成果，以及我們過去編選的二十幾冊新詩、散文、小說選，都是這套大書的基石，編起來才不至於太吃力。經過一番閱讀與評估，我們認為只有中、臺、港、馬四地的文獻資料是相對完整的，文學史的發展軌跡十分清晰，在質量上足以獨自成卷，而且我們長期追蹤它們的發展，不時選取新近出版的佳作來當教材，比較有把握。歐美的資料太過零散，東南亞其餘九國都面臨老化、斷層、衰退的窘境，即使有很熱心的中國學者為之撰史，甚至編選出文學大系，但質量並不理想。我們最終決定只編選中、臺、港、馬四地，所以不冠以世界或全球之名，只稱華文文學。

最後談到選文。

每個讀者都有自己的好惡，每個學者都有自己的一部（沒有寫出來的）文學史，大家總是對別人編的選集產生異議。文學本來就是主觀的。為了平衡主編自身的個人口味與好惡，我們初步擬好隱藏其後的文學史發展架構，再從各種文學大系、年度選集、世代精選，選出部分被各地區的主流論述認可的經典之作；接著，從個人文集與精選、期刊雜誌、文學副刊、數位文學平臺，挖掘出能夠跟前者並肩的佳作。我們既選了擁有大量研究成果的重量級作家，和中流砥柱的實力派，同時也選了被主流評論忽略的大眾文學作家與文壇新銳。在同水平作品當中，我們會根據教學經驗挑選一些適合課堂討論，或個人研讀與分析的作品。至於作家的得獎紀錄、譯本數量、銷售情況、點閱與按讚次數、意識形態、族群政治等因素，皆不在評估之例。

編這麼一套工程浩大的選集，確實很累。回想埋首書堆的日子，其實是快樂的——重溫了一路陪伴我們成長的老經典，發現了令人讚嘆的新文章。我們希望能夠把多年來在教學和研究方面累積的成果，轉化成一套大書，它既是回顧華文文學百年發展的超級選本，也是現代文學史和創作課程的理想教材，更是讓一般讀者得以認識華文文學世界的一流讀物。

陳大為、鍾怡雯

二〇一八年一月八日　中壢

讀一本大書

一九一八年四月，五四運動的前一年，新文化運動的大本營《新青年》雜誌（第四卷第四期）首創了現代白話文體的「隨感錄」專欄。隨感亦稱雜感，即是針砭時弊的文章，頗類今日的新聞評論、言論或輿情版，具有魯迅所謂的匕首與投槍的批判作用。後來其餘報刊紛紛以「雜感」、「評壇」、「亂談」、「雜感錄」的欄目跟進。隨感是雜文的前身。雜文初起時，文學性和藝術性不高，甚而成為叫囂和謾罵的工具，三年後，乃有跟雜文相對而生的，周作人所提倡的美文。

周作人的〈美文〉（一九二一），是對（純）散文美學的初次思考，標示著（純）散文和雜文的分道揚鑣。這同時也可視為「現代」散文的起源，一種蘊含了對文類美學要求的純散文或狹義散文。現代散文乃因此迅速開展出以周作人為代表的抒情傳統。所謂美文，指的是記述、藝術性的，可以敘事與抒情，或兩者夾雜的散文。周作人這篇五百字左右的短文寫得極為簡略，只有概略性說明，必須把它放到大時代的脈絡裡，方能看出美文的相對概念是雜感，換而言之，它並非單指文字的美感，美文同時涉及了風格和文類的觀念，並且對純散文提出了最早的想像。不過，純散文的觀念卻是出自王統照〈純散文〉（一九二三）。魯迅〈小品文的危機〉（一九三三）則認為〈美文〉所提的幽默、漂亮、縝密、雍容等特質，都得自英國的隨筆（Essay）。

美文是周作人對治雜文的一帖藥方，強調敘事和抒情，為的是讓訐直太露的雜文多一點迂迴和含蓄，周作人的嘗試和探索，很符合五四拓荒者的精神。五百字的〈美文〉卻引來現代散文史上的第一場論戰。發起人正是周作人的兄長魯迅。魯迅〈小品文的危機〉把這種來自英國的隨筆視為小擺設。在風沙撲面，狼虎成群的時代，需要的是匕首和投槍，鋒利而切實，而不是什麼雅致的東西。他眼裡的小品文（等同於今日的散文）應該是解剖刀，是勞作和戰鬥的工具，講究功能，能帶領讀者殺出一條血路，而非麻痺心靈，或者給人心靈安慰的擺飾。

魯迅和周作人都雜學，也都推崇明代小品，然而側重的角度大不相同。魯迅看到的是明代小品不平、諷刺、攻擊和破壞的一面，周作人則鍾情於公安竟陵的抒寫性靈。兩人意識形態不同，美學標準和散文風格也大異。周作人主張白話散文可以上溯古文傳統，「下有明朝，上有六朝」，明朝三袁和六朝散文都是他推崇的源頭。他主張五四散文從古典吸收營養，因為中國文學一直有強大的散文傳統。

周作人的小品文是有意的背離透明乃至「庸熟」的「胡適之體」，並主動地從傳統文言中汲取資源。中西文化的融合，文言和外語相濟的語體文，乃至對文氣和文采的要求，周作人的美文理念加上他自身的實踐，抒情沖淡的「閒話風」頓時成為風潮。飲酒、品茗、靜觀萬物，風雅地生活，跟他怨怒以對的雜文並存。這種現象背後，自然有相對應的現實問題——雖然他渴望平靜的生活，知識分子式的胸懷卻使他無法成為徹底的名士，正如他的散文〈兩個鬼〉（一九四五）的譬喻，紳士鬼和流氓鬼同時在他心中活動。

周作人《雨天的書》（一九二五）和《澤瀉集》（一九二七）是現代散文的奠基之作，標誌著散文從雜文的抨擊時事的外顯文體，轉向抒寫內心情感。苦雨齋中聽苦雨，喝苦茶，品味人生的態度，沖淡閒適中帶著苦澀的美感，這種「個人的文學」是五四散文的主流，包括梁實秋、林語堂、俞平伯和馮文炳（廢名）等，都循周作人之路，走向張揚自我和個性。個人的文學和美文的結合，正式為現代散文定調。

〈美文〉作為百年選的開卷之作，重要在此。

五四文人之中，林語堂的文論最受周作人影響，他提倡個人的筆調（personal style），主張以閒適的筆調寫作。從個性上講，林語堂隨性、不受束縛，不喜歡體制，喜歡閒談，也把寫小品文視為閒談。閒談沒有拘束，天南北地，是感官的享樂和生活的樂趣，因此也就不可能微言大意，或深刻有系統地批判和組織。他的散文以幽默見長，又稱幽默大師。這點頑童式的天真，跟周作人以苦澀為生命基調的情趣不同。林語堂認為散文的題材可以涵蓋宇宙之大，蒼蠅之微；可以說理，可以抒情，可以描繪人物，可以評論時事，凡方寸中一種心境、一點佳意、一股牢騷、一把幽情，皆可聽其由筆端流露出來。他尤其強調「流露」，也就是直覺和隨性。要而言之，「我要能隨便閒散的自由」的名士派作風，雖然從周作人那裡得到點撥，卻也是林語堂本來的個性和風格，〈我的戒菸〉（一九三二）可見一般。朱自清散文流露的，也正是他謙卑方正的個性。朱早年寫詩，因詩情枯竭，轉而寫散文；寫過小說，卻覺得無法入門，不得已去寫散文。文學史上的朱自清是散文家，其散文莊重儒雅，力求文句合乎規範，文字淺白，〈給亡婦〉（一九三二）寫妻子傷逝，淺顯易懂的風格之外，多了人生滄桑，實為朱的代表作。

標舉獨立、自由、愛和美，是時代的風氣。

獨立和自由在周氏一脈的作家中得到闡發，而愛則是冰心和豐子愷的核心主題。離家去國之前，冰心原是個憤怒的時代青年，拿到獎學金赴美，則是一個重大的轉折。她在旅程中開始以愛為主題的《寄小讀者》（一九二六），童心和戀母的風格，被譽為「冰心體」。豐子愷悲天憫人的散文，則是建立在佛學信仰上，他把藝術視為自然克制人欲和保存天理的方式，因此使他的散文有一種哲學家式的氣質，周作人的獨抒「性靈」在豐子愷身上則一變為「靈性」，《緣緣堂隨筆》（一九三一）則是對兒童赤子之心的靈性頌揚。

至於散文所標榜的美，則為徐志摩發揚光大。五四是講究個性和情感的時代，浪漫是整個時代的風潮，最具代表性的人物則非徐志摩莫屬。胡適對他的評價：「愛、美和自由的追尋」，幾乎成為徐志摩個人及其作品的定論。他的天真和熱烈，情詩和情史，恰如其分地回應了時代的需要。他宣稱「就使打破了頭，也還要保持我靈魂的自由」。徐志摩的任性表現在生活和情感上，也表現在創作上，他的散文華美，跟周作人的平淡恰成對比。《落葉》（一九二六）、《巴黎的鱗爪》（一九二七）和《自剖》（一九二八）感情豐富，情思湧發，勇於解剖自己的內心，其中包括了不少自傳體和遊記，〈我所知道的康橋〉乃是遊記體的時代名篇。

《從文自傳》（一九三四）和《湘行散記》（一九三六）是五四自傳體散文的代表作。沈從文是湘西鳳凰縣人，亦是京派散文的代表，一九三〇年代兩次還鄉，為的是去「翻閱人事組成的歷史」。沈從文寫自身的成長，寫故鄉的山水和人事，包括水手和妓女，充滿野性的生命力。他擅長以白描捕捉現象，強調自己是鄉下人，對現世光色的著迷使他的風格緊貼著現實，他自稱「我就是個永遠不想明白道理，卻永遠為現象所傾心的人」。他離五四不遠，文字和風格卻非常不五四，

〈我讀一本小書又同時讀一本大書〉（一九三一）和〈我上許多課仍然不放下那一本大書〉（一九三一），所謂自由、愛和美的五四時代之風，在沈從文身上是自然流露，而非刻意為之。他是天才，天才始能超越時代。跟五四散文家相比，他的文字自成一格，是獨一無二的文體家。

從雜感開始，到沈從文的自傳體出現，五四散文大體上完成了建設的基礎工作。從雜文到美文，載道和抒情，語言或文體的範式，短短的二十年，快速積累了可觀的成果。

在自傳和抒情之外，另有像孫伏園的〈長安道上〉（一九二四）這樣的歷史散文。他用書信體的筆法記述了當時因連年兵荒而殘破不堪的陝西，艱苦的百姓生活和失修的歷史遺跡，萬言巨幅一筆呵成，大唐的帝都長安崩裂於紙上。蕭軍〈上海三日記〉（一九三七）也以上萬字的篇幅留下中國的苦難，把日軍兵臨城下的上海局勢完好的保存在敘事之中，畫面的動感和聲光，歷歷在目。豐子愷後來也寫了〈藝術的逃難〉（一九四六），幽默、溫暖的文字舉重若輕，戰火中的一場逃難竟有了峰迴路轉的憂愁與歡喜。

中共建政之後，一九五〇年代的散文跟上「頌歌」的步伐，並肩邁入歌頌新中國成立的歡樂氣氛，從老舍〈北京的春節〉（一九五一）對太平盛世的新春感受可見一斑。這篇散文捕捉舊曆年裡的京味兒，舊社會裡大家拜神供佛，敬天地鬼神，新時代把這一切革除，表面上看來是破了迷信省了香燭錢，卻同時也失去傳統的年味。這是新時代的開端，老舍的散文裡尚保有歡樂和希望。隨著整風的政治氛圍越來越險峻，大部分作家開始下筆謹慎，「寫得安全」成為這時候的主流，張恨水的〈陶然亭〉（一九五六）便是一個典型。到了一九五七年，整風運動吞沒一切，能寫的東西更少了。黃裳的〈閒〉（一九五七）、巴金〈從鐮倉帶回的照片〉（一九六一）、陸弢〈瑣憶〉（一九六一）、陸文夫〈蘇州漫步〉（一九六一）都避開了政治的詭雷，讓散文走在更接近安全的寫作道路上，匕首和投槍式的雜文全失了蹤影。

文革爆發後，無孔不入的批鬥把全中國的作家逼到懸崖邊上，除了少數幾個為虎作倀的御用文人，大都難以倖免。不管寫得多小心，都可能被有心人強行曲解，可羅致罪名的題材，一律不寫。此時一枝獨秀的是楊朔，他主張「從生活的激流裡抓取一個人物、一種思想，一個有意義的生活斷片，迅速反映出這個時代的側影」，散文由此進入套路寫作，曹文軒認為這種「見景—入境—抒情—昇華—煞尾點題」的楊朔模式，導致了散文的敗壞。

文革十年，廢墟一片。

一九七八年改革開放，方有丁玲〈「牛棚」小品〉（一九七九）、巴金《隨想錄》（一九八〇）、楊絳的《幹校六記》（一九八一）等地標式的作品。丁玲及其夫婿在一九五八年被流放到北大荒，十二年後被關回北京監獄，再九年重獲自由，〈「牛棚」小品〉是她回憶北大荒苦難歲月的自傳體散文，在逆境中閃爍著強悍的人格和真性情，寫下自己和一代人的傷痛。丁玲激越豪邁的感性，跟楊絳雍容大度的理性是很好的對照。楊絳和錢鍾書下放到河南，《幹校六記》平淡安靜單純記事，沒有對時代的批判和吶喊，其中〈下放記別〉（一九八一）可以讀到時代對人的磨難。這些磨難到了楊絳手裡只有舉重若輕的「經受折磨，就叫鍛煉」，甚至說木箱、鐵箱這些粗重行李，都「不如血肉之軀經得起折磨」。巴金《隨想錄》（共五集，一九八〇—一九八六）被譽為「講真話的大書」，以質樸語言挖掘、反省文革對心靈和人性的扭曲，追悼亡妻的〈懷念蕭珊〉（一九七九）寫得最真摯，懺悔的文字重新直面生命巨大的悲慟。

一九八〇年代，政治的緊箍開始鬆動，創作者面對歷史的傷痕，回頭梳理文革或更早期的記憶，懷人憶事是為大宗。賈平凹〈五味巷〉（一九八二）刻畫了當時長安的日常生活，卸下亂世的塵埃和歷史的包袱，寫的是個人對現實生活的空間感受。賈平凹認為「失去了真情，散文就消失了。它不靠故事來吸引人，不靠典型的人物形象，它就靠的是情緒的感染和思想的啟示」，他認為文章是感染的，汪曾祺則是擅長現象的觀察。汪曾祺散文勝在文字的韻味，「人活著，一定要熱愛點什麼」的人生哲學，〈泡茶館〉（一九八四）和〈沈從文先生在西南聯大〉（一九八六），充滿對生活的情味和細節，這種風格，同樣見於他的老師沈從文。汪曾祺寫西南聯大時期泡茶館的經驗，以及沈從文在西南聯大教書的昆明往事，生活底氣十足。跟沈從文一樣，他曾表示自己傾心於現象，不善於抽象的思維，而自稱是「生活現象的美食家」，批評李白「底氣不足」，可見他對生活這本大書的重視：沒有生活經驗，一切都是假大空。阿城說汪曾祺的文字簡直是「成精了，隨手便是」，賈平凹則形容「汪是一文狐，修煉成老精」，說的都是汪曾祺有文天成，下筆成章的本事。那種行雲流水的節奏，精準活潑的說話方式，在當代無出其右。

現代散文發展至此，在美學或語言上，幾乎都達到了極致。從古典吸收營養，或獨抒性靈，這些二十世紀初被周作人納入美文的基礎條件，在二十世紀末獲得了進一步的實踐。

散文非虛構的特質使得它向來不太受思潮的影響，當一九八五年魔幻寫實浪潮席捲中國小說界，散文依然跟生活、情感和現實搏鬥。一九九〇年代以後的這三十年間散文蓬勃發展，幾度形成熱潮。回到生活本身，不再受政治力的主導和干擾之後，不論宏觀或微觀的城鄉寫作，單純的追憶逝水年華，或對現實社會問題的省思，都有更精湛的成果。此外，來自藏族和維吾爾族等少數民族區域的寫作，也豐富了漢語散文題材的多元性。

新疆漢語文學在一九八〇年代中期進入「二十世紀中國文學史」的視野，真正進入文學史的論述範疇，已經到了一九九〇年代。新疆漢語文學是西部文學的一部分，收攝在「西部文學」的版圖裡，並不是以獨立的姿態被看見。新疆乃絲綢之路，自古以來就是異族文化交流與經貿資訊匯通的重要渠道，它既開闊又開放，朝著多元文化的發展軌跡，所以它的文化累積是橫向的。西藏文化以佛教密宗金剛乘的宗教思維體系，融合了以泛靈思想為中心的本土原始苯教，成為獨樹一幟的藏傳佛教，逐漸滲透、沉積在西藏人民的文化心理結構、生活道德規範當中，成為藏族信仰結構的重要一環。新疆和西藏無論在文化和地理上都是邊緣，然而獨特的文化背景孕育了風格鮮明的散文，不容忽視。

新疆散文建立於在地化和知識化的雙重視野上，既可見出自然地理的描繪和敘述，也有人文的景深。劉亮程以《一個人的村莊》（一九九八）奠定文壇地位，他的敘事魅力有二，一是來自現實和想像混合的黃沙梁，二是「一個人」的主導敘事，也是他觀照事情的獨特視角，〈通驢性的人〉（一九九三）和〈逃跑的馬〉（一九九三）大體體現了這樣的風格。此外，新疆的山川草木、四季風土，以及特殊的物產，都在黃毅筆下煥發地域的神采，他把個人風格跟新疆的人文地理結合，地理與創作主體融而為一，形塑陽剛的新疆精神，〈不可確定的羊〉（二〇〇〇）便是此中佳構。王族〈長眉駝〉（二〇一〇）寫的是哈薩克人稱之為長眉駝的一種駱駝，乃木壘縣獨有，號稱駱駝中的美人。新疆牧民的生活和感覺結構在王族筆下有非常細緻的表現，王族的非虛構三部曲《鷹》（二〇〇八）、《狼》（二〇一一）和《駱駝》（二〇一一），揉合了人類學、生態學、民族學、民俗學，以及客觀知性理解等博物學式的寫作視野，書寫新疆多元民族跟動物之間的情感，充分展現作為在地人的地方性知識。哈薩克族的葉爾克西．胡爾曼別克〈永生羊〉（一九九九），以及維吾爾族的帕蒂古麗〈甦醒的第六根手指〉（二〇一三）則以女性視角書寫新疆的生活日常，別開生面。

西藏散文則表現了「藏文化—民族風土」的書寫特色，塔熱．次仁玉珍的〈矮門之謎〉（一九九四）記述藏地屍變的原因和事件，以及為了防止殭屍入侵的矮門設計；阿來〈嘉木莫爾多：現實與傳說〉（二〇〇一）則是融遊記、文史導覽的文化散文，出入於神祕與寫實之間。藏文化帶著它的異域色彩進入二十一世紀的散文版圖，這些迥異於中原文化的邊緣寫作，成為最瑰麗耀目的色塊。

散文來自生活，它無法自外於時代，也離不開個人；既需要向外索，也要向內求，向內求所仰賴的靈視，往往成為好散文最神祕的關鍵。生命經驗可遇不可求，靈視則必須成長於絕境和孤獨，置於死地而後生。散文是情感和事件的載體，它需要體會，也仰仗見解，實話實說是它的本質。王安憶曾說散文的情節是原生狀的，扎根在人的心靈裡，長得如何，要看心靈的土壤有多豐厚，養料如何。這是行家的觀點。這種直面現實和面對自己的文體沒有形式，它完全依賴生活的養分，從五四以降，從白話散文到現代散文，我們讀到百年來時代和個人的交鋒，生活給予作家寫作的靈感，間接地，我們也閱讀了一本大書。

鍾怡雯

美文

周作人

外國文學裡有一種所謂論文，其中大約可以分作兩類。一批評的，是學術性的。二記述的，是藝術性的，又稱作美文，這裡邊又可以分出敘事與抒情，但也很多兩者夾雜的。這種美文似乎在英語國民裡最為發達，如中國所熟知的愛迭生、蘭姆、歐文、霍桑諸人都作有很好的美文，近時高爾斯威西、吉欣、契斯透頓也是美文的好手。讀好的論文，如讀散文詩，因為它實在是詩與散文中間的橋。中國古文裡的序、記與說等，也可以說是美文的一類。但在現代的國語文學裡，還不曾見有這類文章，治新文學的人為什麼不去試試呢？我以為文章的外形與內容，的確有點關係，有許多思想，既不能作為小說，又不適於作詩（此只就體裁上說，若論性質則美文也是小說，小說也就是詩，《新青年》上庫普林作的〈晚間的來客〉，可為一例），便可以用論文式去表它。它的條件，同一切文學作品一樣，只是真實簡明便好。我們可以看了外國的模範作去，但是須用自己的文句與思想，不可去模仿它們。《晨報》上的浪漫談，以前有幾篇倒有點相近，但是後來（恕我直說）落了窠臼，用上多少自然現象的字面，衰弱的感傷的口氣，不大有生命了。我希望大家捲土重來，給新文學開闢出一塊新的土地來，豈不好麼？

十年五月

作者簡介

——周作人（1885-1967），浙江紹興人，原名櫆壽（後改為奎綬），字星杓。魯迅之弟。早年入東京法政大學、立教大學學習，歷任北京大學教授、東方文學系主任，燕京大學新文學系主任、客座教授。新文化運動代表人物之一，是《新青年》的重要同人作者，並曾任《新潮》社主任編輯。「五四運動」之後，與鄭振鐸、沈雁冰、葉紹鈞、許地山等發起成立「文學研究會」；並與魯迅、林語堂、孫伏園等創辦《語絲》周刊，任主編和主要撰稿人。著有《雨天的書》、《知堂文集》、《藥堂雜文》、《周作人書信》、《看雲集》、《瓜豆集》、《木片集》、《知堂回想錄》、《中國新文學的源流》等；撰寫《魯迅的故家》、《魯迅的青年時代》、《魯迅小說裡的人物》等回憶性文章，為魯迅研究提供許多珍貴的第一手史料。

故鄉的野菜

周作人

我的故鄉不止一個，凡我住過的地方都是故鄉。故鄉對於我並沒有什麼特別的情分，只因釣於斯遊於斯的關係，朝夕會面，遂成相識，正如鄉村裡的鄰舍一樣，雖然不是親屬，別後有時也要想念到他。我在浙東住過十幾年，南京、東京都住過六年，這都是我的故鄉，現在住在北京，於是北京就成了我的家鄉了。

日前我的妻往西單市場買菜回來，說起有薺菜在那裡賣著，我便想起浙東的事來。薺菜是浙東人春天常吃的野菜，鄉間不必說，就是城裡只要有後園的人家都可以隨時採食，婦女小兒各拿一把剪刀、一隻「苗籃」，蹲在地上搜尋，是一種有趣味的遊戲的工作。那時小孩們唱道：「薺菜馬蘭頭，姊姊嫁在後門頭。」後來馬蘭頭有鄉人拿來進城售賣了，但薺菜還是一種野菜，須得自家去採。關於薺菜向來頗有風雅的傳說，不過這似乎以吳地為主。《西湖遊覽志》云：「三月三日男女皆戴薺菜花。」諺云：「三春戴薺花，桃李羞繁華。」顧祿的《清嘉錄》上亦說：「薺菜花俗呼野菜花，因諺有三月三螞蟻上灶山之語，三日人家皆以野菜花置灶陘上，以厭蟲蟻。清晨村童叫賣不絕。或婦女簪髻上以祈清目，俗號眼亮花。」但浙東人卻不很理會這些事情，只是挑來做菜或炒年糕吃罷了。

黃花麥果通稱鼠麴草，係菊科植物，葉小微圓互生，表面有白毛，花黃色，簇生梢頭。春天採嫩葉，搗爛去汁，和粉做糕，稱黃花麥果糕。小孩們有歌讚美之云：

黃花麥果韌結結，
關得大門自要吃，
半塊拿弗出，一塊自要吃。

清明前後掃墓時，有些人家——大約是保存古風的人家——用黃花麥果作供，但不做餅狀，做成小顆如指頂大，或細條如小指，以五六個作一攢，名曰繭果，不知是什麼意思，或因蠶上山時設祭，也用這種食品，故有是稱，亦未可知。自從十二三歲時外出不參與外祖家掃墓以後，不復見過繭果，近來住在北京，也不再見黃花麥果的影子了。日本稱作「御形」，與薺菜同為春天的七草之一，也採來做點心用，狀如艾餃，名曰「草餅」，春分前後多食之，在北京也有，但是吃去總是日本風味，不復是兒時的黃花麥果糕了。

掃墓時候所常吃的還有一種野菜，俗名草紫，通稱紫雲英。農人在收穫後，播種田內，用作肥料，是一種很被賤視的植物，但採取嫩莖瀹食，味頗鮮美，似豌豆苗。花紫紅色，數十畝接連不斷，一片錦繡，如鋪著華美的地毯，非常好看，而且花朵狀若蝴蝶，又如雞雛，尤為小孩所喜。間有白色的花，相傳可以治痢。很是珍重，但不易得。日本《俳句大辭典》云：「此草與蒲公英同是習見的東西，從幼年時代便已熟識。在女人裡邊，不曾採過紫雲英的人，恐未必有罷。」中國古來沒有花環，但紫雲英的花球卻是小孩常玩的東西，這一層我還替那些小人們欣幸的。浙東掃墓用鼓吹，所以少年們常隨了樂音去看「上墳船裡的姣姣」；沒有錢的人家雖沒有鼓吹，但是船頭上篷窗下總露出些紫雲英和杜鵑的花束，這也就是上墳船的確實的證據了。

作者簡介

——周作人（1885-1967），詳見本書頁二四。

北京的茶食

周作人

在東安市場的舊書攤上買到一本日本文章家五十嵐力的《我的書翰》，中間說起東京的茶食店的點心都不好吃了，只有幾家如上野山下的空也，還做得好點也吃起來餡和糖及果實渾然融合，在舌頭上分不出各自的味來。想起德川時代江戶的二百五十年的繁華，當然有這一種享樂的流風餘韻留傳到今日，雖然比起京都來自然有點不及。北京建都已有五百餘年之久，論理於衣食住方面應有多少精微的造就，但實際似乎並不如此，即以茶食而論，就不曾知道什麼特殊的有滋味的東西。固然我們對於北京情形不甚熟習，只是隨便撞進一家餑餑鋪裡去買一點來吃，但是就撞過的經驗來說，總沒有很好吃的點心買到過。難道北京竟是沒有好的茶食，還是有而我們不知道呢？這也未必全是為貪口腹之欲，總覺得住在古老的京城裡吃不到包含歷史的精鍊的或頹廢的點心是一個很大的缺陷。北京的朋友們，能夠告訴我兩三家做得上好點心的餑餑鋪麼？

我對於二十世紀的中國貨色，有點不大喜歡，粗惡的模仿品，美其名曰國貨，要賣得比外國貨更貴些。新房子裡賣的東西，便不免都有點懷疑，雖然這樣說好像遺老的口吻，但總之關於風流享樂的事我是頗迷信傳統的。我在西四牌樓以南走過，望著異馥齋的丈許高的獨木招牌，不禁神往，因為這不但表示它是義和團以前的老店，那模糊陰暗的字跡又引起我一種焚香靜坐的安閒而豐腴的生活的幻想。我不曾焚過什麼香，卻對於這件事很有趣味，然而終於不敢進香店去，因為怕他們在香盒上已放著花露水與日光皂了。我們於日用必需的東西以外，必須還有一點無用的遊戲與享樂，生活才覺得有意思。我們看夕陽，看秋河，看花，聽雨，聞香，喝不求解渴的酒，吃不求飽的點心，都是生活上必要的——雖然是無用的裝點，而且是愈精鍊愈好。可憐現在的中國生活，卻是極端地乾燥粗鄙，別的不說，我在北京彷徨了十年，始終未曾吃到好點心。

十三年二月

作者簡介

——周作人（1885-1967），詳見本書頁二四。

長安道上

孫伏園

開明先生：

在長安道上讀到你的〈苦雨〉，卻有一種特別的風味，為住在北京的人們所想不到的。因為我到長安的時候，長安人正在以不殺豬羊為武器，大與老天爺拚命，硬逼他非下雨不可。我是十四日到長安的，你寫〈苦雨〉在十七日，長安卻到二十一日才得雨的。不但長安苦旱，我過鄭州，就知鄭州一帶已有兩月不曾下雨，而且以關閉南門，禁宰豬羊為他們求雨的手段。一到渭南，更好玩了：我們在車上，見街中走著大隊衣衫整潔的人，頭上戴著鮮柳葉紮成的帽圈，前面導以各種刺耳的音樂。這一大群「桂冠詩人」似的人物，就是為了苦旱向老天爺遊街示威的。我們如果以科學來判斷他們，這種舉動自然是太幼稚。但放開這一面不提，單論他們的這般模樣，卻令我覺著一種美的詩趣。長安城內就沒有這樣純樸了，一方面雖然禁屠，卻另有一方面不相信禁屠可以致雨，所以除了感到不調和的沒有肉吃以外，絲毫不見其他有趣的舉動。

我是七月七日晚上動身的，那時北京正下著梅雨。這天下午我到青雲閣買物，出來遇著大雨，不能行車，遂在青雲閣門口等待十餘分鐘。雨過以後上車回寓，見李鐵拐斜街地上乾白，天空雖有塊雲來往，卻毫無下雨之意。江南人所謂「夏雨隔灰堆，秋雨隔牛背」，此種景象年來每於北地見之，豈真先生所謂「天氣轉變」歟？從這樣充滿著江南風味的北京城出來，碰巧沿著黃河往「陝半天」去，私心以為必可躲開梅雨，擺脫江南景色，待我回京時，已是秋高氣爽的了。而孰知大不然。從近日寄到的北京報上，知道北京的雨水還是方興未艾，而所謂江南景色，則凡我所經各地，又是滿眼皆然。火車出直隸南境，就見兩旁田地，漸漸腴潤。種植的是各物俱備，有花草，有樹木，有莊稼，是冶森林花園田地於一爐，而鄉人廬舍，即在這綠色叢中，四處點綴，這不但令人回想江南景色，更令人感得黃河南北，竟有勝過江南景色的了。河南西部連年匪亂，所經各地以此為最枯槁，一入潼關便又有江南風味了。江南的景色，全點染在一個平面上，高的無非是山，低的無非是水而已，絕沒有如河南、陝西一帶，即平地而亦有如許起伏不平之勢者。這黃河流域的層層黃土，如果能經人工佈置，秀麗必能勝江南十倍。因為所差只是人工，氣候上已毫無問題，凡北方所不能種植的樹木花草，如丈把高的石榴樹，一丈高的木槿花，白色的花與累贅的實，在西安到處皆是，而在北地是未曾見的。

自然所給與他們的並不甚薄，而陝西人因為連年兵荒，弄得活動的能力幾乎極微了。原因不但在民國後的戰爭，歷史上從五胡亂華起一直到清末回匪之亂，幾乎每代都有大戰，一次一次的斲喪陝西人的元氣，所以陝西人多是安靜、沉默、和順的；這在智識階級，或者一部分是關中的累代理學所助成的也未可知；不過勞動階級也是如此：洋車夫、騾車夫等，在街上互相衝撞，繼起的大抵是一陣客氣的質問，沒有見過惡聲相向的。說句笑話，陝西不但人們如此，連狗們也如此。我因為怕中國西部地方太偏僻，特別預備兩套中國衣服帶去，後來知道陝西的狗如此客氣，終於連衣包也沒有打開，並深悔當時以小人之心度君子之腹。（北京嘗有目我為日本人者，見陝西之狗應當愧死。）陝西人以此種態度與人相處，當然減少許多爭鬥，但用來對付自然，是絕對的吃虧的。我們赴陝西的時候，火車只以由北京乘至河南陝州，從陝州到潼關，尚有一百八十里黃河水道，可笑我們一共走了足足四天。在南邊，出門時常聞人說「順風」！這句話我們聽了都當作過耳春風，誰也不去理會話中的意義；到了這種地方，才頓時覺悟所謂「順風」者有如此大的價值，平常我們無非託了洋鬼子的宏福，來往於火車輪船能達之處，不把順風逆風放在眼裡而已。

黃河的河床高出地面，一般人大都知道，但這是下游的情形，上流並不如此。我們所經陝州到潼關一段，平地每比河面高出三五丈，在船中望去，似乎兩岸都是高山，其實山頂就是平地。河床是非常穩固，既不會氾濫，更不會改道，與下流情勢大不相同。但下流之所以淤塞，原因還在上流。上流的河岸，雖然高出河面三五丈，但土質並不堅實，一遇大雨，或遇急流，河岸泥壁，可以隨時隨地，零零碎碎的倒下，夾河水流向下游，造成河床高出地面的危險局勢；這完全是上游兩岸沒有森林的緣故。森林的功用，第一可以鞏固河岸，其次最重要的，可以使雨水入河之勢轉為和緩，不至挾黃土以俱下。我們同行的人，於是在黃河船中，彷彿「上墳船裡造祠堂」一般，大計劃黃河兩岸的森林事業。公家組織，絕無希望，故只得先借助於迷信之說，云能種樹一株者增壽一紀，伐樹一株者減壽如之，使河岸居民踴躍種植。從沿河種起，一直往裡種去，以三里為最低限度。造林的目的，本有兩方面：其一是養成木材，其二是造成森林。在黃河兩岸造林，既是困難事業，灌溉一定不能周到的，所以選材只能取那易於長成而不需灌溉的種類，即白楊、洋槐、柳樹等等是已。這不但能使黃河下游永無水患，簡直能使黃河流域盡成膏腴，使古文明發源之地再長新芽，使中國頓受一個推陳出新的局面，數千年來夢想不到的「黃河清」也可以立時實現。河中行駛汽船，兩岸各設碼頭，山上建築美麗的房屋，以石階達到河邊，那時坐在汽船中憑眺兩岸景色，我想比現在裝在白篷帆船中時，必將另有一副樣子。古來文人大抵有治河計劃，見於小說者如《老殘遊記》與《鏡花緣》中，各有洋洋灑灑的大文。而實際上治河官吏，到現在還墨守著「搶堵」兩個字。上面所說也無非是廢話，看作「上墳船裡造祠堂」可也。

我們回來的時候，除黃河以外，又經過渭河。渭河橫貫陝西全省，東至潼關，是其下流，發源一直在長安咸陽以上。長安方面，離城三十里，有地曰草灘者，即渭水流經長安之巨埠。從草灘起，東行二百五十里，抵潼關，全屬渭河水道。渭河雖在下游，水流也不甚急，故二百五十里竟走了四天有半。兩岸也與黃河一樣，雖間有村落，但不見有捕魚的。殷周之間的渭河，不知是否這個樣子，何以今日竟沒有一個漁人影子呢？陝西人的性質，我上面大略說過，渭河兩岸全是陝人，其治理渭河的能力蓋可想見。我很希望陝西水利局長李宜之先生的治渭計劃一旦實行，陝西的局面必將大有改變，即陝西人之性質亦必將漸由沉靜的變為活動的，與今日大不相同了。但據說陝西與甘肅較，陝西還算是得風氣之先的省分。陝西的物質生活，總算低到極點了，一切日常應用的衣食工具，全須仰給於外省，而精神生活方面，則理學氣如此其重，已盡夠使我驚嘆了；但在甘肅，據云物質的生活還要降低，而理學的空氣還要嚴重哩。夫死守節是極普遍的道德，即十幾歲的寡婦也得遵守，而一般苦人的孩子，十幾歲還衣不蔽體，這是多麼不調和的現象！我勸甘肅人一句話，就是穿衣服，給那些苦孩子們穿衣服。

但是「穿衣服」這句話，我卻不敢用來勸告黃河船上的船夫。你且猜想，替我們搖黃河船的，是怎麼樣的一種人。我告訴你，他們是赤裸裸一絲不掛的。他們紫黑色的皮膚之下，裝著健全的而又美滿的骨肉。頭髮是剪了的，他們只知道自己的舒適，絕不計較「和尚吃洋炮，沙彌戮一刀，留辮子的有功勞」這種利害。他們不屑效法辜湯生先生，但也不屑效法我們。什麼平頭，分頭，陸軍式，海軍式，法國式，美國式，於他們全無意義。他們只知道頭髮長了應該剪下，並不想到剪剩了的頭髮上還可以翻騰種種花樣。鞋子是不穿的，所以他們的五個腳趾全是直伸，不像我們從小穿過京式鞋子，這個腳趾壓在那個腳趾上，那個腳趾又壓在別個腳趾上。在中國，畫家要找一雙腳的模特兒就甚不容易，吳新吾先生遺作〈健〉的一幅，雖在「健」的美名之下，而腳趾尚是架床疊屋式的，為世詬病，良非無因。而我們竟於困苦旅行中無意得之，真是「不亦快哉」之一。我在黃河船中，身體也練好了許多，例如平常必掩窗而臥，船中前後無遮蔽，居然也不覺有頭痛身熱之患。但比之他們仍是小巫見大巫。太陽還沒有做工，他們便做工了，這就是他們所謂「雞巴看不見便開船」。這時候他們就是赤裸裸不掛一絲的，倘使我們當之，恐怕非有棉衣不可。烈日之下，我們一曬著便要頭痛，他們整天的曬著，似乎並不覺得。他們的形體真與希臘的雕像毫無二致，令我們欽佩到極點了。我們何曾沒有脫去衣服的勇氣，但是羞呀，我們這種身體，除了配給醫生看以外，還配再給誰看呢，還有臉面再見這樣美滿發達的完人嗎？自然，健全的身體是否宿有健全的精神，是我們要想知道的問題。我們隨時留心他們的知識。當我們回來時，舟行渭水與黃河，同行者三人，據船夫推測我們的年齡是：我最小，「大約一二十歲，雖有鬍子，不足為憑」。夏浮筠先生「雖無鬍子」，但比我大，總在二十以外。魯迅先生則在三十左右了。次序是不猜錯的，但幾乎每人平均減去了二十歲，這因為病色近於少年，健康色近於老年的緣故，不涉他們的知識問題。所以我們看他們的年紀，大抵都是四十上下，而不知內有六十餘者，有五十餘者，有二十五者，有二十者，亦足見我們的眼光之可憐了。二十五歲的一位，富於研究的性質，我們叫他為研究系（這又是我們的不是了）。他除了用力搖船拉縴以外，有暇便踞在船頭或船尾，研究我們的舉動。夏先生吃蘇打水，水澆在蘇打上，如化石灰一般有聲，這自然被認為魔術。但是魔術性較少的，他們也件件視為奇事。一天夏先生穿汗衫，他便凝神注視，看他兩隻手先後伸進袖子去，頭再在當中的領窩裡鑽將出來。夏先生問他「看什麼」，他答道，「看穿衣服」。可憐他不知道中國文裡有兩種「看什麼」，一種下面加「驚嘆號」的是「不准看」之意，又一種下面加「疑問號」的才是真的問看什麼。他竟老老實實的答說「看穿衣服」了。夏先生問：「穿衣服都沒有看見過嗎？」他說：「沒有看見過。」知識是短少，他們的精神可是健全的。至於物質生活，那自然更低陋。他們看著我們把鐵罐一個一個的打開，用筷子夾出雞出魚肉來，覺得很是新鮮，吃完了把空罐給他們又是感激萬分了。但是我的見識，何嘗不與他們一樣的低陋：船上請我們吃麵的碗，我的一隻是淺淺的，米色的，有幾筆疏淡的畫的，頗類於出土的宋瓷，我一時喜歡極了，為使將來可以從它喚回黃河船上生活的舊印象起見，所以問他們要來了，而他們的豪爽竟使我驚異，比我們拋棄一個鐵罐還要滿不在乎。

遊陝西的人第一件想看的必然是古蹟。但是我上面已經說過，累代的兵亂把陝西人的民族性都弄得沉靜和順了，古蹟當然也免不了這同樣的災厄。秦都咸陽，第一次就遭項羽的焚毀。唐都並不是現在的長安，現在的長安城裡幾乎看不見一點唐人的遺跡。只有一點：長安差不多家家戶戶，門上都貼詩貼畫，式如門對而較短闊，大抵共有四方，上面是四首律詩，或四幅山水等類，是別處沒有見過的，或者還是唐人的遺風罷。至於古蹟，大抵模糊得很，例如古人陵墓，秦始皇的只是像小山那麼一座，什麼痕跡也沒有，只憑一句相傳的古話；周文武的只是一塊畢秋帆題的墓碑，他的根據也無非是一句相傳的古話。況且陵墓的價值，全在有系統的發掘與研究。現在只憑傳說，不求確知墓中究竟是否秦皇漢武，而姑妄以秦皇漢武崇拜之，即使有認賊作父的嫌疑也不在意。無論在知識上、感情上，這種盲目的崇拜都是無聊的。適之先生常說，孔子的墳墓總得掘他一掘才好，這一掘也許能使全部哲學史改換一個新局面，但是誰肯相信這個道理呢？周秦的墳墓自然更應該發掘了，現在所謂的周秦墳墓，實際上是不是碑面上所寫的固屬疑問，但也是一個古人的墳墓是無疑的。所以發掘可以得到兩方面的結果，一方是存心要發掘的，一方是偶然掘著的。但誰有這樣的興趣，又誰有這樣的膽量呢？私人掘著的，第一是目的不正當，他們只想得錢，不想得知識，所以把發掘古墳作掘藏一樣，一進去先將金銀珠玉搶走，其餘土器石器，來不及帶走的，便胡亂搬動一番，重新將墳墓蓋好，現在發掘出來，見有亂放瓦器石器一堆者，大抵是已經古人盜掘的了。大多數人的意見，既不准有系統的發掘，而盜掘的事，又是自古已然，至今而有加無已。結果古墓依然盡被掘完，而知識上一無所得的。國人既如此不爭氣，世界學者為替人類增加學問起見，不遠千里而來動手發掘，我們亦何敢妄加堅拒呢？陵墓而外，古代建築物，如大小二雁塔，名聲雖然甚為好聽，但細看它的重修碑記，至早也不過是清之乾嘉，叫人如何引得起古代的印象？照樣重修，原不要緊，但看建築時大抵加入新鮮分子，所以一代一代的去真愈遠。就是函谷關這樣的古蹟，遠望去也已經是新式洋樓氣象。從前紹興有陶六九之子某君，被縣署及士紳囑託，重修蘭亭屋宇。某君是布業出生，布業會館是他經手建造的，他又很有錢，絕不會從中肥己，成績宜乎甚好了；但修好以後一看，蘭亭完全變了布業會館的樣子，邑人至今為之惋惜。這回我到西邊一看，才知道天下並非只有一個陶六九之子，陶六九之子到處多有的。只有山水，恐怕不改舊觀，但曲江霸滻，已經都有江沒有水了。渡灞大橋，即是灞橋，長如紹興之渡東橋，闊大過之，雖是民國初年重修，但聞不改原樣，所以古氣盎然。山最有名者為華山。我去時從潼關到長安走早道經過華珊之下，回來又在渭河船上望了華山一路。華山最感人的地方，在於它的一個「瘦」字；它的瘦真是沒有法子形容，勉強談談，好像是綢緞鋪子裡的玻璃櫃裡，瘦骨零丁的鐵架子上，披著一匹光亮的綢緞。它如果是人，一定耿介自守的，但也許是鴉片大癮的。這或者就是華山之下的居民的象徵罷。古蹟雖然遊的也不甚少，但大都引不起好感，反把從前的幻想打破了；魯迅先生說，看這種古蹟，好像看梅蘭芳扮林黛玉，姜妙香扮賈寶玉，所以本來還打算到馬嵬坡去，為避免看後的失望起見，終於沒有去。

其他，我也到臥龍寺去看了藏經。說到陝西，人們就會聯想到聖人偷經的故事。如果不是半年前有聖人去偷經，我這回也未必去看經吧。臥龍寺房屋甚為完整，是清慈禧太后西巡時重修的，距今不過二十四年。我到臥龍寺的時候，方丈定慧和尚沒有在寺，我便在寺內閒逛。忽聞西屋有孩童誦書之聲，知有學塾，乃進去拜訪老夫子。分賓主坐下以後，問知老夫子是安徽人！因為先世宦遊西安，所以隨侍在此，前年也曾往北京候差，住在安徽會館，但終不得志而返。談吐非常文雅，而衣服則襤褸已極；大褂是赤膊穿的，顏色如用醬油煮過一般，好幾顆鈕扣都沒有搭上；雖然拖著破鞋，但是沒有襪子的；嘴上兩撇清秀的鬍子，圓圓的臉，但不是健康色——這時候內室的鴉片氣味一陣陣的從門帷縫裡噴將出來，越加使我了解他的臉色何以黃瘦的原因，他只有一個兒子在身邊，已沒有了其他眷屬。我問他，「自己教育也許比上學堂更好罷？」他連連的答說：「也不過以子代僕，以子代僕！」桌上攤著些字片畫片，據他說是方丈託他補描完整的，他大概是方丈的食客一流，他不但在寺裡多年，熟悉寺內一切傳授系統，即與定慧方丈也是非常知己，所以他肯引導我到各處參觀。藏經共有五櫃，當初製櫃是全帶抽屜的，製就以後始知安放不下，遂把抽屜統統去掉，但去掉以後又只能放滿三櫃，所以兩櫃至今空著。櫃門外描有金彩龍紋，四個大金字是「欽賜龍藏」。花紋雖尚清晰，但這五個櫃確是經過禍難來的：最近是道光年間寺曾荒廢，破屋被三數個戲班作寓，藏經雖非全被損毀，但零落散失了不少；咸同間，某年循舊例於六月六日曬經，而不料是日下午忽有狂雨，寺內全體和尚一齊下手，還被雨打得個半乾不濕，那時老夫子還年輕，也幫同搬到如今北藏比南藏還差遜一籌。雖說宋代藏經，其實只是宋版明印，不過南藏年代較早，是洪武時著的。但經有南北藏之分，南藏紙質甚好，雖經雨打，晾了幾天也就好了；北藏卻從此容易受潮，在南京印的，北藏較晚，是永樂時在北京印的。老夫子並將南藏缺本，鄭重的交我閱看，知紙質果然堅實，而字跡也甚秀麗。怪不得聖人見之，忽然起了邪念。我此次在陝，考查盜經情節，與報載微有不同。報載追回地點云在潼關，其實剛剛裝好箱篋，尚未運出西安，即被陝人扣留。但陝人之以家藏古玩請聖人品評者，聖人全以「謝謝」二字答之，就此收下帶走者為數亦甚不少。有一學生投函指摘聖人行檢，聖人手批「交劉督軍嚴辦」字樣。聖人到陝，正在冬季，招待者問聖人說：「如缺少什麼衣服，可由這邊備辦。」聖人就援筆直書，開列衣服單一長篇，內計各種狐皮袍子一百幾十件云。陝人之反對偷經最烈者，為李宜之、楊叔吉先生。李治水利，留德學生，現任水利局長；楊治醫學，留日學生，現任軍醫院軍醫。二人性情均極和順，言談舉止，沉靜而又委婉，可為陝西民族性之好的一方面的代表。而他們對於聖人，竟亦忍無可忍，足見聖人舉動，必有太令人不堪的了。

陝西藝術空氣的厚薄，也是我所要知道的問題。門上貼著的詩畫，至少給我一個當前的引導。

詩畫雖非新作，但筆致均楚楚可觀，絕非市井細人毫無根柢者所能辨。然仔細研究，此種作品，無非因襲舊套，數百年如一日，於藝術空氣全無影響。唐人詩畫遺風，業經中斷，而新芽長發，為時尚早。我們初到西安時候，見招待員名片中，有美術學校校長王先生者，乃與之接談數次。王君年約五十餘，前為中學幾何畫教員，容貌清秀，態度溫和，而頗喜講論。陝西教育界現況，我大抵即從王先生及女師校長張先生處得來。陝西因為連年兵亂，教育經費異常困難，前二三年，有每年只能領到七八個月者，或半年者，但近來秩序漸漸恢復，已有全發之希望。只要從今以後，三兩年不動兵戈，一方實行省長所希望的兵農兵工各事業，一方趕緊興修隴海路陝州到西安鐵道，則不但教育實業將日有起色，即關中人的生活狀態亦將大有改變，而藝術空氣，或可藉以加厚。我與王先生晤談以後，頗欲乘暇參觀美術學校。一天，偕陳定謨先生出去閒步，不知不覺到了美術學校門口，我提議進去參觀，陳先生也贊成。一進門，就望見滿院花草，在這個花草叢中，遠處矗立著一所剛造未成的教室，雖然材料大抵是黃土，這是陝西受物質的限制，一時沒有法子改良的，而建築全用新式，於以證明已有人在這環境的可能狀態之下，致力奮鬥。因值星期，且在暑假，校長王君沒有在校，出來答應的有一位教員王君。從他這裡，我們得到許多關於美術學校困苦經營的歷史。陝西本來沒有美術學校，自他從上海專科師範畢業回來，封至模先生從北京美術學校畢業回來，西安才有創辦美術學校的運動。現在的校長，是王君在中學時的教師，此次王君創辦此校，乃去邀他來做校長。學校完全是私立的。除靠所入學費以外，每年得省署些須資助。但辦事人真能幹事；據王君說，這一點極少的收入，不但教員薪水、學校生活費，完全仰給於它，還要省下錢來，每年漸漸的把那不合學校之用的舊校舍，局部的改為新式。教員的薪水雖然甚少，僅有五角錢一小時，但從來沒有欠過。新教室已有兩所，現在將要落成的是第三所了。學校因為是中學程度，而且目的是為養成小學的美術教師的，功課自然不能甚高。現有圖書、音樂、手工三科，課程大抵已臻美備。圖書、音樂各有特別教室。照這樣困苦經營下去，陝西的藝術空氣，必將死而復蘇，薄而復厚，前途的希望是甚大的。所可惜者，美術學校尚不能收女生。據王君說，這個學校的前身，是一個速成科性質，曾經畢業過一班，其中也有女生的，但甚為陝西人所不喜，所以從此不敢招女生了。女師校長張先生說，女師學生尚有一部分是纏足的，然則不准與男生同學美術，亦自是意中事了。

美術學校以外，最引我注目的藝術團體是「易俗社」。舊戲畢竟是高古的，平常人極不易懂。凡是高古的東西，懂得的大抵只有兩種人，就是野人和學者。野人能在實際生活上得到受用，學者能用科學眼光來從事解釋，於平常人是無與的。以宗教為例，平常人大抵相信一神教，惟有野人能相信荒古的動物崇拜等等，也惟有學者能解釋荒古的動物宗拜等等。以日常生活為例，惟有野人能應用以石取火，也惟有學者能了解以石取火，平常人大抵擦著燐寸一用就算了。野人因為沒有創造的能力，也沒有創造的興趣，所以戀戀於祖父相傳的一切；學者因為富於研究的興趣，也富於研究的能力，所以也戀戀於祖父相傳的一切。我一方不願為學者，一方亦不甘為野人，所以對於舊戲是到底隔膜的。隔膜的原因也很簡單，第一，歌詞大抵是古文，用古文歌唱教人領悟，恐怕比現代歐洲人聽拉丁文還要困難，第二，滿場的空氣，被刺耳的鑼鼓，震動得非常混亂，即使提高了嗓子，歌唱著現代活用的言語，也是不能懂得的，第三，舊戲大抵只取全部情節的一段，或前或後，或在中部，不能一定。而且一齣戲演完以後，第二齣即刻接上，其中毫無間斷。有一個外國人看完中國戲以後，人家問他看的是什麼戲，他說：「剛殺罷頭的地方，就有人來喝酒了，這不知道是什麼戲。」他以為提出這樣一個特點，人家一定知道什麼戲的了，而不知殺頭與飲酒也許是兩齣戲中的情節，不過當中銜接得太緊，令人莫名其妙罷了。我對於舊戲既這樣的外行，那麼我對於陝西的舊戲理宜不開口了，但我終喜歡說一說「易俗社」的組織。易俗社是民國初元張鳳翽作督軍時代設立的，到現在已經有十二年的歷史。其間辦事人時有更動，所以選戲的方針也時有變換，但為改良淮腔，自編劇本，是始終一貫的。現在的社長，是一個紹興人，久官西安的，呂南仲先生。承他引導我們參觀，並告訴我們社內組織：學堂即在戲館間壁，外面是兩個門，裡邊是打通的；招來的學生，大抵是初小程度，間有一字不識的，社中即授以初高小一切普通課程，而同時教練戲劇；待高小畢業以後，入職業特班，則戲劇功課居大半了。寢室、自修室、教室俱備，與普通學堂一樣，有花園，有草地，空氣很是清潔。學膳、宿費是全免的，學生都住在校中。演戲的大抵白天是高小班，晚上是職業班。所演的戲，大抵是本社編的，或由社中請人編的，雖於腔調上或有些須的改變，但由我們外行人看來，依然是一派秦腔的舊戲。戲館建築是半新式的，樓座與池子像北京之廣德樓，而容量之大過之；舞臺則為圓口而旋轉式，並且時時應用旋轉；亦有布景，惟稍簡單，衣服有時亦用時裝，惟演時仍加歌唱，如慶華園之演《一念差》。不過唱的是秦腔罷了。有旦角大小劉者，大劉曰劉迪民，小劉曰劉箴俗，最受陝西人讚美。易俗社去年全體赴漢演戲，漢人對於小劉尤為傾倒，有東梅西劉之目。張辛南先生嘗說：「你如果要說劉箴俗不好，千萬不要對陝西人說。因為陝西人無一不是劉黨。」其實劉箴俗演得的確不壞，我與陝西人是同黨的。至於以男人而扮女子，我也與夏浮筠、劉靜波諸先生一樣，始終持反對的態度，但那是根本問題，與劉箴俗無關。劉箴俗三個字，在陝西人的腦筋中，已經與劉鎮華三個字差不多大小了，而劉箴俗依然是個好學的學生。我在教室中，成績榜上，都看見劉箴俗的名字。這一點我佩服劉箴俗，更佩服易俗社辦事諸君。易俗社現在已經獨立得住，戲園的收入竟能抵過學校的開支而有餘，宜乎內部的組織有條不紊了，但易俗社的所以獨立得住，原因還在於陝西人愛好戲劇的習性。西安城內，除易俗社而外，尚有較為舊式的秦腔戲園三，皮黃戲園一，票價也並不如何便宜，但總是滿座的。樓上單售女座，也竟沒有一間空廂，這是很奇特的。也許是陝西連年兵亂，人民不能安枕，自然養成了一種「子有酒食，何不日鼓瑟，且以喜樂，且以永日」的人生觀。不然就是陝西人真正愛好戲劇了。至於女客滿座，理由也甚難解。陝西女子的地位，似乎是極低的，而男女之大防又是甚嚴。一天我在《新秦日報》（陝西省城的報紙共有四五種，樣子與《越鐸日報》、《紹興公報》等地方報紙差不多，大抵是二號題目，四號文字，銷數總在一百以外，一千以內，如此而已）上看見一則甚妙的新聞，大意是：離西安城十數里某鄉村演劇，有無賴子某某，向女客某姑接吻，咬傷某姑嘴唇，大動眾怒，有衛戍司令部軍人某者，見義勇為，立將佩刀拔出，砍下無賴子首級，懸掛臺柱上，人心大快。末了撰稿人有幾句論斷更妙，他說這真是快人快事，此種案件如經法庭之手，還不是與去年某案一樣含糊了事，任凶犯逍遙法外嗎？這是陝西一部分人的道德觀念，法律觀念，人道觀念。城裡禮教比較寬鬆，所以婦女竟可以大多數出來聽戲，但也許因為相信城裡沒有強迫接吻的無賴。

陝西的酒是該記的。我到潼關時，潼人招待我們的席上，見到一種白乾似的酒，氣味比白乾更烈，據說叫作「鳳酒」，因為是鳳翔府出的。這酒給我的印象甚深，我還清清楚楚的記得，酒壺上刻著「桃林飯館」字樣，因為潼關即古「放牛於桃林之野」的地方，所以飯館以此命名的。我以為陝西的酒都是這樣猛烈的了，而孰知並不然。鳳酒以外，陝西還有其他的酒，都是和平的。仿紹興酒製的南酒有兩種，「甜南酒」與「苦南酒」。苦南酒更近於紹興。但如罈底的渾酒，是水性不好，或手藝不高之故。甜南酒則離南酒甚遠，色如「五加皮」，而殊少酒味。此外尚有「醻酒」一種，色白味甜，性更和緩，是長安名產，據云「長安市上酒家眠」就是飲了醻酒所致。但我想醻酒即使飲一斗也是不會教人眠的，李白也許是飲的「鳳酒」罷。故鄉有以糯米作甜酒釀者，作成以後，中有一窪，滿盛甜水，俗曰「蜜懃慇」，蓋醻酒之類也。除此四種以外，外酒入關，幾乎甚少。酒類運輸，全仗瓦器，而沿途震撼，損失必大。同鄉有在那邊業稻香村一類店鋪者，但不聞有酒商足跡。稻香村貨物，比關外貴好幾倍，五星啤酒售價一元五角，萬壽山汽水一瓶八角，而尚無可賺，路中震壞者多也。

陝西語言本與直魯等省同一統系，但初聽亦有幾點甚奇者。途中聽王捷三先生說「汽費」二字，已覺詫異，後來凡見陝西人幾乎無不如此，才知道事情不妙。蓋西安人說S，有一大部分代以F者，宜乎汽水變為「汽費」，讀書變為「讀甫」，暑期學校變作「夫期學校」，省長公署變作「省長公府」了。一天同魯迅先生去逛古董鋪，見有一個石雕的動物，辨不出是什麼東西，問店主，則曰：「夫」。這時候我心中亂想：犬旁一個夫字罷，犬旁一個甫字罷，豸旁一個富字罷，豸旁一個付字罷吧，但都不像。三五秒之間，思想一轉變，他所謂ㄈㄨ者也許是ㄙㄨ吧，於是我的思想又要往豸旁一個蘇字等處亂鑽了，不提防魯迅先生忽然說出，「呀，我知道了，是鼠。」但也有近於S之音而代以F者，如「船」讀為「帆」，「順水行船」讀為「奮費行帆」，覺得更妙了。S與F的搗亂以外，還有稍微與外間不同的，是D音都變為ds，T音都變為ts，所以「談天」近乎「談千」，「一定」近乎「一禁」，姓「田」的人自稱近乎姓「錢」，初聽都是很特別的。但據調查，只有長安如此，外州縣就不然。劉靜波先生且說：「我們渭南人，有學長安口音者，與學長安其他時髦惡習一樣的被人看不起。」但這種特別之處，都與交通的不便有關。交通的不便，影響於物質生活方面，是顯而易見的。汽水何以要八毛錢一瓶呢？據說本錢不過一毛餘，捐稅也不過一毛餘，再賺一毛餘，四毛錢定價也可以賣了。但搬運的時候，瓶塞衝開與瓶子震碎者，輒在半數以上，所以要八毛錢了。（長安房屋，窗上甚少用玻璃者，也是吃了運輸的虧。）交通不便之影響於精神方面，比物質方面尤其重要。陝西人通稱一切開通地方為「東邊」，上海、北京、南京都在東邊之列。我希望東邊人的物質生活與精神生活的好的一部分，隨著隴海路輸入關中，關中必有產生較有價值的新文明的希望的。

陝西而外，給我甚深印象的是山西。我們在黃河船上，就聽見關於山西的甚好口碑。山西在黃河北岸，河南在南岸，船上人總贊成夜泊於北岸，因為北岸沒有土匪，夜間可以高枕無憂。（我這次的旅行，使我改變了土匪的觀念：從前以為土匪必是白狼、孫美瑤、老洋人一般的，其實北方所謂土匪，包括南方人所謂盜賊二者在內。紹興、諸嵊一帶，近來也學北地時髦，時有大股土匪，擄人勒贖，有「請財神」與「請觀音」之目，財神男票，觀音女票，即快票也。但不把「賊骨頭」計算在土匪之內，來信中所云「樑上君子」，在南邊曰賊骨頭，北地則亦屬於土匪之一種，所謂黃河岸上之土匪者，賊而已矣。）我們本來打算從山西回來，向同鄉探聽路途，據談秦豫騾車可以渡河入晉，山西騾車不肯南渡而入豫秦，蓋秦豫尚係未臻治安之省分，而山西則治安省分也。山西人之搖船與趕車者，從不知有為政府當差的義務，豫陝就不及了。山西的好處，舉其犖犖大者，據聞可以有三，即一，全省無一個土匪，二，全省無一株鴉片，三，禁止婦女纏足。即使政治方針上尚有可以商量之點，但這三件已經有足多了。固然，這三件在江浙人看來，也是了無價值，但因為這三件的反面，正是豫陝人的缺點，所以在豫陝人的口碑上更覺有重大意義了。後來我們回京雖不走山西，但舟經山西，特別登岸參觀。（舟行山西、河南之間，一望便顯出優劣，山西一面果木森森，河南一面牛山濯濯。）上去的是永樂縣附近一個村子，住戶只有幾家，遍地都種花紅樹，主人大請我們吃花紅，在樹上隨摘隨吃，立著隨吃隨談，知道本村十幾戶共有人口約百人，有小學校一所，村中無失學兒童，亦無遊手好閒之輩。臨了我們以四十銅子，買得花紅一大筐，在船上又大吃。夏浮筠先生說，便宜而至於白吃，新鮮而至於現摘，是生平第一次，我與魯迅先生也都說是生平第一次。

隴海路經過洛陽，我們特為下來住了一天。早就知道，洛陽的旅店以「洛陽大旅館」為最好，但一進去就失望，洛陽大旅館並不是我想像中的洛陽大旅館。放下行李以後，出到街上去玩，民政上看不出若何成績，只覺得跑來跑去的都是妓女。古董鋪也有幾家，但貨物不及長安的多，假古董也所在多有。我們在外面吃完晚飯以後匆匆回館。館中的一夜更難受了。先是東拉胡琴，西唱大鼓，同院中一起有三四組，鬧得個天翻地覆。十一時餘，「西藏王爺」將要來館的消息傳到了。這大概是班禪喇嘛的先驅，洛陽人叫作「到吳大帥裡來進貢的西藏王爺」的。從此人來人往，鬧到十二點多鐘，「西藏王爺」才穿了棗紅寧綢紅裡子的夾袍翩然蒞止。帶來的翻譯，似乎中國語也不甚高明，所以主客兩面，並沒有多少話。過了一會，我到窗外去偷望，見紅裡紅外的袍子已經脫下，「西藏王爺」卻御了土布白小褂褲，在床上懶懶的躺著，腳上穿的並不是怎麼樣的佛鞋，卻是與郁達夫君等所穿的時下流行的深梁鞋子一模一樣。大概是夾袍子裹得太熱了，外傳有小病，我可證明是的確的。後來出去小便，還是由兩個人扶了走的。妓女的局面靜下去，王爺的局面鬧了；王爺的局面剛靜下，妓女的局面又鬧了。這樣一直到天明，簡直沒有睡好覺。次早匆匆的離開洛陽了，洛陽給我的印象，最深刻的只有「王爺」與妓女。

現在再回過頭來講「苦雨」。我在歸途的京漢車上，見到久雨的痕跡，但不知怎樣，我對於北方人所深畏的久雨，不覺得有什麼惡感似的。正如來信所說，北方因為少雨，所以對於雨水沒有多少設備，房屋如此，土地也如此。其實這樣一點雨量，在南方真是家常便飯，有何水災之足云，我在京漢路一帶，又覺得所見盡是江南景色，後來才知道遍地都長了茂草，把北方土地的黃色完全遮蔽。雨量既不算多，現在的問題是在對於雨水的設備。森林是要緊的，河道也是要緊的。馮軍這回出了如此大力，還在那裡實做「搶堵」兩個字。我希望他們「百尺竿頭更進一步」，在水災平定以後再做一番疏濬並沿河植樹的工夫，則不但這回氣力不算白花，以後也可以一勞永逸了。

生平不善為文，而先生卻以《秦遊記》見勗，乃用偷懶的方法，將沿途見聞及感想，拉雜書之如右，敬請教正。

一九二四年七月

作者簡介

——孫伏園（1894-1966），浙江紹興人，原名孫福源，字養泉，筆名伏廬、柏生、松年等。民國早期著名學者、散文家、副刊編輯。曾任北京《晨報》副刊編輯，人稱「副刊大王」。抗日戰爭時期，曾任重慶中外出版社社長、中華全國文藝界抗敵協會理事，後歷任國民政府軍事委員會設計委員兼《士兵月報》社社長、齊魯大學國文系主任等。一九四五年去成都，先後在華西大學和銘賢學院任教，同時主編成都《新民報》。一九四九年後，任政務院出版總署版本圖書館館長。著有《伏園遊記》、《魯迅先生二三事》。

我所知道的康橋

徐志摩

一

我這一生的周折，大都尋得出感情的線索。不論別的，單說求學。我到英國是為要從羅素。羅素來中國時，我已經在美國。他那不確的死耗傳到的時候，我真的出眼淚不夠，還作悼詩來了。他沒有死，我自然高興。我擺脫了哥倫比亞大學博士銜的引誘，買船票過大西洋，想跟這位二十世紀的福祿泰爾認真念一點書去。誰知一到英國才知道事情變樣了：一為他在戰時主張和平，二為他離婚，羅素叫康橋給除名了，他原來是Trinity College的Fellow，這樣他的Fellowship也給取消了。他回英國後就在倫敦住下，夫妻兩人賣文章過日子。因此我也不曾遂我從學的始願。我在倫敦政治經濟學院裡混了半年，正感著悶想換路走的時候，我認識了狄更生先生。狄更生——Galsworthy Lowes Dickinson——是一個有名的作者，他的《一個中國人通信》（*Letters From John Chinaman*）與《一個現代聚餐談話》（*A Modern Symposium*）兩本小冊子早得了我的景仰。我第一次會著他是在倫敦國際聯盟協會席上，那天林宗孟先生演說，他做主席；第二次是宗孟寓裡吃茶，有他。以後我常到他家裡去。他看出我的煩悶，勸我到康橋去，他自己是王家學院（Kings College）的Fellow。我就寫信去問兩個學院，回信都說學額早滿了，隨後還是狄更生先生替我去在他的學院裡說好了，給我一個特別生的資格，隨意選科聽講。從此黑方巾、黑披袍的風光也被我占著了。初起我在離康橋六英里的鄉下叫沙士頓地方租了幾間小屋住下，同居的有我從前的夫人張幼儀女士與郭虞裳君。每天一早我坐街車（有時自行車）上學，到晚回家。這樣的生活過了一個春，但我在康橋還只是個陌生人，誰都不認識，康橋的生活，可以說完全不曾嘗著，我知道的只是一個圖書館，幾個課室，和三兩個吃便宜飯的茶食鋪子。狄更生常在倫敦或是大陸上，所以也不常見他。那年的秋季我一個人回到康橋，整整有一學年，那時我才有機會接近真正的康橋生活，同時我也慢慢的「發見」了康橋。我不曾知道過更大的愉快。

二

「單獨」是一個耐尋味的現象。我有時想它是任何發見的第一個條件。你要發見你的朋友的「真」，你得有與他單獨的機會。你要發見你自己的真，你得給你自己一個單獨的機會。你要發見一個地方（地方一樣有靈性），你也得有單獨玩的機會。我們這一輩子，認真說，能認識幾個人？能認識幾個地方？我們都是太匆忙，太沒有單獨的機會。說實話，我連我的本鄉都沒有什麼了解。康橋我要算是有相當交情的，再次許只有新認識的翡冷翠了。啊，那些清晨，那些黃昏，我一個人發癡似的在康橋！絕對的單獨。

但一個人要寫他最心愛的對象，不論是人是地，是多麼使他為難的一個工作？你怕，你怕描壞了它，你怕說過分了惱了它，你怕說太謹慎了辜負了它。我現在想寫康橋，也正是這樣的心理，我不曾寫，我就知道這回是寫不好的——況且又是臨時逼出來的事情。但我卻不能不寫，上期預告已經出去了。我想勉強分兩節寫，一是我所知道的康橋的天然景色，一是我所知道的康橋的學生生活。我今晚只能極簡的寫些，等以後有興會時再補。

三

康橋的靈性全在一條河上：康河，我敢說，是全世界最秀麗的一條水。河的名是葛蘭大（Granta），也有叫康河（River Cam）的，許有上下流的區別，我不甚清楚。河身多的是曲折，上游是有名的拜倫潭——「Byron's Pool」——當年拜倫常在那裡玩的；有一個老村子叫格蘭騫斯德，有一個果子園，你可以躺在纍纍的桃李樹蔭下吃茶，花果會掉入你的茶杯，小雀子會到你桌上來啄食，那真是別有一番天地。這是上游；下游是從騫斯德頓下去，河面展開，那是春夏間競舟的場所。上下河分界處有一個壩築，水流急得很，在星光下聽水聲，聽近村晚鐘聲，聽河畔倦牛芻草聲，是我康橋經驗中最神祕的一種：大自然的優美，寧靜，調諧在這星光與波光的默契中不期然的淹入了你的性靈。

但康河的精華是在它的中樞，著名的「Backs」，這兩岸是幾個最蜚聲的學院的建築。從上面下來是Pembroke、St. Katharine's、King's、Clare、Trinity、St. John's。最令人留連的一節是克萊亞與王家學院的毗連處，克萊亞的秀麗緊鄰著王家教堂（King's Chapel）的閎偉。別的地方儘有更美更莊嚴的建築，例如巴黎賽因河的羅浮宮一帶，威尼斯的利阿爾多大橋的兩岸，翡冷翠維基烏大橋的周遭；但康橋的「Backs」自有它的特長，這不容易用一二個狀詞來概括，它那脫離盡塵埃氣的一種清澈秀逸的意境可說是超出了畫圖而化生了音樂的神味。再沒有比這一群建築更調諧更勻稱的了！論畫，可比的許只有柯羅（Corot）的田野；論音樂，可比的許只有蕭班（Chopin）的夜曲。就這也不能給你依稀的印象，它給你的美感簡直是神靈性的一種。

假如你站在王家學院橋邊的那棵大椈樹蔭下眺望，右側面，隔著一大方淺草坪，是我們的校友居（Fellows Building），那年代並不早，但它的嫵媚也是不可掩的，它那蒼白的石壁上春夏間滿綴著豔色的薔薇在和風中搖顫，更移左是那教堂，森林似的尖閣不可浼的永遠直指著天空；更左是克萊亞，啊！那不可信的玲瓏的方庭，誰說這不是聖克萊亞（St. Clare）的化身，那一塊石上不閃耀著她當年聖潔的精神？在克萊亞後背隱約可辨的是康橋最潢貴最驕縱的三清學院（Trinity），它那臨河的圖書樓上坐鎮著拜倫神采驚人的雕像。

但這時你的注意早已叫克萊亞的三環洞橋魔術似的攝住。你見過西湖白堤上的西泠斷橋不是？（可憐它們早已叫代表近代醜惡精神的汽車公司給踩平了，現在它們跟著蒼涼的雷峰永遠辭別了人間。）你忘不了那橋上斑駁的蒼苔，木柵的古色，與那橋拱下洩露的湖光與山色不是？克萊亞並沒有那樣體面的襯托，它也不比廬山棲賢寺旁的觀音橋，上瞰五老的奇峰，下臨深潭與飛瀑；它只是怯憐憐的一座三環洞的小橋，它那橋洞間也只掩映著細紋的波鱗與婆娑的樹影，它那橋上櫛比的小穿闌與闌節頂上雙雙的白石球，也只是村姑子頭上不誇張的香草與野花一類的裝飾；但你凝神的看著，更凝神的看著，你再反省你的心境，看還有一絲屑的俗念沾滯不？只要你審美的本能不曾汩滅時，這是你的機會實現純粹美感的神奇！

但你還得還你賞鑒的時辰。英國的天時與氣候是走極端的。冬天是荒謬的壞，逢著連綿的霧盲天你一定不遲疑的甘願進地獄本身去試試；春天（英國是幾乎沒有夏天的）是更荒謬的可愛，尤其是它那四五月間最漸緩最豔麗的黃昏，那才真是寸寸黃金。在康河邊上過一個黃昏是一服靈魂的補劑。啊！我那時蜜甜的單獨，那時蜜甜的閒暇，一晚又一晚的，只見我出神似的倚在橋闌上向西天凝望：

看一回凝靜的橋影，
數一數螺細的波紋；
我倚暖了石闌的青苔，
青苔涼透了我的心坎；……
還有幾句更笨重的怎能彷彿那游絲似輕妙的情景：
難忘七月的黃昏，還樹凝寂，
像墨潑的山形，襯出輕柔暝色，
密稠稠，七分鵝黃，三分橘綠，
那妙意祇可去秋夢邊緣捕捉：……

四

這河身的兩岸都是四季常青最蔥翠的草坪。從校友居的樓上望去，對岸草場上，不論早晚，永遠有十數匹黃牛與白馬，脛蹄沒在恣蔓的草叢中，從容的在咬嚼，星星的黃花在風中動盪，應和著它們尾鬃的掃拂。橋的兩端有斜倚的垂柳與掬蔭護住，水是澈底的清澄，深不足四尺，勻勻的長著長條的水草。這岸邊的草坪又是我的愛寵，在清朝，在傍晚，我常去這天然的織錦上坐地，有時讀書，有時看水，有時仰臥著看天空的行雲，有時反仆著摟抱大地的溫軟。

但河上的風流還不止兩岸的秀麗。你得買船去玩。船不止一種：有普通的雙槳划船，有輕快的薄皮舟（Canoe），有最別緻的長形撐篙船（Punt）。最末的一種是別處不常有的：約莫有二丈長，三尺寬，你站直在船梢上用長竿撐著走的。這撐是一種技術。我手腳太蠢，始終不曾學會。你初起手嘗試時，容易把船身橫住在河中，東顛西撞的狼狽。英國人是不輕易開口笑人的，但是小心他們不出聲的皺眉！也不知有多少次河中本來優閑的秩序叫我這莽撞的外行給搗亂了。我真的始終不曾學會；每回我不服輸跑去租船再試的時候，有一個白鬍子的船家往往帶譏諷的對我說：「先生，這撐船費勁，天熱累人，還是拿個薄皮舟溜溜吧！」我哪裡肯聽話，長篙子一點就把船撐了開去，結果還是把河身一段段的腰斬了去！

你站在橋上去看人家撐，那多不費勁，多美！尤其在禮拜天有幾個專家的女郎，穿一身縞素衣服，裙裾在風前悠悠的飄著，戴一頂寬邊的薄紗帽，帽影在水草間顫動，你看她們出橋洞時的姿態，撚起一根竟像沒分量的長竿，只輕輕的，不經心的往波心裡一點，身子微微的一蹲，這船身便波的轉出了橋影，翠條魚似的向前滑了去。她們那敏捷，那閒暇，那輕盈，真是值得歌詠的。

在初夏陽光漸暖時你去買一支小船，划去橋邊蔭下躺著念你的書或是作你的夢，槐花香在水面上飄浮，魚群的唼喋聲在你的耳邊挑逗。或是在初秋的黃昏，近著新月的寒光，望上流僻靜處遠去。愛熱鬧的少年們攜著他們的女友，在船沿上支著雙雙的東洋綵紙燈，帶著話匣子，船心裡用軟墊鋪著，也開向無人跡處去享他們的野福——誰不愛聽那水底翻的音樂在靜定的河上描寫夢意與春光！

住慣城市的人不易知道季候的變遷。看見葉子掉知道是秋，看見葉子綠知道是春；天冷了裝爐子，天熱了拆爐子；脫了棉袍，換上夾袍，脫下夾袍，穿上單袍，不過如此罷了。天上星斗的消息，地下泥土裡的消息，空中風吹的消息，都不關我們的事。忙著哪！這樣那樣事情多著，誰耐煩管星星的移轉，花草的消長，風雲的變幻？同時我們抱怨我們的生活，苦痛，煩悶，拘束，枯燥，誰肯承認做人是快樂？誰不多少間咒詛人生？

但不滿意的生活大都是由於自取的。我是一個生命的信仰者，我信生活絕不是我們大多數人僅僅從自身經驗推得的那樣暗慘。我們的病根是在「忘本」。人是自然的產兒，就好比枝頭的花與鳥是自然的產兒；但我們不幸是文明人，入世深似一天，離自然遠似一天。離開了泥土的花草，離開了水的魚，能快活嗎？能生存嗎？從大自然，我們取得我們的生命；從大自然，我們分取得我們繼續的滋養。哪一株婆娑的大木沒有盤錯的根柢深入在無盡藏的地裡？我們是永遠不能獨立的。有幸福是永遠不離母親撫育的孩子，有健康是永遠接近自然的人們。不必一定與鹿豕遊，不必一定回「洞府」去；為醫治我們當前生活的枯窘，只要「不完全遺忘自然」一張輕淡的藥方，我們的病象就有緩和的希望。在青草裡打幾個滾，到海水裡洗幾次浴，到高處去看幾次朝霞與晚照——你肩背上的負擔就會輕鬆了去的。

這是極膚淺的道理，當然。但我要沒有過康橋的日子，我就不會有這樣的自信。我這一輩子就只那一春，說也可憐，算是不曾虛度。就只那一春，我的生活是自然的，是真愉快的！（雖則碰巧那也是我最感受人生痛苦的時期。）我那時有的是閑暇，有的是自由，有的是絕對單獨的機會。說也奇怪，竟像是第一次，我辨認了星月的光明，草的青，花的香，流水的殷勤。我能忘記那初春的睥睨嗎？曾經有多少個清晨我獨自冒著冷去薄霜鋪地的林子裡閒步——為聽鳥語，為盼朝陽，為尋泥土裡漸次蘇醒的花草，為體會最微細最神妙的春信。啊！那是新來的畫眉在那邊凋不盡的青枝上試它的新聲！啊，這是第一朵小雪球花掙出了半凍的地面！啊，這不是新來的潮潤沾上了寂寞的柳條？

靜極了，這朝來水溶溶的大道，只遠處牛奶車的鈴聲，點綴這周遭的沉默。順著這大道走去，走到盡頭，再轉入林子裡的小徑，往煙霧濃密處走去，頭頂是交枝的榆蔭，透露著漠楞楞的曙色；再往前走去，走盡這林子，當前是平坦的原野，望見了村舍，初青的麥田，更遠三兩個饅形的小山掩住了一條通道。天邊是霧茫茫的，尖尖的黑影是近村的教寺。聽，那曉鐘和緩的清音。這一帶是此邦中部的平原，地形像是海裡的輕波，默沉沉的起伏；山嶺是望不見的，有的是常青的草原與沃腴的田壤。登那土阜上望去，康橋只是一帶茂林，擁戴幾處娉婷的尖閣。嫵媚的康河也望不見蹤跡，你只能循著那錦帶似的林木想像那一流清淺。村舍與樹林是這地盤上的棋子，有村舍處有佳蔭，有佳蔭處有村舍。這早起是看炊煙的時辰，朝霧漸漸的升起，揭開了這灰蒼蒼的天幕，（最好是微霰後的光景），遠近的炊煙，成絲的，成縷的，成捲的，輕快的，遲重的，濃灰的，淡青的，慘白的，在靜定的朝氣裡漸漸的上騰，漸漸的不見，彷彿是朝來人們的祈禱，參差的翳入了天聽。朝陽是難得見的，這初春的天氣。但它來時是起早人莫大的愉快。頃刻間這田野添深了顏色，一層輕紗似的金粉糝上了這草、這樹、這通道、這莊舍。頃刻間這周遭瀰漫了清晨富麗的溫柔，頃刻間你的心懷也分潤了白天誕生的光榮。「春！」這勝利的晴空彷彿在你的耳邊私語。「春！」你那快活的靈魂也彷彿在那裡回響。

伺候著河上的風光，這春來一天有一天的消息。關心石上的苔痕，關心敗草裡的鮮花。關心這水流的緩急，關心水草的滋長，關心天上的雲霞，關心新來的鳥語。怯憐憐的小雪球是探春信的小使，鈴蘭與香草是歡喜的初聲。窈窕的蓮馨，玲瓏的石水仙，愛熱鬧的克羅克斯，耐辛苦的蒲公英與雛菊——這時候春光已是縵爛在人間，更不須殷勤問訊。

瑰麗的春放。這是你野遊的時期。可愛的路政，這裡不比中國，哪一處不是坦蕩蕩的大道？徒步是一個愉快，但騎自轉車是一個更大的愉快。在康橋騎車是普遍的技術；婦人，稚子，老翁，一致享受這雙輪舞的快樂。（在康橋聽說自轉車是不怕人偷的，就為人人都自己有車，沒人要偷。）任你選一個方向，任你上一條通道，順著這帶草味的和風，放輪遠去，保管你這半天的逍遙是你性靈的補劑。——這道上有的是清蔭與美草，隨地都可以供你休憩。你如愛花，這裡多的是錦繡似的草原。你如愛鳥，這裡多的是巧囀的鳴禽。你如愛兒童，這鄉間到處是可親的稚子。你如愛人情，這裡多的是不嫌遠客的鄉人，你到處可以「掛單」借宿，有酪漿與嫩薯供你飽餐，有奪目的果鮮恣你嘗新。你如愛酒，這鄉間每「望」都為你儲有上好的新釀，黑啤如太濃，蘋果酒、薑酒都是供你解渴潤肺的。……帶一卷書，走十里路，選一塊清靜地，看天，聽鳥，讀書，倦了時，和身在草綿綿處尋夢去——你能想像更適情更適性的消遣嗎？

陸放翁有一聯詩句：「傳呼快馬迎新月，卻上輕輿趁晚涼。」這是做地方官的風流。我在康橋時雖沒馬騎，沒轎子坐，卻也有我的風流：我常常在夕陽西曬時騎了車迎著天邊扁大的日頭直追。日頭是追不到的，我沒有夸父的荒誕，但晚景的溫存卻被我這樣偷嘗了不少。有三兩幅畫圖似的經驗至今還栩栩的留著。只說看夕陽，我們平常只知道登山或是臨海，但實際只須遼闊的天際，平地上的晚霞有時也是一樣的神奇。有一次我趕到一個地方，手把著一家村莊的籬笆，隔著一大田的麥浪，看西天的變幻。有一次是正衝著一條寬廣的大道，過來了一大群羊，放草歸來的，偌大的太陽在牠們後背放射著萬縷的金輝，天上卻是烏青青的，只剩這不可逼視的威光中的一條大路，一群生物！我心頭頓時感著神異性的壓迫，我真的跪下了，對著這冉冉漸翳的金光。再有一次是更不可忘的奇景，那是臨著一大片望不到頭的草原，滿開著豔紅的罌粟，在青草裡亭亭的像是萬盞的金燈，陽光從褐色雲裡斜著過來，幻成一種異樣的紫色，透明似的不可逼視，剎那間在我迷眩了的視覺中，這草田變成了……不說也罷，說來你們也是不信的！

一別二年多了，康橋，誰知我這思鄉的隱憂？也不想別的，我只要那晚鐘撼動的黃昏，沒遮攔的田野，獨自斜倚在軟草裡，看第一個大星在天邊出現！

十五年一月十五日

作者簡介

——徐志摩（1897-1931），原名章垿，字槱森，小字幼申，後改名志摩，浙江海寧人。曾留學美國哥倫比亞大學、英國劍橋大學，其間深受歐美浪漫主義和唯美派詩人的影響。一九二三年與胡適、聞一多、梁實秋等發起成立新月社；加入文學研究會。一九二四年與胡適、陳西瀅等創辦《現代評論》周刊，並任北京大學教授。一九三一年因飛機失事罹難。他的詩具有鮮明的藝術個性，代表作品有〈再別康橋〉、〈偶然〉、〈沙揚娜拉一首〉等；散文也自成一格，〈自剖〉、〈我所知道的康橋〉、〈翡冷翠山居閒話〉等都是傳世的名篇。著有詩集《志摩的詩》、《翡冷翠的一夜》、《猛虎集》；散文集《落葉》、《巴黎的鱗爪》等。

藤野先生

魯迅

東京也無非是這樣。上野的櫻花爛熳的時節，望去確也像緋紅的輕雲，但花下也缺不了成群結隊的「清國留學生」的速成班，頭頂上盤著大辮子，頂得學生制帽的頂上高高聳起，形成一座富士山。也有解散辮子，盤得平的，除下帽來，油光可鑑，宛如小姑娘的髮髻一般，還要將脖子扭幾扭。實在標緻極了。

中國留學生會館的門房裡有幾本書賣，有時還值得去一轉；倘在上午，裡面的幾間洋房裡倒也還可以坐坐的。但到傍晚，有一間的地板便常不免要咚咚咚地響得震天，兼以滿房煙塵斗亂；問問精通時事的人，答道：「那是在學跳舞。」

到別的地方去看看，如何呢？

我就往仙臺的醫學專門學校去。從東京出發，不久便到一處驛站，寫道：日暮里。不知怎地，我到現在還記得這名目。其次卻只記得水戶了，這是明的遺民朱舜水先生客死的地方。仙臺是一個市鎮，並不大；冬天冷得利害；還沒有中國的學生。

大概是物以稀為貴罷，北京的白菜運往浙江，便用紅頭繩繫住菜根，倒掛在水果店頭，尊為「膠菜」；福建野生著的蘆薈，一到北京就請進溫室，且美其名曰「龍舌蘭」。我到仙臺也頗受了這樣的優待，不但學校不收學費，幾個職員還為我的食宿操心。我先是住在監獄旁邊一個客店裡的，初冬已經頗冷，蚊子卻還多，後來用被蓋了全身，用衣服包了頭臉，只留兩個鼻孔出氣。在這呼吸不息的地方，蚊子竟無從插嘴，居然睡安穩了。飯食也不壞。但一位先生卻以為這客店也包辦囚人的飯食，我住在那裡不相宜。幾次三番，幾次三番地說。我雖然覺得客店兼辦囚人的飯食和我不相干，然而好意難卻，也只得別尋相宜的住處了。於是搬到別一家，離監獄也很遠，可惜每天總要喝難以下嚥的芋梗湯。

從此就看見許多陌生的先生，聽到許多新鮮的講義。解剖學是兩個教授分任的。最初是骨學。其時進來的是一個黑瘦的先生，八字鬚，戴著眼鏡，挾著一疊大大小小的書。一將書放在講臺上，便用了緩慢而很有頓挫的聲調，向學生介紹自己道：「我就是叫作藤野嚴九郎的……」

後面有幾個人笑起來了。他接著便講述解剖學在日本發達的歷史，那些大大小小的書，便是從最初到現今關於這一門學問的著作。起初有幾本是線裝的；還有翻刻中國譯本的，他們的翻譯和研究新的醫學，並不比中國早。

那坐在後面發笑的是上學年不及格的留級學生，在校已經一年，掌故頗為熟悉的了。他們便給新生講演每個教授的歷史。這藤野先生，據說是穿衣服太模糊了，有時竟會忘記帶領結；冬天是一件舊外套，寒顫顫的，有一回上火車去，致使管車的疑心他是扒手，叫車裡的客人大家小心些。

他們的話大概是真的，我就親見他有一次上講堂沒有帶領結。

過了一星期，大約是星期六，他使助手來叫我了。到得研究室，見他坐在人骨和許多單獨的頭骨中間——他其時正在研究著頭骨，後來有一篇論文在本校的雜誌上發表出來。

「我的講義，你能抄下來麼？」他問。

「可以抄一點。」

「拿來我看！」

我交出所抄的講義去，他收下了，第二三天便還我，並且說，此後每一星期要送給他看一回。我拿下來打開看時，很吃了一驚，同時也感到一種不安和感激，原來我的講義已經從頭到末，都用紅筆添改過了，不但增加了許多脫漏的地方，連文法的錯誤，也都一一訂正。這樣一直繼續到教完了他所擔任的功課：骨學、血管學、神經學。

可惜我那時太不用功，有時也很任性。還記得有一回藤野先生將我叫到他的研究室去，翻出我那講義上的一個圖來，是下臂的血管，指著，向我和藹的說道：「你看，你將這條血管移了一點位置了——自然，這樣一移，的確比較好看些，然而解剖圖不是美術，實物是那麼樣的，我們沒法改換它。現在我給你改好了，以後你要全照著黑板上那樣的畫。」

但是我還不服氣，口頭答應著，心裡卻想道：

「圖還是我畫的不錯；至於實在的情形，我心裡自然記得的。」

學年試驗完畢之後，我便到東京玩了一夏天，秋初再回學校，成績早已發表了，同學一百餘人之中，我在中間，不過是沒有落第。這回藤野先生所擔任的功課，是解剖實習和局部解剖學。

解剖實習了大概一星期，他又叫我去了，很高興地，仍用了極有抑揚的聲調對我說道：

「我因為聽說中國人是很敬重鬼的，所以很擔心，怕你不肯解剖屍體。現在總算放心了，沒有這回事。」

但他也偶有使我很為難的時候。他聽說中國的女人是裹腳的，但不知道詳細，所以要問我怎麼裏法，足骨變成怎樣的畸形，還嘆息道：「總要看一看才知道。究竟是怎麼一回事呢？」

有一天，本級的學生會幹事到我寓裡來了，要借我的講義看。我檢出來交給他們，卻只翻檢了一通，並沒有帶走。但他們一走，郵差就送到一封很厚的信，拆開看時，第一句是：

「你改悔罷！」

這是《新約》上的句子罷，但經託爾斯泰新近引用過的。其時正值日俄戰爭，託老先生便寫了一封給俄國和日本的皇帝的信，開首便是這一句。日本報紙上很斥責他的不遜，愛國青年也憤然，然而暗地裡卻早受了他的影響了。其次的話，大略是說上年解剖學試驗的題目，是藤野先生在講義上做了記號，我預先知道的，所以能有這樣的成績。末尾是匿名。

我這才回憶到前幾天的一件事：因為要開同級會，幹事便在黑板上寫廣告，末一句是「請全數到會勿漏為要」，而且在「漏」字旁邊加了一個圈。我當時雖然覺到圈得可笑，但是毫不介意，這回才悟出那字也在譏刺我了，猶言我得了教員漏洩出來的題目。

我便將這事告知了藤野先生；有幾個和我熟識的同學也很不平，一同去詰責幹事託辭檢查的無禮，並且要求他們將檢查的結果，發表出來。終於這流言消滅了，幹事卻又竭力運動，要收回那一封匿名信去。結末是我便將這託爾斯泰式的信退還了他們。

中國是弱國，所以中國人當然是低能兒，分數在六十分以上，便不是自己的能力了：也無怪他們疑惑。但我接著便有參觀槍斃中國人的命運了。第二年添教黴菌學，細菌的形狀是全用電影來顯示的，一段落已完而還沒有到下課的時候，便影幾片時事的片子，自然都是日本戰勝俄國的情形。但偏有中國人夾在裡邊：給俄國人做偵探，被日本軍捕獲，要槍斃了，圍著看的也是一群中國人；

在講堂裡的還有一個我。

「萬歲！」他們都拍掌歡呼起來。

這種歡呼，是每看一片都有的，但在我，這一聲卻特別聽得刺耳。此後回到中國來，我看見那些閒看槍斃犯人的人們，他們也何嘗不酒醉似的喝采——嗚呼，無法可想！但在那時那地，我的意見卻變化了。

到第二學年的終結，我便去尋藤野先生，告訴他我將不學醫學，並且離開這仙臺。他的臉色彷彿有些悲哀，似乎想說話，但竟沒有說。

「我想去學生物學，先生教給我的學問，也還有用的。」其實我並沒有決意要學生物學，因為看得他有些悽然，便說了一個慰安他的謊話。

「為醫學而教的解剖學之類，怕於生物學也沒有什麼大幫助。」他嘆息說。

將走的前幾天，他叫我到他家裡去，交給我一張照相，後面寫著兩個字道：「惜別」，還說希望將我的也送他。但我這時適值沒有照相了；他便叮囑我將來照了寄給他，並且時時通信告訴他此後的狀況。

我離開仙臺之後，就多年沒有照過相，又因為狀況也無聊，說起來無非使他失望，便連信也怕敢寫了。經過的年月一多，話更無從說起，所以雖然有時想寫信，卻又難以下筆，這樣的一直到現在，竟沒有寄過一封信和一張照片。從他那一面看起來，是一去之後，杳無消息了。

但不知怎地，我總還時時記起他，在我所認為我師的之中，他是最使我感激，給我鼓勵的一個。有時我常常想：他的對於我的熱心的希望，不倦的教誨，小而言之，是為中國，就是希望中國有新的醫學；大而言之，是為學術，就是希望新的醫學傳到中國去。他的性格，在我的眼裡和心裡是偉大的，雖然他的姓名並不為許多人所知道。

他所改正的講義，我曾經訂成三厚本，收藏著的，將作為永久的紀念。不幸七年前遷居的時候，中途毀壞了一口書箱，失去半箱書，恰巧這講義也遺失在內了。責成運送局去找尋，寂無回信。只有他的照相至今還掛在我北京寓居的東牆上，書桌對面。每當夜間疲倦，正想偷懶時，仰面在燈光中瞥見他黑瘦的面貌，似乎正要說出抑揚頓挫的話來，便使我忽又良心發現，而且增加勇氣了，於是點上一支菸，再繼續寫些為「正人君子」之流所深惡痛疾的文字。

十月十二日

作者簡介

——魯迅（1881-1936），浙江紹興人，新文學運動領導人之一。原名周樟壽，後改名周樹人。曾留學日本，回國後於學校任教。一九一八年於《新青年》以筆名「魯迅」發表了中國現代白話文學的開山之作〈狂人日記〉，一九二一年發表中篇小說〈阿Q正傳〉。魯迅雖然只發表了三十三篇小說，但他在中國現代文學史上，具有不可動搖的神聖地位。曾出版小說集《吶喊》、《徬徨》、《故事新編》；散文集《熱風》、《墳》、《華蓋集》、《華蓋集續編》、《而已集》、《三閒集》、《二心集》、《南腔北調集》、《花邊文學》等；論著《中國小說史略》、《漢文學史綱要》、《中國小說的歷史變遷》。

阿Q正傳的成因

魯迅

在《文學週報》二五一期裡，西諦先生談起《吶喊》，尤其是〈阿Q正傳〉。這不覺引動我記起了一些小事情，也想藉此來說一說，一則也算是做文章，投了稿；二則還可以給要看的人去看去。

我先要抄一段西諦先生的原文：

這篇東西值得大家如此的注意，原不是無因的。但也有幾點值得商榷的，如最後「大團圓」的一幕，我在《晨報》上初讀此作之時，即不以為然，至今也還不以為然，似乎作者對於阿Q之收局太匆促了；他不欲再往下寫了，便如此隨意的給他以一個「大團圓」。像阿Q那樣的一個人，終於要做起革命黨來，終於受到那樣大團圓的結局，似乎連作者他自己在最初寫作時也是料不到的。至少在人格上似乎是兩個。

阿Q是否真要做革命黨，即使真做了革命黨，在人格上是否似乎是兩個，現在姑且勿論。單是這篇東西的成因，說起來就要很費工夫了。我常常說，我的文章不是湧出來的，是擠出來的。聽的人往往誤解為謙遜，其實是真情。我沒有什麼話要說，也沒有什麼文章要做，但有一種自害的脾氣，是有時不免吶喊幾聲，想給人們去添點熱鬧。譬如一匹疲牛罷，明知不堪大用的了，但廢物何妨利用呢，所以張家要我耕一弓地，可以的；李家要我挨一轉磨，也可以的；趙家要我在他店前站一刻，在我背上貼出廣告道：敝店備有肥牛，出售上等消毒滋養牛乳。我雖然深知道自己是怎麼瘦，又是公的，並沒有乳，然而想到他們為張羅生意起見，情有可原，只要出售的不是毒藥，也就不說什麼了。但倘若用得我太苦，是不行的，我還要自己覓草吃，要喘氣的工夫；要專指我為某家的牛，將我關在他的牛牢內，也不行的，我有時也許還要給別家挨幾轉磨。如果連肉都要出賣，那自然更不行，理由自明，無須細說。倘遇到上述的三不行，我就跑，或者索性躺在荒山裡。即使因此忽而從深刻變為淺薄，從戰士化為畜生，嚇我以康有為，比我以梁啟超，也都滿不在乎，還是我跑我的，我躺我的，絕不出來再上當，因為我於「世故」實在是太深了。

近幾年《吶喊》有這許多人看，當初是萬料不到的，而且連料也沒有料。不過是依了相識者的希望，要我寫一點東西就寫一點東西。也不很忙，因為不很有人知道魯迅就是我。我所用的筆名也不只一個：ＬＳ、神飛、唐俟、某生者、雪之、風聲；更以前還有：自樹、索士、令飛、迅行。魯迅就是承迅行而來的，因為那時《新青年》編輯者不願意有別號一般的署名。

現在是有人以為我想做什麼狗首領了，真可憐，偵察了百來回，竟還不明白。我就從不曾插了魯迅的旗去訪過一次人；「魯迅即周樹人」，是別人查出來的。這些人有四類：一類是為要研究小說，因而要知道作者的身世；一類單是好奇；一類是因為我也做短評，所以特地揭出來，想我受點禍；一類是以為於他有用處，想要鑽進來。

那時我住在西城邊，知道魯迅就是我的，大概只有《新青年》、《新潮》社裡的人們罷；孫伏園也是一個。他正在晨報館編副刊。不知是誰的主意，忽然要添一欄稱為「開心話」的了，每周一次。他就來要我寫一點東西。

阿Q的影像，在我心目中似乎確已有了好幾年，但我一向毫無寫他出來的意思。經這一提，忽然想起來了，晚上便寫了一點，就是第一章：序。因為要切「開心話」這題目，就胡亂加上些不必有的滑稽，其實在全篇裡也是不相稱的。署名是「巴人」，取「下里巴人」，並不高雅的意思。誰料這署名又闖了禍了，但我卻一向不知道，今年在《現代評論》上看見涵廬（即高一涵）的「閒話」才知道的。那大略是：

……我記得當〈阿Q正傳〉一段一段陸續發表的時候，有許多人都慄慄危懼，恐怕以後要罵到他的頭上。並且有一位朋友，當我面說，昨日〈阿Q正傳〉上某一段彷彿就是罵他自己。因此便猜疑〈阿Q正傳〉是某人做的，何以呢？因為只有某人知道他這一段私事。……從此疑神疑鬼，凡是〈阿Q正傳〉中所罵的，都以為就是他的陰私；凡是與登載〈阿Q正傳〉的報紙有關係的投稿人，都不免做了他所認為〈阿Q正傳〉的作者的嫌疑犯了！等到他打聽出來〈阿Q正傳〉的作者名姓的時候，他才知道他和作者素不相識，因此，才恍然自悟，又逢人聲明說不是罵他。（第四卷第八十九期）

我對於這位「某人」先生很抱歉，竟因我而做了許多天嫌疑犯。可惜不知是誰，「巴人」兩字很容易疑心到四川人身上去，或者是四川人罷。直到這一篇收在《吶喊》裡，也還有人問我：你實在是在罵誰和誰呢？我只能悲憤，自恨不能使人看得我不至於如此下劣。

第一章登出之後，便「苦」字臨頭了，每七天必須做一篇。我那時雖然並不忙，然而正在做流民，夜晚睡在做通路的屋子裡，這屋子只有一個後窗，連好好的寫字地方也沒有，哪裡能夠靜坐一會，想一下。伏園雖然還沒有現在這樣胖，但已經笑嘻嘻，善於催稿了，每星期來一回，一有機會，就是：「先生，〈阿Q正傳〉……明天要付排了。」於是只得做，心裡想著，「俗語說：『討飯怕狗咬，秀才怕歲考。』我既非秀才，又要周考，真是為難……」然而終於又一章。但是，似乎漸漸認真起來了；伏園也覺得不很「開心」，所以從第二章起，便移在「新文藝」欄裡。

這樣地一周一周挨下去，於是乎就不免發生阿Q可要做革命黨的問題了。據我的意思，中國倘不革命，阿Q便不做，既然革命，就會做的。我的阿Q的運命，也只能如此，人格也恐怕並不是兩個。民國元年已經過去，無可追蹤了，但此後倘再有改革，我相信還有阿Q似的革命黨出現。我也很願意如人們所說，我只寫出了現在以前的或一時期，但我還恐怕我所看見的並非現代的前身，而是其後，或者竟是二三十年之後。其實這也不算辱沒了革命黨，阿Q究竟已經用竹筷盤上他的辮子了；此後十五年，長虹「走到出版界」，不也就成為一個中國的「綏惠略夫」了麼？

〈阿Q正傳〉大約做了兩個月，我實在很想收束了，但我已經記不大清楚，似乎伏園不贊成，或者是我疑心倘一收束，他會來抗議，所以將「大團圓」藏在心裡，而阿Q卻已經漸漸向死路上走。到最末的一章，伏園倘在，也許會壓下，而要求放阿Q多活幾星期的罷。但是「會逢其適」，他回去了，代庖的是何作霖君，於阿Q素無愛憎，我便將「大團圓」送去，他便登出來。待到伏園回京，阿Q已經槍斃了一個多月了。縱令伏園怎樣善於催稿，如何笑嘻嘻，也無法再說「先生，

〈阿Q正傳〉……」。從此我總算收束了一件事，可以另幹別的去。另幹了別的什麼，現在也已經記不清，但大概還是這一類的事。

其實「大團圓」倒不是「隨意」給他的；至於初寫時可曾料到，那倒確乎也是一個疑問。我彷彿記得：沒有料到。不過這也無法，誰能開首就料到人們的「大團圓」？不但對於阿Q，連我自己將來的「大團圓」，我就料不到究竟是怎樣。終於是「學者」，或「教授」乎？還是「學匪」或「學棍」呢？「官僚」乎，還是「刀筆吏」呢？「思想界之權威」乎，抑「思想界先驅者」乎，抑又「世故的老人」乎？「藝術家」？「戰士」？抑又是見客不怕麻煩的特別「亞拉籍夫」乎？乎？乎？乎？乎？乎？

但阿Q自然還可以有各種別樣的結果，不過這不是我所知道的事。

先前，我覺得我很有寫得「太過」的地方，近來卻不這樣想了。中國現在的事，即使如實描寫，在別國的人們，或將來的好中國的人們看來，也都會覺得grotesk。我常常假想一件事，自以為這是想得太奇怪了；但倘遇到相類的事實，卻往往更奇怪。在這事實發生以前，以我的淺見寡識，是萬萬想不到的。

大約一個多月以前，這裡槍斃一個強盜，兩個穿短衣的人各拿手槍，一共打了七槍。不知道是打了不死呢，還是死了仍然打，所以要打得這麼多。當時我便對我的一群少年同學們發感慨，說：這是民國初年初用槍斃的時候的情形；現在隔了十多年，應該進步些，無須給死者這麼多的苦痛。北京就不然，犯人未到刑場，刑吏就從後腦一槍，結果了性命，本人還來不及知道已經死了呢。所以北京究竟是「首善之區」，便是死刑，也比外省的好得遠。

但是前幾天看見十一月二十三日的北京《世界日報》，又知道我的話並不的確了，那第六版上有一條新聞，題目是「杜小拴子刀鍘而死」，共分五節，現可撮錄一節在下面：

杜小拴子刀鍘餘人槍斃　先時，衛戍司令部因為從了毅軍各兵士的請求，決定用「梟首刑」，所以杜等不曾到場以前，刑場預備好了鍘草大刀一把了。刀是長形的，下邊是木底，中縫有厚大而銳利的刀一把，刀下頭有一孔，橫嵌木上，可以上下的活動，杜等四人入刑場之後，由招扶的兵士把杜等架下刑車，就叫他們臉沖北，對著已備好的刑棹前站著。……杜並沒有跪，有外右五區的某巡官去問杜：要人把著不要？杜就笑而不答，後來就自己跑到刀前，自己睡在刀上，仰面受刑，先時行刑兵已將刀抬起，杜枕到適宜的地方後，行刑兵就合眼猛力一鍘，杜的身首，就不在一處了。當時血出極多。在旁邊跪等槍決的宋振山等三人，也各偷眼去看，中有趙振一名，身上還發起顫來。後由某排長拿手槍站在宋等的後面，先斃宋振山，後斃李有三趙振，每人都是一槍斃命。……先時，被害程步墀的兩個兒子忠智忠信，都在場觀看，放聲大哭，到各人執刑之後，去大喊：爸！媽呀！你的仇已報了！我們怎麼辦哪？聽的人都非常難過，後來由家族引導著回家去了。

假如有一個天才，真感著時代的心搏，在十一月二十二日發表出記敘這樣情景的小說來，我想，許多讀者一定以為是說著包龍圖爺爺時代的事，在西曆十一世紀，和我們相差將有九百年。

這真是怎麼好……。

至於〈阿Q正傳〉的譯本，我只看見過兩種。法文的登在八月份的《歐羅巴》上，還止三分之一，是有刪節的。英文的似乎譯得很懇切，但我不懂英文，不能說什麼。只是偶然看見還有可以商榷的兩處：一是「三百大錢九二串」當譯為「三百大錢，以九十二文作為一百」的意思；二是「柿油黨」不如譯音，因為原是「自由黨」，鄉下人不能懂，便訛成他們能懂的「柿油黨」了。

十二月三日，在廈門寫

作者簡介

——魯迅（1881-1936），詳見本書頁六四。

水裡的東西——草木蟲魚之五

1930

周作人

我是在水鄉生長的，所以對於水未免有點情分。學者們說，人類曾經做過水族，小兒喜歡弄水，便是這個緣故。我的原因大約沒有這樣遠，恐怕這只是一種習慣罷了。

水，有什麼可愛呢？這件事是說來話長，而且我也有點兒說不上來。我現在所想說的單是水裡的東西。水裡有魚蝦、螺蚌、茭白、菱角，都是值得記憶的，只是沒有這些工夫來一一記錄下來，經了好幾天的考慮，決心將動植物暫且除外。那麼，是不是想來談水底裡的礦物類麼？不，絕不。我所想說的，連我自己也不明白它是哪一類，也不知道它究竟是死的還是活的，它是這麼一種奇怪的東西。

我們鄉間稱它作Ghosychiu，寫出字來就是「河水鬼」。它是溺死的人的鬼魂。既然是五傷之一——五傷大約是水、火、刀、繩、毒罷，但我記得又有虎傷似乎在內，有點弄不清楚了，總之水死是其一，這是無可疑的，所以它照例應「討替代」。聽說吊死鬼時常騙人從圓窗伸出頭去，看外面的美景，（還是美人？）倘若這人該死，頭一伸時可就上了當，再也縮不回來了。河水鬼的法門也就差不多是這一類，它每幻化為種種物件，浮在岸邊，人如伸手想去撈取，便會被拉下去，雖然看來似乎是他自己鑽下去的。假如吊死鬼是以色迷，那麼河水鬼可以說是以利誘了。它平常喜歡變什麼東西，我沒有打聽清楚，我所記得的只是說變「花棒槌」，這是一種玩具，我在兒時聽見所以特別留意，至於所以變這玩具的用意，或者是專以引誘小兒亦未可知。但有時候它也用武力，往往有鄉人游泳，忽然沉了下去，這些人都是像蝦蟆一樣地「識水」的，論理絕不會失足，所以這顯然是河水鬼的勾當，只有外道才相信是由於什麼腳筋拘攣或心臟痲痺之故。

照例，死於非命的應該超度，大約總是念經拜懺之類，最好自然是「翻九樓」，不過翻的人如不高妙，從七七四十九張桌子上跌了下來的時候，那便別樣地死於非命，又非另行超度不可了。翻九樓或拜懺之後，鬼魂理應已經得度，不必再討替代了，但為防萬一危險計，在出事地點再立一石幢，上面刻南無阿彌陀佛六字，或者也有刻別的文句的罷，我卻記不起來了。在鄉下走路，突然遇見這樣的石幢，不是一件很愉快的事，特別是在傍晚，獨自走到渡頭，正要下四方的渡船親自拉船索渡過去的時候。

話雖如此，此時也只是毛骨略略有點聳然，對於河水鬼卻壓根兒沒有什麼怕，而且還簡直有點兒可以說是親近之感。水鄉的住民對於別的死或者一樣地怕，但是淹死似乎是例外，實在怕也怕不得許多，俗語云，瓦罐不離井上破，將軍難免陣前亡，如住水鄉而怕水，那麼只好搬到山上去，雖然那裡又有別的東西等著，老虎、馬熊。我在大風暴中渡過幾回大樹港，坐在二尺寬的小船內在白鵝似的浪上亂滾，轉眼就可以沉到底去，可是像烈士那樣從容地坐著，實在覺得比大元帥時代在北京還要不感到恐怖。還有一層，河水鬼的樣子也很有點愛嬌。普通的鬼保存它死時的形狀，譬如虎傷鬼之一定大聲喊阿唷，被殺者之必用一隻手提了它自己的六斤四兩的頭之類，唯獨河水鬼則不然，無論老的小的村的俊的，一掉到水裡去就都變成一個樣子，據說是身體矮小，很像是一個小孩子，平常三五成群，在岸上柳樹下「頓銅錢」，正如街頭的野孩子一樣，一被驚動便跳下水去，有如一群青蛙，只有這個不同，青蛙跳時「不東」的有水響，有波紋，它們沒有。為什麼老年的河水鬼也喜歡攤錢之戲呢？這個，鄉下懂事的老輩沒有說明給我聽過，我也沒有本領自己去找到說明。

我在這裡便聯想到了在日本的它的同類。在那邊稱作「河童」，讀如Kappa，說是Kawawappa之略，意思即是川童二字，彷彿芥川龍之介有過這樣名字的一部小說，中國有人譯為「河伯」，似乎不大妥帖。這與河水鬼有一個極大的不同，因為河童是一種生物，近於人魚或海和尚。它與河水鬼相同要拉人下水，但也喜歡拉馬，喜歡和人角力。它的形狀大概如猿猴，色青黑，手足如鴨掌，頭頂下凹如碟子，碟中有水時其力無敵，水涸則軟弱無力，頂際有毛髮一圈，狀如前劉海，日本兒童有蓄此種髮者至今稱作河童髮云。柳田國男在《山島民譚集》（一九一四）中有一篇《河童駒引》的研究，岡田建文的《動物界靈異志》（一九二七）第三章也是講河童的，他相信河童是實有的動物，引《幽明錄》云：「水蝹一名蝹童，一名水精，裸形人身，長三五升，大小不一，眼耳鼻舌唇皆具，頭上戴一盆，受水三五尺，只得水勇猛，失水則無勇力」，以為就是日本的河童。關於這個問題我們無從考證，但想到河水鬼特別不像別的鬼的形狀，卻一律地狀如小兒，彷彿也另有意義，即使與日本河童的迷信沒有什麼關係，或者也有水中怪物的分子混在裡邊，未必純粹是關於鬼的迷信了罷。

十八世紀的人寫文章，末後常加上一個尾巴，說明寓意，現在覺得也有這個必要，所以添寫幾句在這裡。人家要懷疑，即使如何有閒，何至於談到河水鬼去呢？是的，河水鬼大可不談，但是河水鬼的信仰以及有這信仰的人卻是值得注意的。我們平常只會夢想，所見的或是天堂，或是地獄，但總不大願意來望一望這凡俗的人世，看這上邊有些什麼人，是怎麼想。社會人類學與民俗學是這一角落的明燈，不過在中國自然還不發達，也還不知道將來會不會發達。我願意使河水鬼來做個先鋒，引起大家對於這方面的調查與研究之興趣。我想恐怕喜歡頓銅錢的小鬼沒有這樣力量，我自己又不能做研究考證的文章，便寫了這樣一篇閒話，要想去拋磚引玉實在有點慚愧。但總之關於這方面是「佇候明教」。

十九年五月

作者簡介

——周作人（1885-1967），詳見本書頁二四。

「春朝」一刻值千金——懶惰漢的懶惰想頭之一

梁遇春

十年來，求師訪友，足跡走遍天涯，回想起來給我最大益處的卻是「遲起」，因為我現在腦子裡所有些聰明的想頭，靈活的意思多半是早上懶洋洋地賴在床上想出來的。我真應該寫幾句話讚美它一番，同時還可以告訴有志的人們一點遲起藝術的門徑。談起藝術，我雖然是門外漢，不過對於遲起這門藝術倒可說是一位行家，因為我既具有明察秋毫的批評能力，又帶了甘苦備嘗的實踐精神。我天天總是在可能範圍之內，盡量地滯在床上——那是我們的神廟——看著射在被上的日光，暗笑四圍人們無謂的匆忙，回味前夜的癡夢——那是比作夢還有意思的事——細想遲起的好處，唯我獨尊地躺著，東倒西傾的小房立刻變作一座快樂的皇宮。

詩人、畫家為著要追求自己的幻夢，實現自己的癡願，寧可犧牲一切物質的快樂，受盡親朋的詬罵，他們從藝術裡能夠得到無窮的安慰，那是他們真實的世界，外面的世界對於他們反變成一個空虛。遲起藝術家也具有同等的精神。區區雖然不是一個遲起大師，但是對於本行藝術的確有無限的熱忱——藝術家的狂熱。所以讓我拿自己做個例子罷。當我是個小孩時候，我的生活由家庭替我安排，毫無藝術的自覺，早上六點就起來了。後來到北方念書去，北方的天氣是培養遲起最好的沃土，許多同學又都是程度很高的遲起藝術專家，於是絕好的環境、同朋輩的切磋，使我領略到遲起的深味，我的忠於藝術的熱度也一天一天地增高。暑假年假回家時期，總在全家人吃完了早飯之後，我才敢動起床的念頭。老父常常對我說清晨新鮮空氣的好處，母親有時提到重溫稀飯的麻煩，慈愛的祖母也屢次向我姑母說「早起三日當一工」（我的姑母老是起得很早的），我雖然萬分不願意失丟大人們的歡心，但是為著忠於藝術的緣故，居然甘心得罪老人家。後來老人家知道我是無可救藥的，反動了憐惜的心腸，他們早上九點鐘時候走過我的房門前還是用著足尖；人們溫情地放縱我們的弱點是最容易刺動我們麻木的良心，但是我總捨不得違棄了心愛的藝術，所以還是懊悔地照樣地高臥。在大學裡，有幾位道貌岸然的教授對於遲到學生總是白眼相待，我不幸得很，老做他們白眼的鵠的，也曾好幾次下個決心早起，免得一進教室的門，就受兩句冷諷，可是一年一年地過去，我足足受了四年的白眼待遇，裡頭的苦處是別人想不出來的。有一年寒假住在親戚家裡，他們晚飯的時間是很早的，所以一醒來，腹裡就咕隆地響著，我卻按下飢腸，故意想出許多有趣事情，使自己忘卻了肚餓，有時餓出汗來，還是堅持著非到十時是不起來的。對於藝術我是多麼忠實，情願犧牲。枵腹作詩的愛侖波，真可說是我的同志。後來入世謀生，自然會忽略了藝術的追求；不過我還是盡量地保留一向的熱誠，雖然已經是夠墮落了。想起我個人因為遲起所受的許多說不出的苦痛，我深深相信遲起是一門藝術，因為只有藝術才會這樣帶累人，也只有藝術家才肯這樣不變初衷地往前犧牲一切。

但是從遲起我也得到不少的安慰，總夠補償我種種的苦痛。遲起給我最大的好處是我沒有一天不是很快樂地開頭的。我天天起來總是心滿意足的，覺得我們住的世界無日不是春天，無處不是樂園。當我神怡氣舒地躺著的時候，我常常記起勃浪寧的詩：「上帝在上，萬物各得其所。」（魚游水裡，鳥棲樹枝，我臥床上。）人生是短促的，可是若使我們有過光榮的青春，我們的一生就不能算是虛度，我們的殘年很可以傍著火爐，曬著太陽在回憶裡過日子。同樣地一天的光陰是很短促的，可是若使我們有過光榮的早上，（一半時間花在床上的早晨！）我們這一天就不能說是白丟了，我們其餘時間可以用在追憶清早的幸福，我們青年時期若使是欣歡的結晶，我們的餘生一定不會很淒涼的，青春的快樂是有影子留下的，那影子好似帶了魔力，慘淡的老年給它一照，也呈出和藹慈祥的光輝。我們一天裡也是一樣的，人們不是常說：一件事情好好地開頭，就是已經成功一半了；那麼賞心悅意的早晨是一天快樂的先導。遲起不單是使我天天快活地開頭，還叫我們每夜高興地結束這個日子；我們夜夜去睡的時候，心裡就預料到明早遲起的快樂——預料中的快樂是比當時的享受，味還長得多——這樣子我們一天的始終都是給生機活潑的快樂空氣圍住，這個可愛的昇平景象卻是遲起一手做成的。

遲起不僅是能夠給我們這甜蜜的空氣，它還能夠打破我們結結實實的苦悶。人生最大的愁憂是生活的單調。悲劇是很熱鬧的，怪有趣的，只有那不生不死的機械式生活才是最無聊賴的。遲起真是唯一的救濟方法。你若使感到生活的沉悶，那麼請你多睡半點鐘（最好是一點鐘），你起來一定覺得許多要幹的事情沒有時間做了，那麼是非忙不可——「忙」是進到快樂宮的金鑰，尤其那自己找來的忙碌。忙是人們體力發泄最好的法子，亞里士多德不是說過人的快樂是生於能力變成效率的暢適。我常常在辦公時間五分鐘以前起床，那時候洗臉拭牙進早餐，都要限最快的速度完成，全變作最浪漫的舉動，當牙膏四濺，臉水橫飛，一手拿著頭梳，對著鏡子，一面吃麵包時節，誰會說人生是沒有趣味呢？而且當時只怕過了時間，心中充滿了冒險的情緒。這些暗地曉得不礙事的冒險與奮是頂可愛的東西，尤其是對於我們這班不敢真真履險的懦夫。我喜歡北方的狂風，因為當我們衝著黃沙往前進的時候，我們彷彿是斬將先登，衝鋒陷陣的健兒，跟自然的大力肉搏，這是多麼可歌可泣的壯舉，同時除開耳孔鼻孔塞點沙土外，絲毫危險也沒有，不管那時是怎地像煞有介事樣子。冒險的嗜好哪個人沒有，不過我們膽小，不願白丟了生命，仁愛的上帝，因此給我們捲地蔽天的颳風，做我們安穩冒險的材料。住在江南的可憐蟲，找不到這一天賜的機會，只得英雄做時勢，遲些起來，自己創造機會。就是放假期間，十時半起床，早餐後抽完了菸，已經十一時過了，一想到今天打算做的事情一件也沒有動手，趕緊忙著起來——天下裡還有比無事忙更有趣味的事嗎？若使你因為遲起挨到人家的閒話，那最少也可以打破你日常一波不興無聲無臭的生活。我想凡是嘗過生活的深味的人一定會說痛苦比單調灰色生活強得多，因為痛苦是活的，灰色的生活卻是死的象徵。遲起本身好似是很懶惰的，但是它能夠給我們最大的活氣，使我們的生活跳動生姿；世上最懶惰不過的人們是那般黎明即起，老早把事做好，坐著呆呆地打呵欠的人們。遲起所有的這許多安慰，除開藝術，我們哪裡還找得出來呢？許多人現在還不明白遲起的好處，這也可以證明遲起是一種藝術，因為只有藝術人們才會這樣地不去睬它。

現在春天到了，「春宵苦短日高起」，五六點鐘醒來，就可以看見太陽，我們可以醉也似地躺著，一直躺了好幾個鐘頭，靜聽流鶯的巧囀，細看花影的慢移，這真是遲起的絕好時光。能讓我們天天多躺一會兒罷，別辜負了這一刻千金的「春朝」。

《懶惰漢的懶惰想頭》是當代英國小品文家 Jerome K' Jerome 的文集名字（*Idle Thoughts of An Idle Fellow*），集裡所說的都拉閑扯散，瞎三道四的廢話，可是自帶有幽默的深味，好似對於人生有比一般人更微妙的認識同玩味——這或者只是因為我自己也是懶惰漢，官官相衛，惺惺惜惺惺，那麼也好，就隨它去罷。「春宵一刻值千金」這句老話，是誰也知道的，我覺得換一個字，就可以做我的題目。連小小二句題目，都要東抄西襲湊合成的，不肯費心機自己去做一個，這也可以見我的懶惰了。

在副題目底下加了「之一」兩字，自然是指明我還要繼續寫些這類無聊的小品文字，但是什麼時候會寫第二篇，那是連上帝都不敢預言的。我是那麼懶惰，有時晚上想好了意思，第二天起得太早，心中一懊悔，什麼好意思都忘卻了。

作者簡介

——梁遇春（1906-1932），福建閩侯人。一九二八年畢業於北京大學，同年到上海暨南大學任教，翌年返回北京大學圖書館工作。文學活動始於大學學習期間，主要是翻譯西方文學作品並兼寫散文，譯著多達二三十種，散文則從一九二六年開始陸續發表在《語絲》、《奔流》、《駱駝草》、《現代文學》、《新月》等刊物。一九三二年夏因染疾猝然去世，年僅二十六歲。著有散文集《春醪集》、《淚與笑》等。

我讀一本小書又同時讀一本大書

沈從文

我能正確記憶到我小時的一切，大約在兩歲左右。我從小到四歲左右，始終健全肥壯如一隻小豚。四歲時母親一面告給我認方字，外祖母一面便給我糖吃，到認完六百生字時，腹中生了蛔蟲，弄得黃瘦異常，只得每天用草藥蒸雞肝當飯。那時節我就已跟隨了兩個姊姊，到一個女先生處上學。那人既是我的親戚，我年齡又那麼小，過那邊去念書，坐在書桌邊讀書的時節較少，坐在她膝上玩的時間或者較多。

到六歲時，我的弟弟方兩歲，兩人同時出了疹子。時正六月，日夜皆在嚇人高熱中受苦。又不能躺下睡覺，一躺下就咳嗽發喘。又不要人抱，抱時全身難受。我還記得我同我那弟弟兩人當時皆用竹簟捲好，同春捲一樣，豎立在屋中陰涼處。家中人當時業已為我們預備了兩具小小棺木擱在廊下。十分幸運，兩人到後居然全好了。我的弟弟病後家中特別為他請了一個壯實高大的苗婦人照料，照料得法，他便壯大異常。我因此一病，卻完全改了樣子，從此不再與肥胖為緣，成了個小猴兒精了。

六歲時我已單獨上了私塾。如一般風氣，凡是私塾中給予小孩子的虐待，我照樣也得到了一份。但初上學時我因為在家中業已認字不少，記憶力從小又似乎特別好，比較其餘小孩，可謂十分幸福。第二年後換了一個私塾，在這私塾中我跟從了幾個較大的學生，學會了頑劣孩子抵抗頑固塾師的方法，逃避那些書本去同一切自然相親近。這一年的生活形成了我一生性格與感情的基礎。我間或逃學，且一再說謊，掩飾我逃學應受的處罰。我的爸爸因這件事十分憤怒，有一次竟說若再逃學說謊，便當砍去我一個手指。我仍然不為這話所恐嚇，機會一來時總不把逃學的機會輕輕放過。當我學會了用自己眼睛看世界一切，到不同社會中去生活時，學校對於我便已毫無興味可言了。

我爸爸平時本極愛我，我曾經有一時還做過我那一家的中心人物。稍稍害點病時，一家人便光著眼睛不睡眠，在床邊服侍我，當我要誰抱時誰就伸出手來。家中那時經濟情形還很好，我在物質方面所享受到的，比起一般親戚小孩似乎都好得多。我的爸爸既一面只做將軍的好夢，一面對於我卻懷了更大的希望。他彷彿早就看出我不是個軍人，不希望我做將軍，卻告訴我祖父的許多勇敢光榮的故事，以及他庚子年間所得的一份經驗。他因為歡喜京戲，只想我學戲，作譚鑫培。他以為我不拘做什麼事，總之應比做個將軍高些。第一個讚美我明慧的就是我的爸爸。可是當他發現了我成天從塾中逃出到太陽底下同一群小流氓遊蕩，任何方法都不能拘束這顆小小的心，且不能禁止我狡猾的說謊時，我的行為實在傷了這個軍人的心。同時那小我四歲的弟弟，因為看護他的苗婦人照料十分得法，身體養育得強壯異常，年齡雖小，便顯得氣派宏大，凝靜結實，且極自重自愛，故家中人對我感到失望時，對他便異常關切起來。這小孩子到後來也並不辜負家中人的期望，二十二歲時便做了步兵上校。至於我那個爸爸，卻在蒙古、東北、西藏，各地處軍隊中混過，民國二十年時還只是一個上校，在本地土著軍隊裡做軍醫（後改為中醫院長），把將軍希望留在弟弟身上，在家鄉從一種極輕微的疾病中便瞑目了。

我有了外面的自由，對於家中的愛護反覺處處受了牽制，因此家中人疏忽了我的生活時，反而似乎使我方便了好些。領導我逃出學塾，盡我到日光下去認識這大千世界微妙的光，稀奇的色，以及萬匯百物的動靜，這人是我一個張姓表哥。他開始帶我到他家中橘柚園中去玩，到城外山上去玩，到各種野孩子堆裡去玩，到水邊去玩。他教我說謊，用一種謊話對付家中，又用另一種謊話對付學塾，引誘我跟他各處跑去。即或不逃學，學塾為了擔心學童下河洗澡，每到中午散學時，照例必在每人手心中用朱筆寫個大字，我們尚依然能夠一手高舉，把身體泡到河水中玩個半天。這方法也虧那表哥想出的。我感情流動而不凝固，一派清波給予我的影響實在不小。我幼小時較美麗的生活，大部分都同水不能分離。我的學校可以說是在水邊的。我認識美，學會思索，水對我有較大的關係。我最初與水接近，便是那荒唐表哥領帶的。

現在說來，我在做孩子的時代，原來也不是個全不知自重的小孩子。我並不愚蠢。當時在一班表兄弟和弟兄中，似乎只有我那個哥哥比我聰明，我卻比其他一切孩子懂事。但自從那表哥教會我逃學後，我便成為毫不自重的人了。在各樣教訓各樣的方法管束下，我不歡喜讀書的性情，從塾師方面，從家庭方面，從親戚方面，莫不對於我感覺得無多希望。我的長處到那時只是種種的說謊。我非從學塾逃到外面空氣下不可，逃學過後又得逃避處罰。我最先所學，同時拿來致用的，也就是根據各種經驗來製作各種謊話。我的心總得為一種新鮮聲音，新鮮顏色，新鮮氣味而跳。我得認識本人生活以外的生活。我的智慧應當從直接生活上吸收消化，卻不須從一本好書一句好話上學來。似乎就只這樣一個原因，我在學塾中，逃學紀錄點數，在當時便比任何一人都高。

離開私塾轉入新式小學時，我學的總是學校以外的。到我出外自食其力時，我又不曾在職務上學好過什麼，二十年後我「不安於當前事務，卻傾心於現世光色，對於一切成例與觀念皆十分懷疑，卻常常為人生遠景而凝眸」，這份性格的形成，便應當溯源於小時在私塾中逃學習慣。

自從逃學成習慣後，我除了想方設法逃學，什麼也不再關心。

有時天氣壞一點，不便出城上山裡去玩，逃了學沒有什麼去處，我就一個人走到城外廟裡去。本地大建築在城外計三十來處，除了廟宇就是會館和祠堂。空地廣闊，因此均為小手工業工人所利用。那些廟裡總常常有人在殿前廊下絞繩子，織竹簟，做香，我就看他們做事。有人下棋，我看下棋。有人打拳，我看打拳。甚至於相罵，我也看著，看他們如何罵來罵去，如何結果。因為自己既逃學，走到的地方必不能有熟人，所到的必是較遠的廟裡。到了那裡，既無一個熟人，因此什麼事都只好用耳朵聽，眼睛去看，直到看無可看聽無可聽時，我便應當設計打量我怎麼回家去的方法了。

來去學校我得拿一個書籃。內中有十多本破書，由《包句雜誌》、《幼學瓊林》到《論語》、《詩經》、《尚書》通常得背誦，分量相當沉重。逃學時還把書籃掛到手肘上，這就未免太蠢了一點。凡這麼辦的可以說是不聰明的孩子。許多這種小孩子，因為逃學到各處去，人家一見就認得出，上年紀一點的人見到時就會說：「逃學的，趕快跑回家挨打去，不要在這裡玩。」若無書籃可不會受這種教訓。因此我們就想出了一個方法，把書籃寄存到一個土地廟裡去。那地方無一個人看管，但誰也用不著擔心他的書籃。小孩子對於土地神全不缺少必需的敬畏，都信託這木偶，把書籃好好的藏到神座龕子裡去，常常同時有五個或八個，到時卻各人把各人的拿走，誰也不會亂動旁人的東西。我把書籃放到那地方去，次數是不能記憶了的，照我想來，次數最多的必定是我。

逃學失敗被家中學校任何一方面發覺時，兩方面總得各挨一頓打。在學校得自己把板凳搬到孔夫子牌位前，伏在上面受笞。處罰過後還要對孔夫子牌位作一揖，表示懺悔。有時又常常罰跪至一根香時間。我一面被處罰跪在房中的一隅，一面便記著各種事情，想像恰好生了一對翅膀，憑經驗飛到各樣動人事物上去。按照天氣寒暖，想到河中的鱖魚被釣起離水以後撥刺的情形，想到天上飛滿風箏的情形，想到空山中歌呼的黃鸝，想到樹木上纍纍的果實。由於最容易神往到種種屋外東西上去，反而常把處罰的痛苦忘掉，處罰的時間忘掉，直到被喚起以後為止，我就從不曾在被處罰中感覺過小小冤屈。那不是冤屈。我應感謝那種處罰，使我無法同自然接近時，給我一個練習想像的機會。

家中對這件事自然照例不大明白情形，以為只是教師方面太寬的過失，因此又為我換一個教師。我當然不能在這些變動上有什麼異議。這事對我說來，我倒又得感謝我的家中。因為先前那個學校比較近些，雖常常繞道上學，終不是個辦法，且因繞道過遠，把時間耽誤太久時，無可託詞。現在的學校可真很遠很遠了，不必包繞偏街，我便應當經過許多有趣味的地方了。從我家中到那個新的學塾裡去時，路上我可看到針鋪門前永遠必有一個老人戴了極大的眼鏡，低下頭來在那裡磨針。又可看到一個傘鋪，大門敞開，做傘時十幾個學徒一起工作，盡人欣賞。又有皮靴店，大胖子皮匠，天熱時總腆出一個大而黑的肚皮（上面有一撮毛！）用夾板上鞋。又有剃頭鋪，任何時節總有人手托一個小小木盤，呆呆的在那裡盡剃頭師傅刮臉。又可看到一家染坊，有強壯多力的苗人，在凹形石碾上面，站得高高的，手扶著牆上橫木，偏左偏右的搖蕩。又有三家苗人打豆腐的作坊，小腰白齒頭包花帕的苗婦人，時時刻刻口上都輕聲唱歌，一面引逗縛在身背後包單裡的小苗人，一面用放光的紅銅勺舀取豆漿。我還必須經過一個豆粉作坊，遠遠的就可聽到騾子推磨隆隆的聲音，屋頂棚架上晾滿白粉條。我還得經過一些屠戶肉案桌，可看到那些新鮮豬肉砍碎時尚在跳動不止。我還得經過一家紮冥器出租花轎的鋪子，有白面無常鬼、藍面閻羅王、魚龍、轎子、金童玉女。每天且可以從他那裡看出有多少人接親，有多少冥器，那些訂做的作品又成就了多少，換了些什麼式樣。並且還常常停頓下來，看他們貼金敷粉，塗色，一站許久。

我就歡喜看那些東西，一面看一面明白了許多事情。

每天上學時，我照例手肘上掛了那個竹書籃，裡面放十多本破書。在家中雖不敢不穿鞋，可是一出了大門，即刻就把鞋脫下拿到手上，赤腳向學校走去。不管如何，時間照例是有多餘的，因此我總得繞一節路玩玩。若從西城走去，在那邊就可看到牢獄，大清早若干人帶了腳鐐從牢中出來，派過衙門去挖土。若從殺人處走過，昨天殺的人還沒有收屍，一定已被野狗把屍首咋碎或拖到小溪中去了，就走過去看看那個糜碎了的屍體，或拾起一塊小小石頭，在那個汙穢的頭顱上敲打一下，或用一木棍去戳戳，看看會動不動。若還有野狗在那裡爭奪，就預先拾了許多石頭放在書籃裡，隨手一一向野狗拋擲，不再過去，只遠遠的看看，就走開了。

既然到了溪邊，有時候溪中漲了小小的水，就把褲管高捲，書籃頂在頭上，一隻手扶著，一隻手照料褲子，在沿了城根流去的溪水中走去，直到水深齊膝處為止。學校在北門，我出的是西門，又進南門，再繞從城裡大街一直走去。在南門河灘方面我還可以看一陣殺牛，機會好時恰好正看到那老實可憐畜牲放倒的情形。因為每天可以看一點點，殺牛的手續同牛內臟的位置，不久也就被我完全弄清楚了。再過去一點就是邊街，有織簟子的鋪子，每天任何時節皆有幾個老人坐在門前小凳子上，用厚背的鋼刀破篾，有兩個小孩子蹲在地上織簟子。（我對於這一行手藝所明白的種種，現在說來似乎比寫字還在行。）又有鐵匠鋪，製鐵爐同風箱皆占據屋中，大門永遠敞開著，時間即或再早一些，也可以看到一個小孩子兩隻手拉著風箱橫柄，把整個身子的分量前傾後倒，風箱於是就連續發出一種吼聲，火爐上便放出一股臭煙同紅光。待到把赤紅的熱鐵拉出擱放到鐵砧上時，這個小東西，趕忙舞動細柄鐵錘，把鐵錘從身背後揚起，在身面前落下，火花四濺的一下一下打著。有時打的是一把刀，有時打的是一件農具。有時看到的又是這個小學徒跨在一條大板凳上，用一把鑿子在未淬水的刀上起去鐵皮，有時又是把一條薄薄的鋼片嵌進熟鐵裡去。日子一多，關於任何一件鐵器的製造秩序，我也不會弄錯了。邊街又有小飯鋪，門前有個大竹筒，插滿了用竹子削成的筷子。有乾魚同酸菜，用缽頭裝滿放在門前櫃臺上。引誘主顧上門，意思好像是說，「吃我，隨便吃我，好吃！」每次我總仔細看看，真所謂「過屠門而大嚼」，也過了癮。

我最歡喜天上落雨，一落了小雨，若腳下穿的是布鞋，即或天氣正當十冬臘月，我也要以恐怕濕卻鞋襪為辭，有理由即刻脫下鞋襪赤腳在街上走路。但最使人開心事，還是落過大雨以後，街上許多地方已被水所浸沒，許多地方陰溝中湧出水來，在這些地方照例常常有人不能過身，我卻赤著兩腳故意向深水中走去。若河中漲了大水，照例上游會漂流有木頭、家具、南瓜同其他東西，就趕快到橫跨大河的橋上去看熱鬧。橋上必已經有人用長繩繫定了自己的腰身，在橋頭上待著，注目水中，有所等待。看到有一段大木或一件值得下水的東西浮來時，就踴身一躍，騎到那樹上，或傍近物邊，把繩子縛定，自己便快快的向下游岸邊泅去。另外幾個在岸邊的人把水中人援助上岸後，就把繩子拉著，或纏繞到大石上大樹上去，於是第二次又有第二人來在橋頭上等候。我歡喜看人在洄水裡扳罾，巴掌大的活鯽魚在網中蹦跳。一漲了水，照例也就可以看這種有趣味的事情。照家中規矩，一落雨就得穿上釘鞋，我可真不願意穿那種笨重釘鞋。雖然在半夜時有人從街巷裡過身，釘鞋聲音實在好聽，大白天對於釘鞋，我依然毫無興味。

若在四月落了點小雨，山地裡田塍上各處都是蟋蟀聲音，真使人心花怒放。在這些時節，我便覺得學校真沒有意思，簡直坐不住，總得想方設法逃學上山去捉蟋蟀。有時沒有什麼東西安置這小東西，就走到那裡去，把第一隻捉到手後又捉第二隻，兩隻手各有一隻後，就聽第三隻。本地蟋蟀原分春秋二季，春季的多在田間泥裡草裡，秋季的多在人家附近石罅裡瓦礫中，如今既然這東西只在泥層裡，故即或兩隻手心各有一匹小東西後，我總還可以想方設法把第三隻從泥土中趕出，看看若比較手中的大些，即開釋了手中所有，捕捉新的，如此輪流換去，一整天方捉回兩隻小蟲。城頭上有白色炊煙，街巷裡有搖鈴鐺賣煤油的聲音，約當下午三點左右時，趕忙走到一個刻花板的老木匠那裡去，很興奮的同那木匠說：「師傅師傅，今天可捉了大王來了！」

那木匠便故意裝成無動於衷的神氣，仍然坐在高凳上玩他的車盤，正眼也不看我的說：「不成，要打打得賭點輸贏！」我說：「輸了替你磨刀成不成？」

「嗨，夠了，我不要你磨刀，你哪會磨刀！上次磨鑿子還磨壞了我的傢伙！」

這不是冤枉我，我上次的確磨壞了他一把鑿子。不好意思再說磨刀了，我說：

「師傅，那這樣辦法，你借給我一個瓦盆子，讓我自己來試試這兩隻誰能幹些好不好？」我說這話時真怪和氣，為的是他以逸待勞，若不允許我還是無辦法。

那木匠想了想，好像莫可奈何才讓步的樣子。「借盆子得把戰敗的一隻給我，算作租錢。」我滿口答應：「那成，那成。」

於是他方離開車盤，很慷慨的借給我一個泥罐子，頃刻之間我就只剩下一隻蟋蟀了。這木匠看看我捉來的蟲還不壞，必向我提議：「我們來比比，你贏了我借你這泥罐一天；你輸了，你把這蟋蟀輸給我，辦法公平不公平？」我正需要那麼一個辦法，連說「公平，公平」，於是這木匠進去了一會兒，拿出一隻蟋蟀來同我的鬥，不消說，三五回合我的自然又敗了。他的蟋蟀照例卻常常是我前一天輸給他的。那木匠看看我有點頹喪，明白我認識那匹小東西，擔心我生氣時一摔，一面趕忙收拾盆罐，一面帶著鼓勵我神氣笑笑的說：「老弟，老弟，明天再來，明天再來！你應當捉好的來，走遠一點。明天來，明天來！」

我什麼話也不說，微笑著，出了木匠的大門，空手回家了。

這樣一整天在為雨水泡軟的田塍上亂跑，回家時常常全身是泥，家中當然一望而知，於是不必多說，沿老例跪一根香，罰關在空房子裡，不許哭，不許吃飯。等一會兒我自然可以從姊姊方面得到充飢的東西。悄悄的把東西吃下以後，我也疲倦了，因此空房中即或再冷一點，老鼠來去很多，一會兒就睡著，再也不知道如何上床的事了。

即或在家中那麼受折磨，到學校去時又免不了補挨一頓板子。我還是在想逃學時就逃學，決不為經驗所恐嚇。

有時逃學又只是到山上去偷人家園地裡的李子枇杷，主人拿著長長的竹竿大罵著追來時，就飛奔而逃，逃到遠處一面吃那個贓物，一面還唱山歌氣那主人，總而言之，人雖小小的，兩隻腳跑得很快，什麼茨棚裡鑽去也不在乎，要捉我可捉不到，就認為這種事很有趣味。

可是只要我不逃學，在學校裡我是不至於像其他那些人受處罰的。我從不用心念書，但我從不在應當背誦時節無法對付。許多書總是臨時來讀十遍八遍，背誦時節卻居然琅琅上口，一字不遺。也似乎就由於這份小小聰明，學校把我同一般同學一樣待遇，更使我輕視學校。家中不了解我為什麼不想上進，不好好的利用自己聰明用功，我不了解家中為什麼只要我讀書，不讓我玩。我自己總以為讀書太容易了點，把認得的字記記那不算什麼稀奇。最稀奇處應當是另外那些人，在他那份習慣下所做的一切事情。為什麼騾子推磨時得把眼睛遮上？為什麼刀得燒紅時在水裡一淬方能堅硬？為什麼雕佛像的會把木頭雕成人形，所貼的金那麼薄又用什麼方法做成？為什麼小銅匠會在一塊銅板上鑽那麼一個圓眼，刻花時刻得整整齊齊？這些古怪事情太多了。

我生活中充滿了疑問題，都得我自己去找尋解答。我要知道的太多，所知道的又太少，有時便有點發愁。就為的是白日裡太野，各處去看，各處去聽，還各處去嗅聞，死蛇的氣味，腐草的氣味，屠戶身上的氣味，燒碗處土窯被雨以後放出的氣味，要我說來雖當時無法用言語去形容，要我辨別卻十分容易。蝙蝠的聲音，一隻黃牛當屠戶把刀剸進它喉中時嘆息的聲音，藏在田塍土穴中大黃喉蛇的鳴聲，黑暗中魚在水面撥剌的微聲，全因到耳邊時分量不同，我也記得那麼清清楚楚。因此回到家裡時，夜間我便作出無數稀奇古怪的夢。這些夢直到將近二十年後的如今，還常常使我在半夜時無法安眠，既把我帶回到那個「過去」的空虛裡去，也把我帶往空幻的宇宙裡去。

在我面前的世界已夠寬廣了，但我似乎還得一個更寬廣的世界。我得用這方面得到的知識證明那方面的疑問。我得從比較中知道誰好誰壞。我得看許多業已由於好詢問別人，以及好自己幻想所感覺到的世界上的新鮮事情新鮮東西。結果能逃學時我逃學，不能逃學我就只好作夢。

照地方風氣說來，一個小孩子野一點的，照例也必須強悍一點，才能各處跑去。因為一出城外，隨時都會有一樣東西突然撲到你身邊來，或是一隻凶惡的狗，或是一個頑劣的人。無法抵抗這點襲擊，就不容易各處自由放蕩。一個野一點的孩子，即或身邊不必時時刻刻帶一把小刀，也總得帶一削尖的竹塊，好好的插到褲帶上，遇機會到時，就取出來當作武器。尤其是到一個離家較遠的地方去看木傀儡戲，不準備著殺一場簡直不成。你能幹點，單身往各處去，有人挑戰時，還只是一人近你身邊來惡鬥。若包圍到你身邊的頑童人數極多，你還可挑選同你精力相差不大的一人，你不妨指定其中一個說：「要打嗎？你來，我同你來。」

到時也只那一個人攏來。被他打倒，你活該，只好伏在地上盡他壓著痛打一頓。你打倒了他，他活該，把他揍夠後你可以自由走去，誰也不會追你，只不過說句「下次再來」罷了。

可是你根本上若就十分怯弱，即或結伴同行，到什麼地方去時，也會有人特意挑出你來毆鬥。應戰你得吃虧，不答應你得被仇人與同伴兩方面奚落，頂不經濟。

感謝我那爸爸給了我一分勇氣，人雖小，到什麼地方去我總不害怕。到被人圍上必須打架時，我能挑出那些同我不差多少的人來，我的敏捷同機智，總常常占點上風。有時氣運不佳，不小心被人摔倒，我還會有方法翻身過來壓到別人身上去。在這件事上我只吃過一次虧，不是一個小孩，卻是一隻惡狗，把我攻倒後，咬傷了我一隻手。我走到任何地方去都不怕誰，同時因換了好些私塾，各處皆有些同學，大家既都逃過學，便有無數朋友，因此也不會同人打架了。可是自從被那隻惡狗攻倒過一次以後，到如今我卻依然十分怕狗。（有種兩腳狗我更害怕，對付不了。）

至於我那地方的大人，用單刀、扁擔在大街上決鬥本不算回事。事情發生時，那些有小孩子在街上玩的母親，只不過說：「小雜種，站遠一點，不要太近！」囑咐小孩子稍稍站開點兒罷了。本地軍人互相砍殺雖不出奇，行刺暗算卻不作興。這類善於毆鬥的人物，有軍營中人，有哥老會中老者，有好打不平的閒漢，在當地另成一幫，豁達大度，謙卑接物，為友報仇，愛義好施，且多非常孝順。但這類人物為時代所陶冶，到民五以後也就漸漸消滅了。

雖有些青年軍官還保存那點風格，風格中最重要的一點灑脫處，卻為了軍紀一類影響，大不如前輩了。

我有三個堂叔叔兩個姑姑都住在城南鄉下，離城四十里左右。那地方名黃羅寨，出強悍的人同猛鷙的獸。我爸爸三歲時在那裡差一點險被老虎咬去。我四歲左右，到那裡第一天，就看見四個鄉下人抬了一隻死老虎進城，給我留下極深刻的印象。

我還有一個表哥，住在城北十里地名長寧哨的鄉下，從那裡再過去十里便是苗鄉。表哥是一個紫色臉膛的人，一個守碉堡的戰兵。我四歲時被他帶到鄉下去過了三天，二十年後還記得那個小小城堡黃昏來時鼓角的聲音。

這戰兵在苗鄉有點威信，很能喊叫一些苗人。每次來城時，必為我帶一隻小鬥雞或一點別的東西。一來為我說苗人故事，臨走時我總不讓他走。我歡喜他，覺得他比鄉下叔父能幹有趣。

作者簡介

——沈從文（1902-1988），湖南鳳凰縣人，原名沈岳煥，字崇文，為著名小說家、散文家，以及考古學專家。一九二五年發表第一篇小說〈福生〉，一九二六年創辦《人間》、《紅黑》雜誌，與當時的徐志摩、周作人、魯迅等人齊名，曾任教於輔仁大學、青島大學、武漢大學、西南聯合大學、北京大學。汪曾祺即是他在西南聯合大學的得意門生。一九四八年遭郭沫若批判，宣布封筆，並轉投中國古代服飾研究。著有小說集《八駿圖》、《如蕤集》、《新與舊》、《黑鳳集》、《春燈集》、《長河》等，以及最富盛名的《邊城》；散文集《從文自傳》、《湘行書簡》、《湘西》等；學術著作《中國古代服飾研究》、《龍鳳藝術》。

1931

我上許多課仍然不放下那一本大書

沈從文

我改進了新式小學後，學校不背誦經書，不隨便打人，同時也不必成天坐在桌邊，每天不只可以在小院中玩，互相扭打，先生見及，也不加以約束，七天照例又還有一天放假，因此我不必再逃學了。可是在那學校照例也就什麼都不曾學到。每天上課時照例上上，下課時就遵照大的學生指揮，找尋大小相等的人，到操坪中去打架。一出門就是城牆，我們便想法爬上城去，看城外對河的景致。上學散學時，便如同往常一樣，常常繞了多遠的路，去城外邊街上看看那些木工手藝人新雕的佛像貼了多少金。看看那些鑄鋼犁的人，一共出了多少新貨。或者什麼人家孵了小雞，也常常不管遠近必跑去看看。一到星期日，我在家中寫了十六個大字後，就一溜出門，一直到晚方回家中。

半年後，家中母親相信了一個親戚的建議，以為應從城內第二初級小學換到城外第一小學，這件事實行後更使我方便快樂。新學校臨近高山，校屋前後各處是大樹，同學又多，當然十分有趣。到這學校我仍然什麼也不學得，生字也沒認識多少，可是我倒學會了爬樹。幾個人一下課，就在校後山邊各自揀選一株合抱大梧桐樹，看誰先爬到頂。我從這方面便認識約三十種樹木的名稱。因為爬樹有時跌下或扭傷了腳，刺破了手，就跟同學去採藥，又認識了十來種草藥。我開始學會了釣魚，總是上半天學，釣半天魚。我學會了採筍子，採蕨菜。後山上到春天各處是野蘭花，各處是可以充飢解渴的刺莓，在竹篁裡且有無數雀鳥，我便跟他們認識了許多雀鳥，且認識許多果樹。去後山約一里左右，又有一個製瓷器的大窯，我們便常常到那裡去看人製造一切瓷器，看一塊白泥在各樣手續下如何就變成為一個飯碗，或一件別種用具的生產過程。

學校環境使我們在校外所學的實在比校內課堂上多十倍。但在學校也學會了一件事，便是各人用刀在座位板下鐫雕自己的名字。又因為學校有做手工的白泥，我們就用白泥摹塑教員的肖像，且各為取一怪名：綿羊，耗子，老土地菩薩，還有更古怪的稱呼。總之隨心所欲。在這些事情上我的成績照例比學校功課好一點，但自然不能得到任何獎勵。學校已禁止體罰，可是記過罰站還在執行。

照情形看來，我已不必逃學，但學校既不嚴格，四個教員恰恰又有我兩個表哥在內，想要到什麼地方去時，我便請假。看戲請假，釣魚請假，甚至幾個人到三里外田坪中去看人割禾、捉蚱蜢也向老師請假。至於教師本人，一下課就玩麻雀牌，久成習慣，當時麻雀牌是新事物，所以教師會玩並不以為是壞事情。

那時我家中每年還可收取租穀三百石左右，三個叔父二個姑母占兩份，我家占一份。到秋收時，我便同叔父或其他年長親戚，往二十里外的鄉下去，督促佃戶和一些臨時雇來的工人割禾。等到田中成熟禾穗已空，新穀裝滿白木淺緣方桶時，便把新穀傾倒到大曬穀簟上來，與佃戶平分。其一半應歸佃戶所有的，由他們去處置，我們把我家應得那一半，雇人押運回家。在那裡最有趣處是可以辨別各種禾苗，認識各種害蟲，學習捕捉蚱蜢分別蚱蜢。同時學用雞籠去罩捕水田中的肥大鯉魚鯽魚，把魚捉來即用黃泥包好塞到熱灰裡去煨熱分吃。又向佃戶家討小小鬥雞，且認識種類，準備帶回家來抱到街上去尋找別人同等大小公雞作戰。又從農家小孩處學習抽稻草心織小簍小籃，剝桐木皮做卷筒哨子，用小竹子做嗩吶。有時捉得一個刺蝟，有時打死一條大蛇，又有時還可跟叔父讓佃戶帶到山中去，把雉媒拋出去，吹唿哨招引野雉，鳥槍裡裝上一把散碎鐵砂和黑色土藥，獵取這華麗驕傲的禽鳥。

為了打獵，秋末冬初我們還常常去佃戶家。看他們下圍，跟著他們亂跑。我最歡喜的是獵取野豬同黃麂。有一次還被他們捆縛在一株大樹高枝上，看他們把受驚的黃麂從樹下追趕過去。我又看過獵狐，眼看著一對狡猾野獸在一株大樹根下轉，到後這東西便變成了我叔父的馬褂。

學校既然不必按時上課，其餘的時間我們還得想出幾件事情來消磨，到下午三點才能散學。幾個人爬上城去，坐在大銅炮上看城外風光，一面拾些石頭奮力向河中擲去，這是一個辦法。另外就是到操場一角砂地上去拿頂翻筋斗，每個人輪流來做這件事，不溜刷的便仿照技術班辦法，在那人腰身上縛一條帶子，兩個人各拉一端，翻筋斗時用力一抬，日子一多，便無人不會翻筋斗了。

因為學校有幾個鄉下來的同學，身體壯大異常，便有人想出好主意，提議要這些鄉下孩子裝馬，讓較小的同學跨到馬背上去，同另一匹馬上另一員勇將來作戰，在上面扭成一團，直到跌下地後為止。這些做馬匹的同學，總照例非常忠厚可靠，在任何情形下皆不卸責。作戰總有受傷的，不拘誰人頭面有時流血了，就抓一把黃土，將傷口敷上，全不在乎似的。我常常設計把這些人馬調度得十分如法，他們服從我的編排，比一匹真馬還馴服規矩。

放學時天氣若還早一些，幾個人不是上城去坐坐，就常常沿了城牆走去。有時節出城去看看，有誰的柴船無人照料，看明白了這隻船的的確確無人時，幾人就匆忙跳上了船，很快的向河中心划去。等一會兒那船主人來時，若在岸上和和氣氣的說：

「兄弟，兄弟，你們快把船划回來。我得回家！」

遇到這種和平講道理人時，我們也總得十分和氣把船划回來，各自跳上了岸，讓人家上船回家。若那人性格暴躁點，一見自己小船為一群胡鬧小將把它送到河中打著圈兒轉，心中十分憤怒，大聲的喊罵，說出許多恐嚇無理的野話，那我們便一面回罵著，一面快快的把船向下游流去，盡他叫罵也不管他。到下游時幾個人上了岸，就讓這船擱在河灘上不再理會了。有時剛上船坐定，即刻便被船主人趕來，那就得擔當一份兒驚險了。船主照例知道我們受不了什麼簸蕩，搶上船頭，把身體故意向左右連續傾側不已，因此小船就在水面胡亂顛簸，一個無經驗的孩子擔心會掉到水中去，必驚駭得大哭不已。但有了經驗的人呢，你估計一下，先看看是不是逃得上岸，若已無可逃避，那就好好的坐在船中，盡那鄉下人的磨練，拚一身衣服給水濕透，你不慌不忙，只穩穩的坐在船中，不必作聲告饒，也不必惡聲相罵，過一會兒那鄉下人看看你膽量不小，知道用這方法嚇不了你，他就會讓你明白他的行為不過是一種不帶惡意的玩笑，這玩笑到時應當結束了，必把手扠上腰邊，向你微笑，抱歉似的微笑。

「少爺，夠了，請你上岸！」

於是幾個人便上岸了。有時不湊巧，我們也會被人用小槳竹篙一路追趕著打我們，還一路罵我們。只要逃走遠一點點，用什麼話罵來，我們照例也就用什麼話罵回去，追來時我們又很快的跑去。

那河裡有鱖魚，有鯽魚，有小鮎魚，釣魚的人多向上游一點走去。隔河是一片苗人的菜園，不漲水，從跳石上過河，到茶園裡去看花、買菜心吃的次數也很多。河灘上各處曬滿了白布同青菜，每天還有許多婦人背了竹籠來洗衣，用木棒杵在流水中捶打，訇訇的從北城牆腳下應出回聲。

天熱時，到下午四點以後，滿河中都是赤光光的身體。有些軍人好事愛玩，還把小孩子，戰馬，看家的狗，同一群鴨雛，全部都帶到河中來。有些人父子數人同來。大家皆在激流清水中游泳。不會游泳的便把褲子泡濕，扎緊了褲管，向水中急急的一兜，捕捉了滿滿的一褲空氣，再用帶子捆好，便成了極合用的「水馬」。有了這東西，即或全不會漂浮的人，也能很勇敢的向水深處泅去。到這種人多的地方，照例不會出事故被水淹死的，一出了什麼事，大家皆很勇敢的救人。

我們洗澡可常常到上游一點去。那裡人既很少，水又極深，對我們才算合適。這件事自然得瞞著家中人。家中照例總為我擔憂，唯恐一不小心就會為水淹死。每天下午既無法禁止我出去玩，又知道下午我不會到米廠上去同人賭骰子，那位對於管拘我偵察我十分負責的大哥，照例一到飯後我出門不久，他也總得到城外河邊一趟。人多時不能從人叢中發現我，就沿河去找尋我的衣服，在每一堆衣服上來一分注意。一見到了我的衣服，一句話不說，就拿起來走去，遠遠的坐到大路上，等候我要穿衣時來同他會面。衣褲既然在他手上，我不能不見他了，到後只好走上岸來，從他手上把衣服取到手，兩人沉沉默默的回家。回去不必說什麼，只準備一頓打。可是經過兩次教訓後，我即或仍然在河中洗澡，也就不至於再被家中人發現了。我可以搬些石頭把衣服壓著，只要一看到他從城門洞邊大路走來時，必有人告給我，我就快快的泅到河中去，向天仰臥，把全身泡在水中，只露出一張臉一個鼻孔來，盡岸上那一個搜索也不會得到什麼結果。有些人常常同我在一處，哥哥認得他們，看到了他們時，就喚他們：

「熊澧南，印鑒遠，你見我兄弟老二嗎？」

那些同學便故意大聲答著：

「我們不知道，你不看看衣服嗎？」

「你們不正是成天在一堆胡鬧嗎？」

「是呀，可是現在誰知道他在哪一片天底下。」

「他不在河裡嗎？」

「你不看看衣服嗎？不數數我們的人數嗎？」

這好人便各處望望，果然不見到我的衣褲，相信我那朋友的答覆不是句謊話，於是站在河邊欣賞了一陣河中景致，又彎下腰拾起兩個放光的貝殼，用他那雙常若含淚發愁的藝術家眼睛賞鑒了一下，或坐下來取出速寫簿，隨意畫兩張河景的素描，口上噓噓打著唿哨，又向原來那條路上走去了。等他走去以後，我們便來模仿我這個可憐的哥哥，互相反覆著前後那種答問。「熊澧南，印鑒遠，看見我兄弟嗎？」「不知道，不知道，你自己不看看這裡一共有多少衣服嗎？」「你們成天在一堆！」「是呀！成天在一堆，可是誰知道他現在到哪兒去了呢？」於是互相澆起水來，直到另一個逃走方能完事。

有時這好人明知道我在河中，當時雖無法擒捉，回頭卻常常隱藏在城門邊，坐在賣蕎粑的苗婦人小茅棚裡，很有耐心的等待著。等到我十分高興的從大路上同幾個朋友走近身時，他便風快的同一隻公貓一樣，從那小棚中躍出，一把攫住了我衣領。於是同行的朋友就大嚷大笑，伴送我到家門口，才自行散去。不過這種事也只有三兩次，從經驗上既知道這一著棋時，我進城時便常常故意慢一陣，有時且繞了極遠的東門回去。

我人既長大了些，權利自然也多些了，在生活方面我的權利便是即或家中明知我下河洗了澡，只要不是當面被捉，家中可不能用爬搔皮膚方法決定我的應否受罰了。同時我的游泳自然也進步多了，我記得我能在河中來去泅過三次，至於那個名叫熊澧南的，卻大約能泅過五次。

下河的事若在平常日子，多半是三點晚飯以後才去。如遇星期日，則常常幾人先一天就邀好，過河上游一點棺材潭的地方去，泡一個整天，泅一陣水又摸一會兒魚，把魚從水中石底捉得，就用枯枝在河灘上燒來當點心。有時那一天正當附近十里長寧哨苗鄉場集，就空了兩隻手跑到那地方去，玩一個半天。到了場上後，過賣牛處看看他們討論價錢盟神發誓的樣子，又過賣豬處看看那些大豬小豬，查看它，把後腳提起時，必銳聲呼喊。又到賭場上去看那些鄉下人一隻手抖抖的下注，替別人擔一陣心。又到賣山貨處去，用手摸摸那些豹子老虎的皮毛，且聽聽他們談到獵取這野物的種種危險經驗。又到賣雞處去，欣賞欣賞那些大雞小雞，我們皆知道什麼雞戰鬥時厲害，什麼雞生蛋極多。我們且各自把那些鬥雞毛色記下來，因為這些雞照例當天全將為城中來的兵士和商人買去，五天以後就會在城中鬥雞場出現。我們間或還可在敞坪中看苗人決鬥，用扁擔或雙刀互相拚命。小河邊到了場期，照例來了無數小船和竹筏，竹筏上且常常有長眉秀目臉兒極白奶頭高腫的青年苗族女人，用繡花大衣袖掩著口笑，使人看來十分舒服。我們來回走二三十里路，各個人兩隻手既是空空的，因此在場上什麼也不能吃。間或誰一個人身上有一兩枚銅元，就到賣狗肉攤邊割一塊狗肉，蘸些鹽水，平均分來吃吃。或者無意中誰一個在人叢中碰著了一位親長，被問道：「吃過點心嗎？」大家正餓著，互相望了會兒，羞羞怯怯的一笑。那人知道情形了，便道：「這成嗎？不喝一杯還算趕場嗎？」到後自然就被拉到狗肉攤邊去，切一斤兩斤肥狗肉，分割成幾大塊，各人來那麼一塊，蘸了鹽水往嘴上送。

機會不好不曾碰到這麼一個慷慨的親戚，我們也依然不會癟了肚皮回家。沿路有無數人家的桃樹李樹，果實全把樹枝壓得彎彎的，等待我們去為它們減除一分負擔。還有多少黃泥田裡，紅蘿蔔大得如小豬頭，沒有我們去吃它讚美它，便始終委屈在那深土裡！除此以外，路塍上無處不是莓類同野生櫻桃，大道旁無處不是甜滋滋的枇杷，無處不可得到充飢果腹的山果野莓。口渴時無處不可以隨意低下頭去喝水。至於茶油樹上長的茶莓，則常年四季都可以隨意採吃，不犯任何忌諱。即或任何東西沒得吃，我們還是十分高興，就為的是鄉場中那一派空氣，一陣聲音，一分顏色，以及在每一處每一項生意人身上發出那一股臭味，就夠使我們覺得滿意，我們用各樣官能吃了那麼多東西，即使不再用口來吃喝也很夠了。

到場上去我們還可以看各樣水碾水碓，並各種形式的水車。我們必得經過好幾個榨油坊，遠遠的就可以聽到油坊中打油人唱歌的聲音。一過油坊時便跑進去，看看那些堆積如山的桐子，經過些什麼手續才能出油。我們只要稍稍繞一點路，還可以從一個造紙工作場過身，在那裡可以看他們利用水力搗碎稻草同竹條，用細篾帘子舀取紙漿做紙。我們又必須從一些造船的河灘上過身，有萬千機會看到那些造船工匠在太陽下安置一隻小船的龍骨，或把粗麻頭同桐油石灰嵌進縫罅裡補治舊船。

總而言之，這樣玩一次，就只一次，也似乎比讀半年書還有益處。若把一本好書同這種好地方盡我揀選一種，直到如今，我還覺得不必看這本弄虛作偽千篇一律用文字寫成的小書，卻應當去讀那本色香俱備內容充實用人事寫成的大書。

我不明白我為什麼就學會了賭骰子。大約還是因為每早上買菜，總可剩下三五個小錢，讓我有機會傍近用骰子賭輸贏的糕類攤子。起始當三五個人蹲到那些戲樓下，把三粒骰子或四粒骰子或六粒骰子抓到手中，奮力向大土碗擲去，跟著它的變化喊出種種專門名詞時，我真忘了自己也忘了一切。那富於變化的六骰子賭，七十二種「快」「臭」，一眼間我皆能很得體的喊出它的得失。誰也不能在我面前占去便宜，誰也騙不了我。自從精明這一項玩意兒以後，我家裡這一早上若派我出去買菜，我就把買菜的錢去作注，同一群小無賴在一個有天棚的米廠上玩骰子，贏了錢自然全部買東西吃，若不湊巧全輸掉時，就跑回來悄悄的進門找尋外祖母，從她手中把買菜的錢得到。

但這是件相當冒險的事，家中知道後可得痛打一頓，因此賭雖然賭，經常總只下一個銅子的注，贏了拿錢走去，輸了也不再來，把菜少買一些，總可敷衍下去。

由於賭術精明，我不大擔心輸贏。我倒最希望玩個半天結果無輸無贏。我所擔心的只是正玩得十分高興，忽然後領一下子為一隻強硬有力的瘦手攫定，一個啞啞的聲音在我耳邊響著：

「這一下捉到你了，這一下捉到你了！」

先是一驚。想掙扎可不成。既然捉定了，不必回頭，我就明白我被誰捉住，且不必猜想，我就知道我回家去應受些什麼款待。於是提了菜籃讓這個彷彿生下來給我作對的人把我揪回去。這樣過街可真無臉面，因此不是請求他放和平點抓著我一隻手，總是趁他不注意的情形下，忽然掙脫先行跑回家去，準備他回來時受罰。

每次在這件事上我受的處罰都似乎略略過分了些，總是被一條繡花的白綢腰帶縛定兩手，繫在空穀倉裡，用鞭子打幾十下，上半天不許吃飯，或是整天不許吃飯。親戚中看到覺得十分可憐，多以為哥哥不應當這樣虐待弟弟。但這樣不顧臉面的去同一些乞丐賭博，給了家中多少氣惱，我是不理解的。

我從那方面學會了不少下流野話和賭博術語，在親戚中身分似乎也就低了些。只是當十五年後，我能夠用我各方面的經驗寫點故事時，這些粗話野話，卻給了我許多幫助，增加了故事中人物的色彩和生命。

革命後，本地設了女學校，我兩個姊姊一同被送過女學校讀書。我那時也歡喜過女學校去玩，就因為那地方有些新奇的東西。學校外邊一點，有個做小鞭炮的作坊，從起始用一根細鋼條，捲上了紙，送到木機上一搓，吱的一聲就成了空心的小管子，再如何經過些什麼手續，便成了燃放時巴的一聲的小爆仗，被我看得十分熟習。我借故去瞧姊姊時，總在那裡看他們工作一會兒。我還可看他們烘焙火藥，碓舂木炭，篩硫磺，配合火藥的原料，因此明白製焰火用的藥同製爆仗用的藥，硫磺的分配分量如何不同。這些知識遠比學校讀的課本有用。

一到女學校時，我必跑到長廊下去，欣賞那些平時不易見到的織布機器。那些大小不一鋼齒輪互相銜接，一動它時全部都轉動起來，且發出一種異樣陌生的聲音，聽來我總十分歡喜。我平時是個怕鬼的人，但為了欣賞這些機器，黃昏中我還敢在那兒逗留，直到她們大聲呼喊各處找尋時，我才從廊下跑出。

當我轉入高小那年，正是民國五年，我們那地方為了上年受蔡鍔討袁戰事的刺激，感覺軍隊非改革不能自存，因此本地鎮守署方面，設了一個軍官團。前為道尹後改成苗防屯務處方面，也設了一個將弁學校。另外還有一個教練兵士的學兵營，一個教導隊。小小的城裡多了四個軍事學校，一切都用較新方式訓練，地方因此氣象一新。由於常常可以見到這類青年學生結隊成排在街上走過，本地的小孩，以及一些小商人，都覺得學軍事較有意思，有出息。有人與軍官團一個教官做鄰居的，要他在飯後課餘教教小孩子，先在大街上練操，到後卻借了附近由皇殿改成的軍官團操場使用，不上半月便招集了一百人左右。

有同學在裡面受過訓練來的，精神比起別人來特別強悍，顯明不同於一般同學。我們覺得奇怪。這同學就告我們一切，且問我願不願意去。並告我到裡面後，每兩月可以考選一次，配吃一份口糧做守兵戰兵的，就可以補上名額當兵。在我生長那個地方，當兵不是恥辱。多久以來，文人只出了個翰林，即熊希齡，兩個進士，四個拔貢。至於武人，隨同曾國荃打入南京城的就出了四名提督軍門，後來從日本士官學校出來的朱湘溪，還做蔡鍔的參謀長，出身保定軍官團的，且有一大堆。在湘西十三縣似占第一位。本地的光榮原本是從過去無數男子的勇敢流血搏來的。誰都希望當兵，因為這是年輕人一條出路，也正是年輕人唯一的出路。同學說及進「技術班」時，我就答應試來問問我的母親，看看母親的意見，這將軍的後人，是不是仍然得從步卒出身。

那時節我哥哥已過熱河找尋父親去了，我因不受拘束，生活既日益放肆，不易教管，母親正想不出處置我的好方法，因此一來，將軍後人就決定去做兵役的候補者了。

作者簡介

——沈從文（1902-1988），詳見本書頁九三。

追悼志摩

胡適

悄悄的我走了，
正如我悄悄的來；
我揮一揮衣袖，
不帶走一片雲彩。

（〈再別康橋〉）

志摩這一回真走了！可不是悄悄的走。在那淋漓的大雨裡，在那迷濛的大霧裡，一個猛烈的大震動，三百匹馬力的飛機碰在一座終古不動的山上，我們的朋友額上受了一下致命的撞傷，大概立刻失去了知覺。半空中起了一團天火，像天上隕了一顆大星似的直掉下地去。我們的志摩和他的兩個同伴就死在那烈焰裡了！

我們初得著他的死信，都不肯相信，都不信志摩這樣一個可愛的人會死的這樣慘酷。但在那幾天的精神大震撼稍稍過去之後，我們忍不住要想，那樣的死法也許只有志摩最配。我們不相信志摩會「悄悄的走了」，也不忍想志摩會死一個「平凡的死」，死在天空之中，大雨淋著，大霧籠罩著，大火焚燒著，那撞不倒的山頭在旁邊冷眼瞧著，我們新時代的新詩人，就是要自己挑一種死法，也挑不出更合適、更悲壯的了。

志摩走了，我們這個世界裡被他帶走了不少的雲彩。他在我們這些朋友之中，真是一片最可愛的雲彩，永遠是溫暖的顏色，永遠是美的花樣，永遠是可愛。他常說：

我不知道風
是在哪一個方向吹——

我們也不知風是在哪一個方向吹，可是狂風過去之後，我們的天空變慘淡了，變寂寞了，我們才感覺我們的天上的一片最可愛的雲彩被狂風捲去了，永遠不回來了！

這十幾天裡，當有朋友到家裡來談志摩，談起來常常有人痛哭。在別處痛哭他的，一定還不少。志摩所以能使朋友這樣哀念他，只是因為他的為人整個的只是一團同情心，只是一團愛。葉公超先生說：

他對於任何人，任何事，從未有過絕對的怨恨，甚至於無意中都沒有表示過一些憎嫉的神氣。

陳通伯先生說：

尤其朋友裡缺不了他。他是我們的連索，他是黏著性的，發酵性的。在這七八年中，國內文藝界裡起了不少的風波，吵了不少的架，許多很熟的朋友往往弄的不能見面。但我沒有聽見有人怨恨過志摩。誰也不能抵抗志摩的同情心，誰也不能避開他的黏著性。他才是和事的無窮的同情，使我們老友，他總是朋友中間的「連索」。他從沒有疑心，他從不會妒忌。他使這些多疑善妒的人們十分慚愧，又十分羨慕。

他的一生真是愛的象徵。愛是他的宗教，他的上帝。

我攀登了萬仞的高岡，
荊棘扎爛了我的衣裳，
我向飄渺的雲天外望——
上帝，我望不見你！
……
我在道旁見一個小孩：
活潑，秀麗，襤褸的衣衫，
他叫聲媽，眼裡亮著愛——
上帝，他眼裡有你！

（〈他眼裡有你〉）

志摩今年在他的《猛虎集》自序裡曾說他的心境是「一個曾經有單純信仰的流入懷疑的頹廢」。這句話是他最好的自述。他的人生觀真是一種「單純信仰」，這裡面只有三個大字：一個是愛，一個是自由，一個是美。他夢想這三個理想的條件能夠會合在一個人生裡，這是他的「單純信仰」。他的一生的歷史，只是他追求這個單純信仰的實現的歷史。

社會上對於他的行為，往往有不能諒解的地方，都只因為社會上批評他的人不曾懂得志摩的「單純信仰」的人生觀。他的離婚和他的第二次結婚，是他一生最受社會嚴厲批評的兩件事。現在志摩的棺已蓋了，而社會上的議論還未定。但我們知道這兩件事的人，都能明白，至少在志摩的方面，這兩件事最可以代表志摩的單純理想的追求。他萬分誠懇的相信那兩件事都是他實現他那「美與愛與自由」的人生的正當步驟。這兩件事的結果，在別人看來，似乎都不曾能夠實現志摩的理想生活。但到了今日，我們還忍用成敗來議論他嗎？

我忍不住我的歷史癖，今天我要引用一點神聖的歷史材料，來說明志摩決心離婚時的心理。民國十一年三月，他正式向他的夫人提議離婚，他告訴她，他們不應該繼續他們的沒有愛情沒有自由的結婚生活了，他提議「自由之償還自由」，他認為這是「彼此重見生命之曙光，不世之榮業」。他說：

故轉夜為日，轉地獄為天堂，直指顧間事矣。……真生命必自奮鬥自求得來，真幸福亦必自奮鬥自求得來，真戀愛亦必自奮鬥自求得來！彼此前途無限……彼此有改良社會之心，彼此有造福人類之心，其先自作榜樣，勇決智斷，彼此尊重人格，自由離婚，止絕苦痛，始兆幸福，皆在此矣。

這信裡完全是青年的志摩的單純的理想主義，他覺得那沒有愛又沒有自由的家庭是可以摧毀他們的人格的，所以他下了決心，要把自由償還自由，要從自由求得他們的真生命，真幸福，真戀愛。

後來他回國了，婚是離了，而家庭和社會都不能諒解他。最奇怪的是他和他已離婚的夫人通信更勤，感情更好。社會上的人更不明白了，志摩是梁任公先生最愛護的學生，所以民國十二年任公先生曾寫一封很長很懇切的信去勸他。在這信裡，任公提出兩點：

其一，萬不容以他人之苦痛，易自己之快樂。弟之此舉，其於弟將來之快樂能得與否，殆茫如捕風，然先已予多數人以無量之苦痛。

其二，戀愛神聖為今之少年所樂道。……茲事蓋可遇而不可求。……況多情多感之人，其幻象起落鶻突，而得滿足得寧帖也極難。所夢想之神聖境界恐終不可得，徒以煩惱終其身已耳。

任公又說：

嗚呼志摩！天下豈有圓滿之宇宙？……當知吾儕以不求圓滿為生活態度，斯可以領略生活之妙味矣。……若沉迷於不可必得之夢境，挫折數次，生意盡矣，鬱悒佗傺以死，死為無名。死猶可也，最可畏者，不死不生而墮落至不復能自拔。嗚呼志摩，可無懼耶！可無懼耶！（十二年一月二日信）

任公一眼看透了志摩的行為是追求一種「夢想的神聖境界」，他料到他必要失望，又怕他少年人受不起幾次挫折，就會死，就會墮落。所以他以老師的資格警告他：「天下豈有圓滿之宇宙？」但這種反理想主義是志摩所不能承認的。他答覆任公的信，第一不承認他是把他人的苦痛來換自己的快樂。他說：

我之甘冒世之不韙，竭全力以鬥者，非特求免凶慘之苦痛，實求良心之安頓，求人格之確立，求靈魂之救度耳。

人誰不求庸德？人誰不安現成？人誰不畏艱險？然且有突圍而出者，夫豈得已而然哉？

第二，他也承認戀愛是可遇而不可求的，但他不能不去追求。他說：

我將於茫茫人海中訪我唯一靈魂之伴侶；得之，我幸；不得，我命，如此而已。

他又相信他的理想是可以創造培養出來的。他對任公說：

嗟夫吾師！我嘗奮我靈魂之精髓，以凝成一理想之明珠，涵之以熱滿之心血，朗照我深奧之靈府，而庸俗忌之嫉之，輒欲麻木其靈魂，搗碎其理想，殺滅其希望，汙毀其純潔！我之不流入墮落，流入庸懦，流入卑汙，其幾亦微矣！

我今天發表這三封不曾發表過的信，因為這幾封信最能表現那個單純的理想主義者徐志摩。他深信理想的人生必須有愛，必須有自由，必須有美；他深信這種三位一體的人生是可以追求的，至少是可以用純潔的心血培養出來的。——我們若從這個觀點來觀察志摩的一生，他這十年中的一切行為就全可以了解了。我還可以說，只有從這個觀點上才可以了解志摩的行為；我們必須先認清了他的單純信仰的人生觀，方才認得清志摩的為人。

志摩最近幾年的生活，他承認是失敗。他有一首〈生活〉的詩，詩是暗慘的可怕。

陰沉，黑暗，毒蛇似的蜿蜒，
生活逼成了一條甬道：
一度陷入，你只可向前，
手捫索著冷壁的黏潮。
在妖魔的臟腑內掙扎，
頭頂不見一線的天光，

這魂魄，在恐怖的壓迫下，
除了消滅更有什麼願望？

（十九年五月二十九日）

他的失敗是一個單純的理想主義者的失敗。他的追求，使我們慚愧，因為我們的信心太小了，從不敢夢想他的夢想。他的失敗，也應該使我們對他表示更深厚的恭敬與同情，因為偌大的世界之中，只有他有這信心，冒了絕大的危險，費了無數的麻煩，犧牲了一切的平凡的安逸，犧牲了家庭的親誼和人間的名譽，去追求，去試驗一個「夢想之神聖境界」，而終於免不了慘酷的失敗，也不完全是他的人生觀的失敗。他的失敗是因為他的信仰太單純了，而這個現實世界太複雜了，他的單純的信仰禁不起這個現實世界的摧毀。正如易卜生的詩劇 *Brand* 裡的那個理想主義者，抱著他的理想，在人間處處碰釘子，碰的焦頭爛額，失敗而死。

然而我們的志摩「在這恐怖的壓迫下」，從不叫一聲「我投降了」——他從不曾完全絕望，他從不曾絕對怨恨誰。他對我們說：

你們不能更多的責備。我覺得我已是滿頭的血水，能不低頭已算是好的。（《猛虎集》自序）

是的，他不曾低頭。他仍舊昂起頭來做人；他仍舊是他那一團的同情心，一團的愛。我們看他替朋友做事，替團體做事，他總是仍舊那樣熱心，仍舊那樣高興。幾年的挫折，失敗，苦痛，似乎使他更成熟了，更可愛了。

他在苦痛之中，仍舊繼續他的歌唱。他的詩作風也更成熟了。他所謂「初期的洶湧性」固然是沒有了，作品也減少了；但是他的意境變深厚了，筆致變淡遠了，技術和風格都更進步了。這是讀《猛虎集》的人都能感覺到的。

志摩自己希望今年是他的「一個真的復活的機會」。他說：

抬起頭居然又見到天了。眼睛睜開了，心也跟著開始了跳動。

我們一班朋友都替他高興。他這幾年來用心血澆灌的花樹也許是枯萎的了；但他的同情，他的鼓舞，早又在別的園地裡種出了無數的可愛的小樹，開出了無數可愛的鮮花。他自己的歌唱有一個時代是幾乎消沉了；但他的歌聲引起了他的園地外無數的歌喉，嘹亮的唱，哀怨的唱，美麗的唱。這都是他的安慰，都使他高興。

誰也想不到這個最有希望的復活時代，他竟丟了我們走了！他的《猛虎集》裡有一首詠一隻黃鸝的詩，現在重讀了，好像他在那裡描寫他自己的死，和我們對他的死的悲哀：

等候他唱，我們靜著望，
怕驚了他。但他一展翅，
衝破濃密，化一朵彩雲；
他飛了，不見了，沒了——
像是春光，火焰，像是熱情。

志摩這樣一個可愛的人，真是一片春光，一團火焰，一腔熱情。現在難道都完了？

決不，決不！志摩最愛他自己的一首小詩，題目叫作〈偶然〉，在他的卞昆岡劇本裡，在那個可愛的孩子阿明臨死時，那個瞎子彈著三弦，唱著這首詩：

我是天空裡的一片雲，
偶爾投影在你的波心——
你不必訝異，
更無須歡喜——
在轉瞬間消滅了蹤影。
你我相逢在黑夜的海上，
你有你的，我有我的，方向；
你記得也好，
最好你忘掉
在這交會時互放的光亮！

朋友們，志摩是走了，但他投的影子會永遠留在我們心裡，他放的光亮也會永遠留在人間，他不曾白來了一世。我們有了他做朋友，也可以安慰自己說不曾白來了一世。我們忘不了他和我們在那交會時互放的光亮！

二十年，十二月，三夜

作者簡介

——胡適（1891-1962），字適之，安徽績溪人。著名文學家、思想家、教育家，在文學、哲學、史學、考據學、教育學、倫理學、紅學等諸多領域都有深入研究和貢獻。一九一〇年留學美國，入康乃爾大學，一九一五年入哥倫比亞大學哲學系，師從哲學家杜威。一九一七年回國，受聘為北京大學教授。加入《新青年》編輯部，因提倡文學革命而成為新文化運動的領袖之一。來臺後曾擔任中央研究院院長、中華民國駐美大使等職。著有《中國哲學史大綱》、《嘗試集》、《胡適文存》、《戴東原的哲學》、《白話文學史》、《盧山遊記》、《胡適文選》、《中國中古思想史長編》、《中國中古思想史的提要》、《四十自述》、《南遊雜憶》、《胡適留學日記》、《我們必須選擇我們的方向》等。

兩法師

葉紹鈞

在到功德林去會見弘一法師的路上，懷著似乎從來不曾有過的潔淨的心情；也可以說帶著渴望，不過與希冀看一齣著名的電影劇等的渴望並不一樣。

弘一法師就是李叔同先生，我最初知道他在民國初年；那時上海有一種《太平洋報》，其藝術副刊由李先生主編，我對於所載他的書畫篆刻都中意。以後數年，聽人說李先生已出了家，在西湖某寺。遊西湖時，在西冷印社石壁上見李先生的「印藏」。去年子愷先生刊印《子愷漫畫》，丏尊先生給它作序文，說起李先生的生活，我才知道得詳明一點；就從這時起知道李先生現稱弘一了。

於是，不免向子愷先生詢問關於弘一法師的種種。承他詳細見告。十分感興趣之餘，自然來了見一見的願望，便向子愷先生說起了。「好的，待有機緣，我同你去見他。」子愷先生的聲調永遠是這樣樸素而真摯的。以後遇見子愷先生，就常常告訴我弘一法師的近況：記得有一次給我看弘一法師的來信，中間有「葉居士」云云，我看了很覺慚愧，雖然「居士」不是什麼特別的尊稱。

前此一星期，飯後去上工，劈面來三輛人力車。最先是個和尚，我並不措意。第二是子愷先生，他驚喜似地向我顛頭。我也顛頭，心裡便閃電般想起「後面一定是他」。人力車夫跑得很快，第三輛車一霎往後時，我見坐著的果然是個和尚，清癯的臉，頷下有稀疏的長髯。我的感情有點激動，「他來了！」這樣想著，屢屢回頭望那越去越遠的車篷的後影。

明天，便接到子愷先生的信，約我星期日到功德林去會見。是深深嘗了世間味，探了藝術之宮的，卻回過來過那種通常以為枯寂的持律念佛的生活，他的態度應是怎樣，他的言論應是怎樣，實在難以懸揣。因此，在帶著渴望的似乎從來不曾有過的潔淨的心情裡，更攙著一些惝怳的分子。

走上功德林的扶梯，被侍者導引進那房間時，近十位先到的恬靜地起立相迎。靠窗的左角，正是光線最明亮的地方，站著那位弘一法師，帶笑的容顏，細小的眼裡眸子放出晶瑩的光。丏尊先生給我介紹之後，教我坐在弘一法師的側邊。弘一法師坐下來之後，便悠然地數著手裡的念珠。我想一顆念珠一聲阿彌陀佛吧。本來沒有什麼話要同他談，見這樣更沉入近乎催眠狀態的凝思，言語是全不需要了。可怪的是在座一些人，或是他的舊友，或是他的學生，在這難得的會晤時，似應有好些抒情的話同他談，然而不然，大家也只默然不多開口。未必因僧俗殊途，塵淨異致，而有所矜持吧。或者，他們以為這樣默對一二小時，已勝於十年的晤談了。

晴秋的午前的時光在恬然的靜默中經過，覺得有難言的美。

隨後又來了幾位客，向弘一法師問幾時來的，到什麼地方去那些話。他的回答總是一句短語；可是殷勤極了，有如傾訴整個的心願。

因為弘一法師是過午不食的，十一點鐘就開始聚餐。我看他那曾經揮灑書畫彈奏音樂的手鄭重地夾起一莢豇豆來，歡喜滿足地送入口裡去咀嚼的那種神情，真慚愧自己平時的亂吞胡嚥。

「這碟子是醬油吧？」

以為他要醬油，某君想把醬油碟子移到他面前。

「不，是這位日本的居士要。」

果然，這位日本人道謝了，弘一法師於無形中體會到他的願欲。

石岑先生愛談人生問題，著有《人生哲學》，席間他請弘一法師談些關於人生的意見。

「慚愧，」弘一法師虔敬地回答，「沒有研究，不能說什麼。」

以學佛的人對於人生問題沒有研究，依通常的見解，至少是一句笑話。那麼，他有研究而不肯說麼？只看他那殷勤真摯的神情，見得這樣想時就是罪過。他的確沒有研究。研究云者，自己站在這東西的外面，而去爬剔、分析、檢察這東西的意思。像弘一法師，他一心持律，一心念佛，再沒有站到外面去的餘裕。哪裡能有研究呢？

我想，問他像他這樣的生活，覺得達到了怎樣的一種境界，或者比較落實一點兒。然而健康的人不自覺健康，哀樂的當時也不能描狀哀樂；境界又豈是說得出的。我就把這意思遣開；從側面看弘一法師的長髯以及眼邊細密的皺紋，出神久之。

飯後，他說約定了去見印光法師，誰願意去可同去。印光法師這名字知道得很久了，並且見過他的文抄，是現代淨土宗的大師，自然也想見一見。同去者計七八人。

決定不坐人力車，弘一法師拔腳便走，我開始驚異他步履的輕捷。他的腳是赤了的，穿一雙布縷纏成的行腳鞋。這是獨特健康的象徵啊，同行的一群人，哪裡有第二雙這樣的腳。

慚愧，我這年輕人，常常落在他的背後。我在他背後這樣想：

他的行止笑語，真所謂純任自然的，使人永不能忘，然而在這背後卻是極嚴謹的戒律。丏尊先生告訴我，他嘗嘆息中國的律宗有待振起，可見他是持律極嚴的。他念佛，他過午不食，都為的持律。但持律而到非由「外鑠」的程度，人便只覺他一切純任自然了。

似乎他的心非常之安，躁忿全消，到處自得；似乎他以為這世間十分平和，十分寧靜，自己處身其間，甚而至於會把它淡忘。這因為他把所謂萬象萬事劃開了一部分，而生活在留著的一部分內之故。這也是一種生活法，宗教家、藝術家大概採用。並不劃開了一部分而生活的人，除庸眾外，不是貪狠專制的野心家，便是社會革命家。

他與我們差不多處在不同的兩個世界。就如我，沒有他的宗教的感情與信念，要過他那樣的生活是不可能的。然而我自以為有點了解他，而且真誠地敬服他那種純任自然的風度。哪一種生活法好呢？這是愚笨的無意義的問題。只有自己的生活法好，別的都不行，誇妄的人卻常常這麼想。友人某君曾說他不曾遇見一個人他願意把自己的生活與這個人對調的，這是躊躇滿志的話。人本來應當如此，否則浮漂浪蕩，豈不像沒舵之舟。然而某君又說尤其緊要的是同時得承認別人也未必願意與我對調。這就與誇妄的人不同了；有這麼一承認，非但不菲薄別人，且能致相當的尊敬。彼此因觀感而化移的事是有的。雖說各有其生活法，究竟不是不可破的堅壁；所謂聖賢者轉移了什麼什麼人就是這麼一回事。但是板著面孔專事菲薄別人的人決不能轉移了誰。

到新閘太平寺，有人家借這裡治喪事，樂工以為弔客來了，預備吹打起來。及見我們中間有一個和尚，而且問起的也是和尚，才知道誤會，說道，「他們都是佛教裡的。」

寺役去通報時，弘一法師從包袱裡取出一件大袖的僧衣來（他平時穿的，袖子同我們的長衫袖一樣），恭而敬之地穿上身，眉宇間異樣的靜穆。我是歡喜四處看望的，見寺役走進去的沿街的那房間裡，有個軀體碩大的和尚剛洗了臉，背部略微佝著，我想這一定就是。果然，弘一法師頭一個跨進去時，便對這和尚屈膝拜伏，動作嚴謹且安詳。我心裡肅然。有些人以為弘一法師當是和尚裡的浪漫派，看這樣可知完全不對。

印光法師的皮膚呈褐色，肌理頗粗，表示他是北方人；頭頂幾乎全禿，發著亮光；腦額很闊；濃眉底下一雙眼睛這時雖不戴眼鏡，卻同戴了眼鏡從眼鏡上面射出眼光來的樣子看人，嘴唇略微皺癟：大概六十左右了。弘一法師與印光法師並肩而坐，正是絕好的對比，一個是水樣的秀美，飄逸，而一個是山樣的渾樸，凝重。

弘一法師合掌懇請了，「幾位居士都歡喜佛法，有曾經看了禪宗的語錄的，今來見法師，請有所開示，慈悲，慈悲。」

對於這「慈悲，慈悲」，感到深長的趣味。

「嗯，看了語錄。看了什麼語錄？」印光法師的聲音帶有神祕味。我想這話裡或者就藏著機鋒吧。沒有人答應。弘一法師便指石岑先生，說這位居士看了語錄的。

石岑先生因說也不專看哪幾種語錄，只曾從某先生研究過法相宗的義理。

這就開了印光法師的話源。他說學佛需要得實益，徒然嘴裡說說，作幾篇文字，沒有道理；他說人眼前最緊要的事情是了生死，生死不了，非常危險；他說某先生只說自己才對，別人念佛就是迷信，真不應該。他說來聲色有點嚴厲，間以呵喝。我想這觸動他舊有的忿念了。雖然不很清楚佛家所謂「我執」、「法執」的涵蘊是怎樣，恐怕這樣就有點近似。這使我未能滿意。

弘一法師再作第二次的懇請，希望於儒說佛法會通之點給我們開示。

印光法師說二者本一致，無非教人父慈子孝兄友弟恭等等。不過儒家說這是人的天職，人若不守天職就沒有辦法。佛家用因果來說，那就深奧得多。行善便有福，行惡便吃苦：人誰願意吃苦呢？——他的話語很多，有零星的插話，有應驗的故事，從其間可以窺見他的信仰與歡喜。他顯然以傳道者自任，故遇有機緣，不憚盡力宣傳；宣傳家必有所執持又有所排抵，他自也不免。弘一法師可不同，他似乎春原上一株小樹，毫不愧怍地欣欣向榮，卻沒有淩駕旁的卉木而上之的氣概。

在佛徒中間，這位老人的地位崇高極了，從他的文抄裡，見有許多的信徒懇求他指示，彷彿他就是往生淨土的導引者。這想來由於他有很深的造詣，不過我們不清楚。但或者還有一個原因。一般信徒覺得那個「佛」太渺遠了，雖然一心皈依，總未免感得空虛；而印光法師是眼睛看得見的，認他就是現世的「佛」虔敬崇奉，親接謦欬，這才覺得著實，滿足了信仰的欲望。故可以說，印光法師乃是一般信徒用意想裝塑成功的偶像。

弘一法師第三次「慈悲，慈悲」地請求時，是說這裡有言經義的書，可讓居士們「請」幾部回去。這個「請」字又有特別的味道。

房間的右角裡，裝釘作似的，線裝和裝的書堆著不少，不禁想起外間紛紛飛散的那些宣傳品。由另一位和尚分派，我分到黃智海演述的《阿彌陀經白話解釋》，大圓居士說的《般若波羅密多心經口義》，李榮祥編的《印光法師嘉言錄》三種。中間《阿彌陀經白話解釋》最好，詳明之至。

於是弘一法師又屈膝拜伏，辭別。印光法師顛著頭，從不大敏捷的動作上顯露他的老態。待我們都辭別了走出房間時，弘一法師伸兩手，鄭重而輕捷地把兩扇門拉上了。隨即脫下那件大袖的僧衣，就人家停放在寺門內的包車上，方正平帖地把它摺好包起來。

弘一法師就要回到江灣子愷先生的家裡，石岑先生、予同先生和我便向他告別。這位帶有通常所謂仙氣的和尚，將使我永遠懷念了。

我們三個在電車站等車，滑稽地使用著「讀後感」三個字，互訴對於這兩位法師的感念。就是這一點，已足證我們不能為宗教家了，我想。

一九二七年十月八日作

據說，佛家教規，受戒者對於白衣是不答禮的，對於皈依弟子也不答禮；弘一法師是印光法師的皈依弟子，故一方敬禮甚恭，一方顛頭受之。一九三一年六月十七日記。

作者簡介

——葉紹鈞（1894-1988），字秉臣、聖陶，江蘇蘇州人。著名作家、教育家、出版家和社會活動家。五四運動首個新文學社團文學研究會的創立人之一，曾任出版社和雜誌編輯。一九四九年後，曾擔任教育部副部長、出版總署副署長、人民教育出版社社長、中央文史研究館館長、中華人民共和國全國政協副主席、民進中央代主席等職。著有小說集《隔膜》、《火災》、《線下》、《未厭集》；長篇小說《倪煥之》；詩集《篋存集》；散文集《腳步集》、《西川集》；童話集《稻草人》、《小白船》等。

給亡婦

1932

朱自清

謙，日子真快，一眨眼你已經死了三個年頭了。這三年裡世事不知變化了多少回，但你未必注意這些個，我知道。你第一惦記的是你幾個孩子，第二便輪著我。孩子和我平分你的世界，你在日如此；你死後若還有知，想來還如此的。告訴你，我夏天回家來著：邁兒長得結實極了，比我高一個頭。閏兒父親說是最乖，可是沒有先前胖了。采芷和轉子都好。五兒全家誇她長得好看；卻在腿上生了濕瘡，整天坐在竹床上不能下來，看了怪可憐的。六兒，我怎麼說好，你明白，你臨終時也和母親談過，這孩子是只可以養著玩兒的，他左挨右挨去年春天，到底沒有挨過去。這孩子生了幾個月，你的肺病就重起來了。我勸你少親近他，只監督著老媽子照管就行。你總是忍不住，一會兒提，一會兒抱的。可是你病中為他操的那一份兒心也夠瞧的。那一個夏天他病的時候多，你成天兒忙著，湯呀，藥呀，冷呀，暖呀，連覺也沒有好好兒睡過。哪裡有一分一毫想著你自己。瞧著他硬朗點兒你就樂，乾枯的笑容在黃蠟般的臉上，我只有暗中嘆氣而已。

從來想不到做母親的要像你這樣。從邁兒起，你總是自己餵乳，一連四個都這樣。你起初不知道按鐘點兒餵，後來知道了，卻又弄不慣；孩子們每夜裡幾次將你哭醒了，特別是悶熱的夏季。我瞧你的覺老沒睡足。白天裡還得做菜，照料孩子，很少得空兒。你的身子本來壞，四個孩子就累你七八年。到了第五個，你自己實在不成了，又沒乳，只好自己餵奶粉，另雇老媽子專管她。但孩子跟老媽子睡，你就沒有放過心；夜裡一聽見哭，就豎起耳朵聽，工夫一大就得過去看。十六年初，和你到北京來，將邁兒、轉子留在家裡；三年多還不能去接他們，可真把你惦記苦了。你並不常提，我卻明白。你後來說你的病就是惦記出來的；那個自然也有份兒，不過大半還是養育孩子累的。你的短短的十二年結婚生活，有十一年耗費在孩子們身上；而你一點不厭倦，有多少力量用多少，一直到自己毀滅為止。你對孩子一般兒愛，不問男的女的，大的小的。也不想到什麼「養兒防老，積穀防饑」，只拚命的愛去。你對於教育老實說有些外行，孩子們只要吃得好玩得好就成了。這也難怪你，你自己便是這樣長大的。況且孩子們原都還小，吃和玩本來也要緊的。你病重的時候最放不下的還是孩子。病得只剩皮包著骨頭了，總不信自己不會好；老說：「我死了，這一大群孩子可苦了。」後來說送你回家，你想著可以看見邁兒和轉子，也願意；你萬不想到會一去不返的。我送車的時候，你忍不住哭了，說：「還不知能不能再見？」可憐，你的心我知道，你滿想著好好兒帶著六個孩子回來見我的。謙，你那時一定這樣想，一定的。

除了孩子，你心裡只有我。不錯，那時你父親還在。可是你母親死了，他另有個女人，你老早就覺得隔了一層似的。出嫁後第一年你雖還一心一意依戀著他老人家，到第二年上我和孩子可就將你的心占住，你再沒有多少工夫惦記他了。你還記得第一年我在北京，你在家裡。家裡來信說你待不住，常回娘家去。我動氣了，馬上寫信責備你。你教人寫了一封覆信，說家裡有事，不能不回去。這是你第一次也可以說第末次的抗議，我從此就沒給你寫信。暑假時帶了一肚子主意回去，但見了面，看你一臉笑，也就拉倒了。打這時候起，你漸漸從你父親的懷裡跑到我這兒。你換了金鐲子幫助我的學費，叫我以後還你；但直到你死，我沒有還你。你在我家受了許多氣，又因為我家的緣故受你家裡的氣，你都忍著。這全為的是我，我知道。那回我從家鄉一個中學半途辭職出走。家裡人諷你也走。哪裡走！只得硬著頭皮往你家去。那時你家像個冰窖子，你們在窖裡足足住了三個月。好容易我才將你們領出來了，一同上外省去。小家庭這樣組織起來了。你雖不是什麼闊小姐，可也是自小嬌生慣養的，做起主婦來，什麼都得幹一兩手；你居然做下去了，而且高高興興地做下去了。菜照例滿是你做，可是吃的都是我們；你至多夾上兩三筷子就算了。你的菜做得不壞，有一位老在行大大地誇獎過你。你洗衣服也不錯，夏天我的綢大褂大概總是你親自動手。你在家老不樂意閒著；坐前幾個「月子」，老是四五天就起床，說是躺著家裡事沒條沒理的。其實你起來也還不是沒條理；咱們家那麼多孩子，哪兒來條理？在浙江住的時候，逃過兩回兵難，我都在北京。真虧你領著母親和一群孩子東藏西躲的；末一回還要走多少里路，翻一道大嶺。這兩回差不多只靠你一個人。你不但帶了母親和孩子們，還帶了我一箱箱的書；你知道我是最愛書的。在短短的十二年裡，你操的心比人家一輩子還多；謙，你那樣身子怎麼經得住！你將我的責任一股腦兒擔負了去，壓死了你；我如何對得起你！

你為我的撈什子書也費了不少神；第一回讓你父親的男傭人從家鄉捎到上海去。他說了幾句閒話，你氣得在你父親面前哭了。第二回是帶著逃難，別人都說你傻子。你有你的想頭：「沒有書怎麼教書？況且他又愛這個玩意兒。」其實你沒有曉得，那些書丟了也並不可惜；不過教你怎麼曉得，我平常從來沒和你談過這些個！總而言之，你的心是可感謝的。這十二年裡你為我吃的苦真不少，可是沒有過幾天好日子。我們在一起住，算來也還不到五個年頭。無論日子怎麼壞，無論是離是合，你從來沒對我發過脾氣，連一句怨言也沒有。——別說怨我，就是怨命也沒有過。老實說，我的脾氣可不大好，遷怒的事兒有的是。那些時候你往往抽噎著流眼淚，從不回嘴，也不號啕。不過我也只信得過你一個人，有些話我只和你一個人說。因為世界上只你一個人真關心我，真同情我。你不但為我吃苦，更為我分苦；我之有我現在的精神，大半是你給我培養著的。這些年來我很少生病。但我最不耐煩生病，生了病就呻吟不絕，鬧那伺候病的人。你是領教過一回的，那回只一兩點鐘，可是也夠麻煩了。你常生病，卻總不開口，掙扎著起來；一來怕攪我，二來怕沒人做你那份兒事。我有一個壞脾氣，怕聽人生病，也是真的。後來你天天發燒，自己還以為南方帶來的瘧疾，一直瞞著我。明明躺著，聽見我的腳步，一骨碌就坐起來。我漸漸有些奇怪，讓大夫一瞧，這可糟了，你的一個肺已爛了一個大窟窿了！大夫勸你到西山去靜養，你丟不下孩子，又捨不得錢；勸你在家裡躺著，你也丟不下那份兒家務。越看越不行了，這才送你回去。明知凶多吉少，想不到只一個月工夫你就完了！本來盼望還見得著你，這一來可拉倒了。你也何嘗想到這個？父親告訴我，你回家獨住著一所小住宅，還嫌沒有客廳，怕我回去不便哪。

前年夏天回家，上你墳上去了。你睡在祖父母的下首，想來還不孤單的。只是當年祖父母的墳太小了，你正睡在壙底下。這叫作「抗壙」，在生人看來是不安心的；等著想辦法罷。那時壙上壙下密密地長著青草，朝露浸濕了我的布鞋。你剛埋了半年多，只有壙下多出一塊土，別的全然看不出新墳的樣子。我和隱今夏回去，本想到你的墳上來；因為她病了，沒來成。我們想告訴你，五個孩子都好，我們一定盡心教養他們，讓他們對得起死了的母親你！謙，好好兒放心安睡吧，你。

二十一年十月作

作者簡介

——朱自清（1898-1948），原名自華，號秋實，後改名自清，字佩弦。祖籍浙江紹興，出生於江蘇東海，成長於揚州。北京大學畢業，曾任清華大學中國文學系教授、系主任。一九一九年開始發表創作，求學時積極參加五四運動，一九二二年與俞平伯、葉聖陶、劉延陵創辦新詩運動以來最早的詩刊《詩》月刊。著有散文集《背影》、《春》、《歐遊雜記》、《你我》、《倫敦雜記》等；著作合編為《朱自清全集》。

我的戒菸

林語堂

凡吸菸的人，大部曾在一時糊塗，發過宏願，立志戒菸，在相當期內與此菸魔決一雌雄，到了十天半個月之後，才自醒悟過來。我有一次也走入歧途，忽然高興戒菸起來，經過三星期之久，才受良心責備，悔悟前非。我賭咒著，再不頹唐，再不失檢，要老老實實做吸菸的信徒，一直到老耄為止。到那時期，也許會聽青年會儉德會三姑六婆的妖言，把它戒絕，因為一人到此時候，總是神經薄弱，身不由主，難代負責。但是意志一日存在，是非一日明白時，決不會再受誘惑。因為經過此次的教訓，我已十分明白，無端戒菸斷絕我們靈魂的清福，這是一件虧負自己而無益於人的不道德行為。據英國生物化學名家夏爾登Haldane教授說，吸菸為人類有史以來最有影響於人類生活的四大發明之一。其餘三大發明之中，記得有一件是接猴腺青春不老之新術。此是題外不提。

在那三星期中，我如何的昏迷，如何的懦弱，明知於自己的心身有益的一根小小香菸，就沒有膽量取來享用，說來真是一段醜史。此時事過境遷，回想起來，倒莫明何以那次昏迷一發發到三星期。若把此三星期中之心理歷程細細敘述起來，真是罄竹難書。自然，第一樣，這戒菸的念頭，根本就有點糊塗。為什麼人生世上要戒菸呢？這問題我現在也答不出。但是我們人類的行為，總常是沒有理由的，有時故意要做做不該做的事，有時處境太閒，無事可做，故意降大任於己身，苦其筋骨，餓其體膚，空乏其身，把自己的天性拂亂一下，預備做大丈夫罷？除去這個理由，我想不出當日何以想出這種下流的念頭。這實有點像陶侃之運甓，或是像現代人的健身運動——文人學者無柴可剖，無水可吸，無車可拉，兩手在空中無目的的一上一下，為運動而運動，於社會工業之生產，是毫無貢獻的。戒菸戒菸，大概就是賢人君子的健靈運動罷。

自然，頭三天，喉嚨口裡，以至氣管上部，似有一種怪難堪似癢非癢的感覺。這倒易辦。我吃薄荷糖，喝鐵觀音，含法國頂上的補喉糖片。三天之內，便完全把那種怪癢克復消滅了。這是戒菸歷程上之第一期，是純粹關於生理上的奮鬥，一點也不足為奇。凡以為戒菸之工夫只在這點的人，忘記吸菸魂靈上的事業；此一道理不懂，根本就不配談吸菸。過了三天，我才進了魂靈戰鬥之第二期。到此時，我始恍然明白，世上吸菸的人，本有兩種，一種只是南郭先生之徒，以吸菸跟人湊熱鬧而已。這些人之戒菸，是沒有第二期的。他們戒菸，毫不費力。據說，他們想不吸就不吸，名之為「堅強的意志」。其實這種人何嘗吸菸？一人如能戒一癖好，如賣掉一件舊服，則其本非癖好可知。這種人吸菸，確是一種肢體上的工作，如刷牙，洗臉一類，可以刷，可以不刷，內心上沒有需要，魂靈上沒有意義的。這種人除了洗臉，吃飯，回家抱孩兒以外，心靈上是不會有所要求的，晚上同儉德會女會員的太太們看看《伊索寓言》也就安眠就寢了。辛稼軒之詞，王摩詰之詩，貝多芬之樂，王實甫之曲，是與他們無關的。廬山瀑布還不是從上而下的流水而已？試問讀稼軒之詞，摩詰之詩而不吸菸，可乎？不可乎？

但是在真正懂得吸菸的人，戒菸卻有一問題，全非儉德會男女會員所能料到的。於我們這一派真正吸菸之徒，戒菸不到三日，其無意義，與待己之刻薄，就會浮現目前，理智與常識就要問：為什麼理由，政治上，社會上，道德上，生理上，或者心理上，一人不可吸菸，而故意要以自己的聰明理沒，違背良心，戕賊天性，使我們不能達到那心曠神怡的境地？誰都知道，作文者必精力美滿，意到神飛，胸襟豁達，鋒發韻流，方有好文出現，讀書亦必能會神會意，胸中了無窒礙，神遊其間，方算是讀。此種心境，不吸菸豈可辦到？在這興會之時，我們覺得伸手拿一支菸乃唯一合理的行為；若是把一塊牛皮糖塞入口裡，反為俗不可耐之勾當。我姑舉一兩件事為證。

我的朋友B君由北京來滬。我們不見面，已有三年了。在北平時，我們是晨昏時常過從的，夜間尤其是吸菸瞎談文學、哲學、現代美術以及如何改造人間宇宙的種種問題。現在他來了，我們正在家裡爐旁敘舊。所談的無非是在平舊友的近況及世態的炎涼。每到妙處，我總是心裡想伸一隻手去取一支香菸，但是表面上卻只有立起而又坐下，或者換換坐勢。B君卻自自然然的一口一口的吞雲吐露，似有不勝其樂之概。我已告訴他，我戒菸了，所以也不好意思當場破戒。話雖如此，心坎裡只覺得不快，嗒然若有所失，我的神智是非常清楚的。每回B君高談闊論之下，我都能答一個「是」字，而實際上卻恨不能同他一樣的興奮傾心而談。這樣畸形的談了一兩小時，我始終不肯破戒，我的朋友就告別了。論「堅強的意志」與「毅力」我是凱旋勝利者，但是心坎裡卻只覺得怏怏不樂。過了幾天，B君途中來信，說我近來不同了，沒有以前的興奮，爽快，談吐也大不如前了，他說或者是上海的空氣太惡濁所致。到現在，我還是怨悔那夜不曾吸菸。

又有一夜，我們在開會，這會按例每星期一次。到時聚餐之後，有人讀論文，作為討論，通常總是一種吸菸大會。這回輪著C君讀論文。題目叫作〈宗教與革命〉，文中不少詼諧語。在這種扯談之時，室內的煙氣一層一層的濃厚起來，正是暗香浮動奇思湧發之時。詩人H君坐在中間，斜躺椅上，正在學放菸圈，一圈一圈的往上放出，大概詩意也跟著一層一層上升，其態度之自若，若有不足為外人道者。只有我一人不吸菸，覺得如獨居化外，被放三危。這時戒菸越看越無意義了。我恍然覺悟，我太昏迷了。我追想搜索當初何以立志戒菸的理由，總搜尋不出一條理由來。

此後，我的良心便時起不安。因為我想，思想之貴在乎興會之神感，但不吸菸之魂靈將何以興感起來？有一下午，我去訪一位洋女士。女士坐在桌旁，一手吸菸，一手靠在膝上，身微向外，頗有神致。我覺得醒悟之時到了。她拿菸盒請我。我慢慢的，鎮靜的，從菸盒中取出一支來，知道從此一舉，我又得道了。

我回來，即刻叫茶房去買一包白錫包。在我書桌的右端有一焦跡，是我放菸的地方。因為吸菸很少停止，所以我在旁刻一銘曰「惜陰池」。我本來打算大約要七八年，才能將這二英寸厚的桌面燒透。而在立志戒菸之時，惋惜這「惜陰池」深只有半生丁米突而已。所以這回重複安放香菸時，心上非常快活。因為雖然尚有遠大的前途，卻可以日日進行不懈。後來因搬屋，書房小，書桌只好賣出，「惜陰池」遂不見。此為余生平第一恨事。

作者簡介

——林語堂（1895-1976），原名和樂，後改玉堂，又改語堂，福建漳州人。美國哈佛大學比較文學碩士、德國萊比錫大學語言學博士。曾任北京大學英文系教授、廈門大學文學院院長、新加坡南洋大學首位校長、香港中文大學研究教授、聯合國教科文組織美術與文學主任、國際筆會副會長等職。以英文書寫而揚名海外，集語言學家、哲學家、文學家、翻譯家、發明家於一身。著有長篇小說《京華煙雲》、《風聲鶴唳》、《朱門》、《紅牡丹》；散文集《吾國與吾民》、《生活的藝術》、《有不為齋文集》、《文人畫像》；評論集《中國文化精神》、《信仰之旅——論東西方的哲學與宗教》；以及《開明英文文法》、《最新林語堂漢英辭典》、《當代漢英辭典》等。此外也將古典文學《浮生六記》、《幽夢影》、《東坡詩文選》等翻譯成英文。

1933

雨前

何其芳

最後的鴿群帶著低弱的笛聲在微風裡畫一個圈子後，也消失了。也許是誤認這灰暗的淒冷的天空為夜色的來襲，或是也預感到風雨的將至，遂過早地飛回它們溫暖的木舍。

幾天的陽光在柳條上撒下的一抹嫩綠，被塵土埋掩得有憔悴色了，是需要一次洗滌。還有乾裂的大地和樹根也早已期待著雨。雨卻遲疑著。

我懷想著故鄉的雷聲和雨聲。那隆隆的有力的搏擊，從山谷返響到山谷，彷彿春之芽就從凍土裡震動，驚醒，而怒茁出來。細草樣柔的雨聲又以溫存之手撫摩它，使它簇生油綠的枝葉而開出紅色的花。這些懷想如鄉愁一樣縈繞得使我憂鬱了。我心裡的氣候也和這北方大陸一樣缺少雨量，一滴溫柔的淚在我枯澀的眼裡，如遲疑在這陰沉的天空裡的雨點，久不落下。

白色的鴨也似有一點煩躁了，在不潔的顏色的都市的河溝里傳出它們焦急的叫聲。有的還未厭倦那船一樣的徐徐的划行，有的卻倒插它們的長頸在水裡，紅色的蹼趾伸在尾後，不停地撲擊著水以支持身體的平衡。不知是在尋找溝底的細微的食物，還是貪那深深的水裡的寒冷。

有幾個已上岸了。在柳樹下來回地作紳士的散步，舒息划行的疲勞。然後參差地站著，用嘴細細地梳理它們遍體白色的羽毛，間或又搖動身子或撲展著闊翅，使那綴在羽毛間的水珠墜落。一個已修飾完畢的，彎曲它的頸到背上，長長的紅嘴藏沒在翅膀裡，靜靜合上它白色的茸毛間的小黑眼，彷彿準備睡眠。可憐的小動物，你就是這樣作你的夢嗎？

我想起故鄉放雛鴨的人了。一大群鵝黃的雛鴨游牧在溪流間。清淺的水，兩岸青青的草，一根長長的竹竿在牧人的手裡。他的小隊伍是多麼歡欣地發出啾啁聲，又多麼馴服地隨著他的竿頭越過一個山野又一個山坡！夜來了，帳幕似的竹篷撐在地上，就是他的家。但這是怎樣遼遠的想像啊！在這多塵土的國度裡，我僅只希望聽見一點樹葉上的雨聲。一點雨聲的幽涼滴到我憔悴的夢，也許會長成一樹圓圓的綠陰來覆蔭我自己。

我仰起頭。天空低垂如灰色的霧幕，落下一些寒冷的碎屑到我臉上。一隻遠來的鷹隼彷彿帶著憤怒，對這沉重的天色的憤怒，平張的雙翅不動地從天空斜插下，幾乎觸到河溝對岸的土阜，而又鼓撲著雙翅，作出猛烈的聲響騰上了。那樣巨大的翅使我驚異。我看見了它兩肋間斑白的羽毛。

接著聽見了它有力的鳴聲，如同一個巨大的心的呼號，或是在黑暗裡尋找伴侶的叫喚。

然而雨還是沒有來。

一九三三年春，北京

作者簡介

——何其芳（1912-1977），本名何永芳，生於四川萬州。一九二九年開始發表少作，一九三一年進北京大學哲學系，一九三五年畢業後在中學任教。一九三六年與卞之琳、李廣田合出詩集《漢園集》，受到文壇注目。抗日戰爭爆發後回四川，創辦《四川文藝》雜誌，一九三八年夏到延安，任魯迅藝術學院文學系主任，一九四二至一九四七年，在重慶任《新華日報》副社長等職。新中國成立後歷任中國文聯委員、作協書記處書記，一九五三年起任中國社科院文學研究所副所長、所長，直到逝世。著有詩集《預言》、《夜歌》、《何其芳詩稿》、《何其芳文集》等多種。

小品文的危機

魯迅

彷彿記得一兩月之前，曾在一種日報上見到記載著一個人的死去的文章，說他是收集「小擺設」的名人，臨末還有依稀的感喟，以為此人一死，「小擺設」的收集者在中國怕要絕跡了。但可惜我那時不很留心，竟忘記了那日報和那收集家的名字。

現在的新的青年，恐怕也大抵不知道什麼是「小擺設」了。但如果他出身舊家，先前曾有玩弄翰墨的人，則只要不很破落，未將覺得沒有用的東西賣給舊貨擔，就也許還能在塵封的廢物之中，尋出一個小小的鏡屏，玲瓏剔透的石塊，竹根刻成的人像，古玉雕出的動物，鏽得發綠的銅鑄的三腳癩蝦蟆，這就是所謂「小擺設」。先前，它們陳列在書房裡的時候，是各有其雅號的，譬如那三腳癩蝦蟆，應該稱為「蟾蜍硯滴」之類，最末的收集家一定都知道，現在呢，可要和它的光榮一同消失了。

那些物品，自然絕不是窮人的東西，但也不是達官富翁家的陳設，他們所要的是珠玉紮成的盆景，五彩繪畫的瓷瓶。那只是所謂士大夫的「清玩」。在外，至少必須有幾十畝膏腴的田地，在家，必須有幾間幽雅的書齋；就是流寓上海，也一定得生活較為安閒，在客棧裡有一間長包的房子，書桌一頂，煙榻一張，癮足心閒，摩挲賞鑒。然而這境地，現在卻已經被世界的險惡的潮流沖得七顛八倒，像狂濤中的小船似的。

然而就是在所謂「太平盛世」罷，這「小擺設」原也不是什麼重要的物品。在方寸的象牙板上刻一篇〈蘭亭序〉，至今還有「藝術品」之稱，但倘將這掛在萬里長城的牆頭，或供在雲岡的丈八佛像的腳下，它就渺小得看不見了，即使熱心者竭力指點，也不過令觀者生一種滑稽之感。何況在風沙撲面，狼虎成群的時候，誰還有許多閒工夫，來賞玩琥珀扇墜、翡翠戒指呢？他們即使要悅目，所要的也是聳立於風沙中的大建築，要堅固而偉大，不必怎樣精；即使要滿意，所要的也是匕首和投槍，要鋒利而切實，用不著什麼雅。

美術上「小擺設」的要求，這幻夢是已經破掉了，那日報上的文章的作者，就直覺地知道。然而對於文學上的「小擺設」——「小品文」的要求，卻正在越加旺盛起來，要求者以為可以靠著低訴或微吟，將粗獷的人心，磨得漸漸的平滑。這就是想別人一心看著《六朝文絜》，而忘記了自己是抱在黃河決口之後，淹得僅僅露出水面的樹梢頭。

但這時卻只用得著掙扎和戰鬥。

而小品文的生存，也只仗著掙扎和戰鬥的。晉朝的清言，早和它的朝代一同消歇了。唐末詩風衰落，而小品放了光輝。但羅隱的《讒書》，幾乎全部是抗爭和憤激之談；皮日休和陸龜蒙自以為隱士，別人也稱之為隱士，而看他們在《皮子文藪》和《笠澤叢書》中的小品文，並沒有忘記天下，正是一塌糊塗的泥塘裡的光彩和鋒芒。明末的小品雖然比較的頹放，卻並非全是吟風弄月，其中有不平，有諷刺，有攻擊，有破壞。這種作風，也觸著了滿洲君臣的心病，費去許多助虐的武將的刀鋒，幫閒的文臣的筆鋒，直到乾隆年間，這才壓制下去了。以後呢，就來了「小擺設」。

「小擺設」當然不會有大發展。到五四運動的時候，才又來了一個展開，散文小品的成功，幾乎在小說、戲曲和詩歌之上。這之中，自然含著掙扎和戰鬥，但因為常常取法於英國的隨筆

（essay），所以也帶一點幽默和雍容；寫法也有漂亮和縝密的，這是為了對於舊文學的示威，在表示舊文學之自以為特長者，白話文學也並非做不到。以後的路，本來明明是更分明的掙扎和戰鬥，因為這原是萌芽於「文學革命」以至「思想革命」的。但現在的趨勢，卻在特別提倡那和舊文章相合之點，雍容、漂亮、縝密，就是要它成為「小擺設」，供雅人的摩挲，並且想青年摩挲了這「小擺設」，由粗暴而變為風雅了。

然而現在已經更沒有書桌；鴉片雖然已經公賣，煙具是禁止的，吸起來還是十分不容易。想在戰地或災區裡的人們來鑒賞罷——誰都知道是更奇怪的幻夢。這種小品，上海雖正在盛行，茶話酒談，遍滿小報的攤子上，但其實是正如煙花女子，已經不能在弄堂裡拉扯她的生意，只好塗脂抹粉，在夜裡蹩到馬路上來了。

小品文就這樣地走到了危機。但我所謂危機，也如醫學上的所謂「極期」（krisis）一般，是生死的分歧，能一直得到死亡，也能由此至於恢復。麻醉性的作品，是將與麻醉者和被麻醉者同歸於盡的。生存的小品文，必須是匕首，是投槍，能和讀者一同殺出一條生存的血路的東西；但自然，它也能給人愉快和休息，然而這並不是「小擺設」，更不是撫慰和麻痺，它給人的愉快和休息是休養，是勞作和戰鬥之前的準備。

八月二十七日

作者簡介

——魯迅（1881-1936），詳見本書頁六四。

破落之街

蕭紅

天明了，白白的陽光空空的染了全室。

我們快穿衣服，折好被子，平結他自己的鞋帶，我結我的鞋帶。他到外面去打臉水，等他回來的時候，我氣憤地坐在床沿。他手中的水盆被他忘記了，有水潑到地板。他問我，我氣憤著不語，把鞋子給他看。

鞋帶是斷成三段了，現在又斷了一段。他重新解開他的鞋子，我不知他在做什麼，我看他向床間尋了尋，他是找剪刀，可是沒買剪刀，他失望地用手把鞋帶變成兩段。

一條鞋帶也要分成兩段，兩個人束著一條鞋帶。

他拾起桌上的銅板說：

「就是這些嗎？」

「不，我的衣袋還有哩！」

那僅是半角錢，他皺眉，他不願意拿這票子。終於下樓了，他說：「我們吃什麼呢？」

用我的耳朵聽他的話，用我的眼睛看我的鞋，一隻是白鞋帶，另一隻是黃鞋帶。

秋風是緊了，秋風的淒涼特別在破落之街道上。

蒼蠅滿集在飯館的牆壁，一切人忙著吃喝，不聞蒼蠅。

「夥計，我來一分錢的辣椒白菜。」
「我來二分錢的豆芽菜。」
別人又喊了，夥計滿頭是汗。
「我再來一斤餅。」
蒼蠅在那裡好像是啞靜了，我們同別的一些人一樣，不講衛生體面，我覺得女人必須不應該和一些下流人同桌吃飯，然而我是吃了。
走出飯館門時，我很痛苦，好像快要哭出來，可是我什麼人都不能抱怨。平他每次吃完飯都要問我：
「吃飽沒有？」
我說：「飽了！」其實仍有些不飽。
今天他讓我自己上樓：「你進屋去吧！我到外面有點事情。」
好像他不是我的愛人似的，轉身下樓離我而去了。
在房間裡，陽光不落在牆壁上，那是灰色的四面牆，好像匣子，好像籠子，牆壁在逼著我，使我的思想沒有用，使我的力量不能與人接觸，不能用於世。
我不願意我的腦漿翻絞，又睡下，拉我的被子，在床上輾轉，彷彿是個病人一樣，我的肚子叫響，太陽西沉下去，平沒有回來。我只吃過一碗玉米粥，那還是清早。
他回來，只是自己回來，不帶饅頭或別的充飢的東西回來。
肚子越響了，怕給他聽著這肚子的呼喚，我把肚子翻向床，壓住這呼喚。

「你肚疼嗎？」我說不是，他又問我：
「你有病嗎？」
我仍說不是。
「天快黑了，那麼我們去吃飯吧！」
他是借到錢了嗎？
「五角錢哩！」
泥濘的街道，沿路的屋頂和蜂巢樣密擠著，平房屋頂，又生出一層平屋來。那是用板釘成的，看起像是樓房，也閉著窗子，歇著門。可是生在樓房裡的不像人，是些豬玀，是汙濁的群。我們往來都看見這樣的景致。現在街道是泥濘了，肚子是叫喚了！一心要奔到蒼蠅堆裡，要吃饅頭。桌子的對邊那個老頭，他嘮叨起來了，大概他是個油匠，鬍子染著白色，不管衣襟或袖口，都有斑點花色的顏料，他用有顏料的手吃東西。並沒能發現他是不講衛生，因為我們是一道生活。
他嚷了起來，他看一看沒有人理他，他升上木凳好像老旗桿樣，人們舉目看他。終歸他不是造反的領袖，那是私事，他的粥碗裡面睡著個蒼蠅。
大家都笑了，笑他一定在發神經病。
「我是老頭子了，你們拿蒼蠅餵我！」他一面說，有點傷心。
一直到掌櫃的呼喚夥計再給他換一碗粥來，他才從木凳降落下來。但他寂寞著，他的頭搖曳著。
這破落之街我們一年沒有到過了，我們的生活技術比他們高，和他們不同，我們是從水泥中向外爬。可是他們永遠留在那裡，那裡淹沒著他們的一生，也淹沒著他們的子子孫孫，但是這要淹沒到什麼時代呢？

我們也是一條狗，和別的狗一樣沒有心肝。我們從水泥中自己向外爬，忘記別人，忘記別人。

作者簡介

——蕭紅（1911-1942），本名張廼瑩，筆名蕭紅、悄吟、玲玲、田娣等。出生於黑龍江省呼蘭縣。一九三一年，在哈爾濱結識蕭軍，在其影響下開始了創作生涯。一九三三年，與蕭軍合著的小說、散文合集《跋涉》自費在哈爾濱出版，在東北引起了很大轟動，受到讀者的廣泛好評。一九三四年，在青島完成著名中篇小說《生死場》。一九三五年，《生死場》以「奴隸叢書」的名義在上海出版，魯迅作序，胡風寫後記，在文壇上引起轟動和反響，蕭紅也因此一舉成名，從而奠定了她作為抗日作家的地位。一九三八年夏天，蕭紅與共同生活六年的蕭軍分手，隨後與端木蕻良到了四川重慶，一九四〇年春天，二人抵達香港。在香港期間，蕭紅完成最重要的長篇小說《呼蘭河傳》。一九四一年一月，長篇小說《馬伯樂（第一部）》由香港大時代書局出版；二月至十一月，《馬伯樂（第二部）》發表於香港《時代批評》第六十至八十二期，未能完稿。翌年一月，蕭紅病重入院診治，一月二十二日病逝，年僅三十一歲。

飲食男女在福州

郁達夫

福州的食品，向來就很為外省人所賞識；前十餘年在北平，說起私家的廚子，我們總同聲一致地贊成劉崧先生和林宗孟先生家裡的蔬菜的可口。當時宣武門外的忠信堂正在流行，而這忠信堂的主人，就係舊日劉家的廚子，曾經做過清室的御廚房的。上海的小有天以及現在早已歇業了的消閑別墅，在粵菜還沒有征服上海之先，也曾盛行過一時。麵食裡的伊府面，聽說還是汀州伊墨卿太守的創作；太守在揚州日久，與袁子才也時相往來，可惜他沒有像隨園老人那麼的好事，留下一本食譜來，教給我們以烹調之法；否則，這一個福建薩伐郎（Savarin）的榮譽，也早就可以馳名海外了。

福州的菜所以會這樣著名，而實際上卻也實在是豐盛不過的原因，第一，當然是由於天然物產的富足。福建全省，東南並海，西北多山，所以山珍海味，一例的都賤如泥沙。聽說沿海的居民，不必憂慮飢餓，大海潮回，只消上海濱去走走，就可以拾一籃海貨來充作食品。又加以地氣溫暖，土質腴厚，森林蔬菜，隨處都可以培植，隨時都可以採擷。一年四季，筍類菜類，常是不斷；野菜的味道，吃起來又比別處的來得鮮甜。福建既有了這樣豐富的天產，再加以在外省各地遊宦營商者的數目的眾多，作料採從本地，烹製學自外方，五味調和，百珍並列，於是乎閩菜之名，就喧傳在饕餮家的口上了。清初周亮工著的《閩小紀》兩卷，記述食品處獨多，按理原也是應該的。

福州海味，在春二三月間，最流行而肥美的，要算來自長樂的蚌肉與海濱一帶多有的蠣房。《閩小紀》裡所說的西施舌，不知是否指蚌肉而言，色白而腴，味脆且鮮，以雞湯煮得適宜，長圓的蚌肉，實在是色香味俱佳的神品。聽說從前有一位海軍當局者，老母病劇，頗思鄉味，遠在千里外，欲得一蚌肉，以解死前一刻的渴慕，部長純孝，就以飛機運蚌肉至都。從這一件軼事看來，也可想見這蚌肉的風味了。我這一回趕上福州，正及蚌肉上市的時候，所以紅燒白煮，吃盡了幾百個蚌，總算也是此生的豪舉，特筆記此，聊誌口福。

蠣房並不是福州獨有的特產，但福建的蠣房，卻比江浙沿海一帶所產的，特別的肥嫩清潔。正二三月間，沿路的攤頭店裡，到處都堆滿著這淡藍色的水包肉；價錢的廉，味道的鮮，比到東坡在嶺南所貪食的蠔，當然只會得超過。可惜蘇公不曾到閩南去謫居，否則，陽羨之田，可以不買，蘇氏子孫，或將永寓在三山二塔之下，也說不定。福州人叫蠣房作「地衣」，略帶「挨」字的尾聲，寫起字來，我想只有「蚳」字，可以當得。

在清初的時候，江瑤柱似乎還沒有現在那麼的通行，所以周亮工再三的稱道，譽為逸品。在目下的福州，江瑤柱卻並沒有人提起了，魚翅席上，缺少不得的，倒是一種類似寧波橫腳蟹的蟳蟹，福州人叫作「新恩」，《閩小紀》裡所說的虎蟳，大約就是此物。據福州人說，蟳肉最滋補，也最容易消化，所以產婦、病人以及體弱的人，往往愛吃。但由對蟹素無好感的我看來，卻仍贊成周亮工之言，終覺得質粗味劣，遠不及蚌與蠣房或香螺來得乾脆。

福州海味的種類，除上述的三種以外，原也很多很多；但是別地方也有，我們平常在上海也常常吃得到的東西，記下來也沒有什麼價值，所以不說。至於與海錯相對的山珍哩，卻更是可以乾制，可以輸出的東西，益發的沒有記述的必要了，所以在這裡只想說一說叫作肉燕的那一種奇異的包皮。

初到福州，打從大街小巷裡走過，看見好些店家，都有一個大砧頭擺在店中；一兩位壯強的男子，拿了木錐，只在對著砧上的一大塊豬肉，一下一下的死勁地敲。把豬肉這樣地亂敲亂打，究竟算怎麼回事？我每次看見，總覺得奇怪；後來向福州的朋友一打聽，才知道這就是製肉燕的原料了。所謂肉燕者，就是將豬肉打得粉爛，和入麵粉，然後再製成皮子，如包餛飩的外皮一樣，用以來包製菜蔬的東西。聽說這物事在福建，也只是福州獨有的特產。

福州食品的味道，大抵重糖；有幾家真正福州館子裡燒出來的雞鴨四件，簡直是同蜜餞的罐頭一樣，不雜入一粒鹽花。因此福州人的牙齒，十人九壞。有一次去看三賽樂的閩劇，看見臺上演戲的人，個個都是滿口金黃；回頭更向左右的觀眾一看，婦女子的嘴裡也大半鑲著全副的金色牙齒。於是天黃黃，地黃黃，弄得我這一向就痛恨金牙齒的偏執狂者，幾乎想放聲大哭，以為福州人故意在和我搗亂。

將這些脫鹹糖重的食味除起，若論到酒，則福州的那一種土黃酒，也還勉強可以喝得。周亮工所記的玉帶春、梨花白、藍家酒、碧霞酒、蓮鬚白、河清、雙夾、西施紅、狀元紅等，我都不曾喝過，所以不敢品評。只有會城各處在賣的雞老（酪）酒，顏色卻和紹酒一樣的紅似琥珀，味道略苦，喝多了覺得頭痛。聽說這是以一生雞，懸之酒中，等雞肉雞骨都化了後，然後開罈飲用的酒，自然也是越陳越好。福州酒店外面，都寫酒庫兩字，發賣叫發扛，也是新奇得很的名稱。以紅糟釀的甜酒，味道有點像上海的甜白酒，不過顏色桃紅，當是西施紅等名目出處的由來。莆田的荔枝酒，顏色深紅帶黑，味甘甜如西班牙的寶德紅葡萄，雖則名貴，但我卻終不喜歡。福州一般宴客，喝的總還是紹興、花雕，價錢極貴，斤兩又不足，而酒味也淡似滬杭各地，我覺得建莊終究不及京莊。

福州的水果花木，終年不斷，橙柑、福橘、佛手、荔枝、龍眼、甘蔗、香蕉，以及茉莉、蘭花、橄欖等等，都是全國聞名的品物；好事者且各有譜牒之著，我在這裡，自然可以不說。

閩茶半出武夷，就是不是武夷之產，也往往藉這名山為號召。鐵羅漢、鐵觀音的兩種，為茶中柳下惠，非紅非綠，略帶赭色；酒醉之後，喝它三杯兩盞，頭腦倒真能清醒一下。其他若龍團玉乳，大約名目總也不少，我不戀茶嬌，終是俗客，深恐品評失當，貽笑大方，在這裡只好輕輕放過。

從《閩小紀》中的記載看來，番薯似乎還是福建人開始從南洋運來的代食品；其後因種植的便利，食味的甘美，就流傳到內地去了。這植物傳播到中國來的時代，只在三百年前，是明末清初的時候，因亮工所記如此，不曉得究竟是否確實。不過福建的米麥，向來就說不足，現在也須仰給於外省或臺灣，但田稻倒又可以一年兩植。而福州正式的酒席，大抵總不吃飯散場，因為菜太豐盛了，吃到後來，總已個個飽滿，用不著再以飯顆來充腹之故。

飲食處的有名處所，城內為樹春園、南軒、河上酒家、可然亭等。味和小吃，亦佳且廉；倉前的鴨麵，南門兜的素菜與牛肉館，鼓樓西的水餃鋪，都是各有長處的小吃處；久吃了自然不對，偶爾去一試，倒也別有風味。城外在南臺的西菜館，有嘉賓、西宴臺、法大、西來，以及前臨閩江，內設戲臺的廣聚樓等。洪山橋畔的義心樓，以吃形同比目魚的貼沙魚著名；倉前山的快樂林，以吃小盤西洋菜見稱，這些當然又是菜館中的別調。至如我所寄寓的青年會食堂，地方清潔寬廣，中西菜也可以吃吃，只是不同耶穌的饗宴十二門徒一樣，不許顧客飲葡萄酒漿，所以正式請客，大感不便。

此外則福建特有的溫泉浴場，如湯門外的百合、福龍泉，飛機場的樂天泉等，也備有飲饌供客；浴客往往在這些浴場裡可以鬼混一天，不必出外去買酒買食，卻也便利。從前聽說更可以在個人池內男女同浴，則飲食男女，就不必分求，一舉竟可以兩得了。

要說福州的女子，先得說一說福建的人種。大約福建土著的最初老百姓，為南洋近邊的海島人種，所以面貌習俗，與日本的九州一帶，有點相像。其後漢族南下，與這些土人雜婚，就成了無諸種族，係在春秋戰國，吳越爭霸之後。到得唐朝，大兵入境；相傳當時曾殺盡了福建的男子，只留下女人，以配光身的兵士；故而直至現在，福建人還呼丈夫為「唐晡人」，晡者係日暮襲來的意思，同時女人的「諸娘仔」之名，也出來了。還有現在東門外、北門外的許多工女農婦，頭上仍帶著三把銀刀似的簪為髮飾，俗稱她們作三把刀，據說猶是當時的遺制。因為她們的父親、丈夫、兒子，都被外來的征服者殺了；她們誓死不肯從敵，故而時時帶著三把刀在身邊，預備復仇。只今臺灣的福建籍妓女，聽說也是一樣；亡國到了現在，也已經有好多年了，而她們卻仍不肯與日本的嫖客同宿。若有人破此舊習，而與日本嫖客同宿一宵者，同人中就視作禽獸，恥不與伍，這又是多麼悲壯的一幕慘劇！誰說猶唱後庭花處，商女都不知家國的興亡哩！試看漢奸到處賣國，而妓女乃不肯辱身，其間相去，又豈止涇渭的不同？這一種古代的人種，與唐人雜婚之後，一部分不完全唐化，仍保留著他們固有的生活習慣，宗教儀式的，就是現在仍舊退居在北門外萬山深處的畲民。

此外的一族，以水上為家，明清以後，一向被視為賤民，不時受漢人的蹂躪的，相傳其祖先係蒙古人，自元亡後，遂貶為蜑戶，俗呼科蹄。科蹄實為曲蹄之別音，因他們常常屈膝盤坐在船艙之內，兩腳彎曲，故有此稱。串通倭寇，騷擾沿海一帶的居民，古時在泉州叫作泉郎的，就是這一種人種的旁支。

因為福州人種的血統，有這種種的沿革，所以福建人的面貌，和一般中原的漢族，有點兩樣。大致廣額深眼，鼻子與顴骨高突，兩頰深陷成窩，下頦部也稍稍尖凸向前。這一種面相，生在男人的身上，倒也並不覺得特別；但一生在女人的身上，高突部為嫩白的皮肉所調和，看起來卻個個都是線條刻畫分明，像是希臘古代的雕塑人形了。福州女子的另一特點，是在她們的皮色的細白。生長在深閨中的宦家小姐，不見天日，白膩原也應該；最奇怪的，卻是那些住在城外的工農傭婦，也一例地有著那種嫩白微紅，像剛施過脂粉似的皮膚。大約日夕灌溉的溫泉浴是一種關係，吃的閩江江水，總也是一種關係。

我們從前沒有居住過福建，心目中總只以為福建人種，是一種蠻族。後來到了那裡，和他們的文化一接觸，才曉得他們雖則開化得較遲，但進步得卻很快；又因為東南是海港的關係，中西文化的交流，也比中原僻地為頻繁，所以閩南的有些都市，簡直繁華摩登得可以同上海來爭甲乙。及至觀察稍深，一移目到了福州的女性，更覺得她們的美的水準，比蘇杭的女子要高好幾倍；而裝飾的入時，身體的康健，比到蘇州的小型女子，又得高強數倍都不止。

「天生麗質難自棄」，表露欲，裝飾欲，原是女性的特嗜；而福州女子所有的這一種顯示本能，似乎比什麼地方的人還要強一點。因而天晴氣爽，或歲時伏臘，有迎神賽會的關頭，南大街、倉前山一帶，完全是美婦人披露的畫廊。眼睛個個是靈敏深黑的，鼻樑個個是細長高突的，皮膚個個是柔嫩雪白的；此外還要加上以最摩登的衣飾，與來自巴黎、紐約的化妝品的香霧與紅霞，你說這幅福州晴天午後的全景，美麗不美麗？迷人不迷人？

亦惟因此之故，所以也影響到了社會，影響到了風俗。國民經濟破產，是全國到處都一樣的事實；而這些婦女子們，又大半是不生產的中流以下的階級。衣食不足，禮義廉恥之凋傷，原是自然的結果，故而在福州住不上幾月，就時時有暗娼流行的風說，傳到耳邊上來。都市集中人口以後，這實在也是一種不可避免而亟待解決的社會大問題。

說及了娼妓，自然不得不說一說福州的官娼。從前邵武詩人張亨甫，曾著過一部《南浦秋波錄》，是專記南臺一帶的煙花韻事的；現在世業凋零，景氣全落，這些樂戶人家，完全沒有舊日的豪奢影子了。福州最上流的官娼，叫作白面處，是同上海的長三一樣的款式。聽幾位久住福州的朋友說，白面處近來門可羅雀，早已掉在沒落的深淵裡了；其次還勉強在維持市面的，是以賣嘴不賣身為標榜的清唱堂，無論何人，只須花三元法幣，就能進去聽三齣戲。就是這一時號稱極盛的清唱堂，現在也一家一家的廢了業，只剩了田墩的三五家人家。自此以下，則完全是慘無人道的下等娼妓，與野雞款式的無名密販了，數目之多，求售之切，到了駭人聽聞的地步。至於城內的暗娼、包月婦、零售處之類，只聽見公安維持者等談起過幾次，報紙上見到過許多回，內容雖則無從調查，但演繹起來，旁證以社會的蕭條，產業的不振，國步的艱難，與夫人口的過剩，總也不難舉一反三，曉得她們的大概。

總之，福州的飲食男女，雖比別處稍覺得奢侈，而福州的社會狀態，比別處也並不見得十分的墮落。說到兩性的縱弛，人欲的橫流，則與風土氣候有關，次熱帶的境內，自然要比溫帶寒帶為劇烈。而食品的豐富，女子一般嬌美與健康，卻是我們不曾到過福建的人所意想不到的發見。

一九三六年六月二日

作者簡介

——郁達夫（1896-1945），原名郁文，字達夫，籍貫浙江富陽。一九一一年開始創作舊體詩，並向報刊投稿。一九一四年入東京第一高等學校預科後開始嘗試小說創作。一九二一年與郭沫若、成仿吾、張資平等人成立新文學團體創造社，七月出版第一部短篇小說集《沉淪》。一九二二年自東京帝國大學畢業後歸國，五月，《創造》季刊創刊號出版。一九二三至二六年間，先後在北京大學、武昌師大、廣東大學任教。一九三八年至新加坡，主編《星洲日報》等報刊副刊。一九四二年日軍進逼新加坡，逃至蘇門答臘。一九四五年突然失蹤，據傳被日軍憲兵殺害。代表作有〈沉淪〉、〈銀灰色的死〉、〈春風沉醉的晚上〉、〈遲桂花〉、〈出奔〉等。

八月十四日

我不想在這祖國的土地上，今天又聽到這炮聲。五年前在遼寧九月十八日的夜間那第一聲的炮叫，從睡中把我震醒，躺在炕上聽著那像一隻巨大的鳥雀撲著迅急的翅膀飛過去的炮彈，那時的心境很安寧。因為那不可避免的攻擊，事先也聽到了一些消息。說過，人對於已知的不可避免的災害底到來是安寧的。

現在──這是早晨──炮聲和機關槍聲在北方還正在響著，從昨夜黃昏開始，中間間隔了一個時間──大約也許是因為我睡著了──今晨當我一清醒，這炮聲是清明地一如五年前。所不同的只是那鳥似的炮彈經過的聲音，沒聽到，所以自己的心也一如五年前那樣安寧──也因為早就懂得了這消息了。

昨夜，有秋天一般的寒冷──現在還正是挾著風在落雨──雨點也常常從開著的窗口要打進屋裡來；我正是坐在北面屋角，靠近窗子平常工作的小桌上，寫著這人類「美麗」的紀錄！

窗外滿天走著灰色的雲。五點四十五分了，天還不算明，也許每天這時候太陽要出來了。今天為了雨，我卻把兩扇窗子全關閉起來，這樣，那炮聲就不再聽得清明。隔著窗上的玻璃，我看著那窗外的遠近的建築物；那些經過那次颶風吹凋零了葉子的如今還沒有復原的黃楊，無停止地飄搖翻擺在風雨裡。靜靜地綠著的菜地；沒有標準，到處亂飛的麻雀；失了光芒的眼睛似的人家底窗口……遠遠的雞聲；汽笛聲；街上稀疏地跑著的汽車聲……我不知道在這幾點鐘槍聲炮聲交奏以內有多少生命斷送了？多少壯實的身軀傷殘了？……並且這還繼續在斷送，繼續傷殘……雖然這一面是為了製造戰爭而戰爭；一面是為了消滅戰爭而戰爭。這人類底不平一天存在，它也就要存在。也許有一天，自己也要用這「戰爭」把自己葬埋了。

靜！這附近是死滅了似的靜！沒有人聲，沒有喧叫……L君還睡在地上，H和S是睡在內屋的床上。我們雖然是國籍不同，民族不同，並且這兩個民族還正在那裡：一面在企圖消滅了一個；而被消滅的卻要用自己的血抗爭著。但是我們這裡卻共同在吃，在睡……這因為我們有一條單純和信賴的心，我們有一個共同的信念！那就是消滅這人類一切醜惡底存在。我們用這同一的信念來貫穿起不同的種族，不同的國籍，不同的心！所以這裡沒有仇讎！只有弟兄。

炮聲為什麼響得更洪亮和連續起來了呢？——六點鐘了。

馬斯南路那個希臘式舊俄的教堂，也響起鐘聲來了。這鐘聲是每天早晨要響的，和那工廠裡的汽笛一樣準確。每天當我將醒來，或是被它醒來，似乎還存著一點感謝意味似的，聽著它們那清冷幽怨的帶有一點溫柔感的聲音。今天，對它也起了憎惡！我想這是因為從這聲音使我聯想到和這目前底殘殺有著關聯的人的緣故。

這是為那些正在消滅下去的人類，響著的喪鐘嗎？——我住所南面那個法國的單十字架的教堂底鐘聲也響了。它是比較尖銳的。

為了要看一看人民們——更是貧窮的——在這顛狂了的浪潮中是怎樣在處置著自己。吃過午飯，辭開了S和L夫婦，一個人走出來了，在臨行時他們叮嚀我不要到北四川路去，因為昨天早晨，L由北四川路來時，那裡已入於戰時狀態。

「不去的。」為了省得他們擔心，便這樣答應了。

坐在到外灘去的電車上，看著街兩面流走著各色各樣的人，和坐在人力車上拉著傢俱的，搬場汽車……雖然各自懷抱著一顆不同的心，而要使自己和自己關切的人活下去卻是相同的。——又似乎一如五年前。

一股腥臭交混的氣味，開始從碼頭的方面傳播過來了。那裡較起平日更是無秩序地忙亂，從公館馬路東口向南在牆根下，走廊下，堆積的就全是人、貨物、箱籠……女人們癡呆地張著嘴，奶著孩子；男人們，孩子們，吸著菸，吃著，就地或是鋪著一領草席睡著……全是靜默地似乎在逃避著一個命運，又在等待著一個命運……我不知道他們從哪裡來，不知道他們將要到哪裡去，還是就那樣，一片片乾貝殼留置在沙灘上似的留置在街頭？

下了車沿著碼頭更向南走。在那裡等待著和堆積著的人也就越多。江中心停著幾隻懸掛著英國、美國旗幟的軍艦。那刀魚似的淡藍和發著銀色的船身，靈敏得好像隨時全可以任意漂游到哪裡，去任意攻打著。船上面也忙碌地走轉著人……。

一隻笨重到愚蠢樣的江輪，就在那些軍船的後面停止著，有幾隻小船從碼頭往復地到那裡搖去又搖來。碼頭上這裡較別的地方人更加多著了，幾乎構成一所人底山丘。問了別人才知道這是等待回寧波避難的。船不敢靠碼頭，那是怕一擁齊上，所以限制地用幾隻小船搖去又搖來……。

那用一條草繩繫在浮橋上一具浮屍，這記憶要想忘掉竟不可能。那發著臭的氣味，那仰天敞著胸膛的身姿；一隻手還在張揚似的舉起著；短褲，鞋存在的；身上的短衫也存在的。脖下，腋下開始了腐爛；身上，面著日光的一面變成不正規的紫紅色，浸在水裡的則是黃色；那每條黑色的脈管也清楚地呈露著。更是那臉，是那樣團圓而浮腫，眼睛翻白地看著天，鼻子只餘了口孔，下面的牙齒長長伸露地抵咬著舌根，舌頭則是一顆球，捲曲得不成形了。

沒有地方探究這死屍的來源，我也不想探究。和我一同在那裡掩著鼻子觀看的人，他們似乎也沒有興味探究這平凡故事底來源。

每一個碼頭上掮扛為生的碼頭夫，有工作的，還是照常地擠榨著自己筋肉裡最後的一滴汗和一分力量，柱似的邁動著肌肉僵化了的腳和腿，腰背弓下著配合似的響叫著「噯唷噯唷」的聲音。

沒有工作的，有的把那棕色的身子，伸直地睡在浮橋的甲板上，仰面對著天，對著遠方，那樣子似乎並不關心到人，也不關心到那奇妙的從水底浮起來的氣味和那些噪叫的聲音，睡著了有的也吸著菸或是爭吵似的談論。也有深陷著自己臉上的每條刀子刻畫似的皺紋，孤獨的沉默在一邊……這裡雖然也有著千種不同的姿勢，不同的心，但有一個心卻是相同的吧？——要活下去。

折回來坐在電車上，我看到一個戴著破荷葉似的帽子的老年碼頭夫，他的個子很梢長，但是彎曲了，在向幾個正在江邊飯攤上用飯的壯年碼頭夫們求乞……。

從家裡出來時，我雖然答應不到北四川路去，可是那時我已決定了，總得要去看一看的，不會有什麼意外。

仍是在法租界公館馬路口下電車，步行著，也仍是沿著江邊。這裡堆積的人，沒有十六鋪那裡人多，這裡的人，他們全移進了平常用鐵鏈圍繞著的草地裡，那草一半也全枯萎下來。

立在「和平神」的石座下，靜靜地從那「和平神」像的一隻翅膀底尖梢，我看著那微微有一些雲絲在走動著的天。為了那雲彩底移動，陪襯得好像那石座也在開始了浮走。

那些金屬製的神像和盔甲，花圈和羽毛筆，當初我不知道是什麼顏色，於今卻全變成了黑色。早先，我還曾說過神像立在這裡的意義是曖昧的；為了奴隸，還是為了製造奴隸的人？……於今卻什麼也不再想，只是借了那地方休息休息自己的腿腳，好再向前走。

每所高聳的建築物，大約是為了戰時標明自己的身分，便全高高地吊起各色的旗幟，其中有幾面卻使我感到很生疏。

那裡——在蘇州河出口左面江心上——還可以看到有兩隻兵船，鮮明地懸掛著太陽旗。

停止在蘇州河的橋上，看著橋下的流水和右面的外灘公園。記得幾天前報載，因為有幾個中國青年人在這裡面唱〈救亡〉歌，便被拽進了捕房，遭了辱打。後面就是英國領事館，一面英國旗在一條細高的旗杆上傲慢地飄擺著。這又使我記憶起，一千九百三十二年一月二十八日上海的中日戰爭。中國的士兵和人民用血和肉看看要獲得了勝利，而政府卻接受了調停，簽訂了停戰協定——聽說就是在這個院落中。

河左岸的「蘇聯大使館」，那屋頂樸素的飄抖著的紅旗，卻給我帶來了親切和激動，只有它才不是代表著強盜們的盾牌，而是代表著真正兄弟們底親切的標記。我向它深深地注視著，這算作向世界上真正以弟兄待我們底人類，無言的敬禮。

各樣的開始擰成一條繩似的車輛通過著，人不能到路那面去，於是第一次我才發見那白渡橋的橋樑，是可以和陸地脫離開的呢，中間存在著一條縫線。

四川路口有日本陸戰隊在那裡警備著。每條槍的刺刀，苗細地閃著寒涼的光輝。

我跟著鐵軌電車走著，走著……忽然它們停止下來，扯轉了電路，擺著紅旗，向回開跑，於是街上的人也開始了奔跑，這又使我想起了一九三一年九月十九日的早晨，當我沿著遼寧大東關的馬路向西行走，人們也是這樣跑著的。雖然自己也蒙到了感染，要折回來，但為了經驗——群眾多是盲從的——稍稍清醒清醒自己，仍是繼續前進。必要看一看這真正的原因。

我停留在良友圖書公司門前，是的，從東面的一條街走過來十個荷槍的日本兵，落拓地走著，顯得是那樣無神和遲滯……其中有一個幼稚得還是不值得作一個兵的年齡，卻也參加了這殺人或將要被殺的序幕。

遇到××社的編輯D君，於是我才不再前進。

在一同歸來的路上他說：

「我們的準備很不善啊。我昨天同B到××路等處看過了。」他顯著樂觀的說。

「一時的勝負是沒有標準的。單看政府是否決了心；人民們是否決了心抗戰到底，我卻有點恐懼，這不是敵人，卻是內奸……」我說。

「這回許不能了……這不同『一．二八』……」

我們全部默然。

晚間，我們和L夫婦坐在地上的草席上共同吃著晚餐，遠方的第一聲炮聲響了，我們抬起頭每人交換了一次眼光，淒然地笑了笑，不知誰這樣說了一聲：

「打了！」

現在是日間十二時十五分，炮聲一直是響著的。適才一陣更顯得震盪和繁密的炮聲——齊放——響過了，如今卻有點沉靜下來。

八月十五日

整個的夜，是用了炮聲和間歇下來的機關槍聲貫徹著；再混雜著不規則的風雨，這聲音就不規則的遠遠近近。有時炮聲太近了，窗上的玻璃就蒙到震動，我們想這大概是停泊在蘇州河邊的日軍兵艦發射的；遠方的炮聲，那大概是我軍。

我寫這篇日記的時候，正是早晨的八時三十分，外面還在落著西風雨。炮聲停止有一個鐘頭的樣子了，現在又開始了兩響。在這停歇中，兩軍的炮兵又作了新的「射擊準備」嗎？還是在陸地的一面又變換了新的陣地？在這樣的雨天，炮兵變換陣地是艱難的；飛機飛行也是艱難的，雙方只好全作堡壘戰。這樣敵軍是有利的，他們可以借著時間修理器械，重振士氣，堅固防禦工事，等待援兵——今天報載日本增派了一個師團到滬應援了，攜帶大批軍火及飛機。如果實在，那在幾天內日軍要舉行反攻，或竟以戰船為根據地，作炮擊戰了。

日來報載的幾乎全是中國軍隊勝利的消息：轟炸敵艦，擊落飛機，占領大豐紗廠敵軍司令部的消息等等，聽起來似乎感到一點興奮，但是這興奮的後面，那是有著一片巨大而殘酷陰暗的黑影值得使人戰慄的，就是，這人類屠殺的海洋的涯岸，竟是那樣遼闊的存在著！

陸軍方面，如果中國政府和地方真心抗戰下去，日軍是沒有勝利底可能，他們底勝利是要用海軍和空軍來獲得。他們要用各種最殘酷的手段屠殺中國人民，瓦斯彈，燒夷彈，他們一定要大量地使用。

物質方面不論，單就人的方面，中國人一般地有著這樣的缺點：打勝不打敗；先緊後鬆；組織不嚴密……這不獨是軍事上的缺點，也是中國民族性幾千年來養成的，日本人卻是比較不這樣的多。

昨天報載，從滬戰一開始，原先在日本各工廠做工的工人，如今失業的有十四萬餘人；逃難的難民由「慈善機關」收容到的達五萬餘人，這二十萬窮苦的人，如今又要把他們的重量分擔到其餘人的身上……我不想推究這原因和結果。事實是這樣存在著：戰爭——無論什麼戰爭——犧牲者多數總是窮苦的人。就是因為窮苦的人占有了一個國家，一個世界上的數目太多了。為了要消滅這窮苦烙印的戰爭，為了縮短這窮苦運命的戰爭，又怎能免呢？一個窮苦的人；一個愛真理和正義的人，又怎能不執行這戰爭？但戰爭的本身卻是人底仇敵！人不獨要消滅執行這戰爭的劊子手，還要消滅它底根源。

昨天早晨在金神父路高乃依路口一枚爆彈偶爾落下來了，傷了一所房屋，幾個行人。

也是昨天，中國飛機和日本飛機在空中交戰，中國飛機的爆彈機毀壞了，炸彈落下來，死傷了大世界附近幾百人。南京路東口一家英國大旅館的樓房炸破了，也傷死了一百多人，外國人在內……這當然全是安全人所在的安全地方，可是這偶然的炸彈竟使安全的地方也有點不安全了。

上午L君單獨的從外面回來，他顯得很倉皇，用著不完全的中國話說：

「一個日本警察來過啦！他到我住過的地方問了：『這裡有日本人住嗎？』他們說沒有，他就禿禿地騎車跑了，我想他們是來找我……」

「你要怎樣決定呢？回去？留在這裡？」我問他。

「慢慢的再說，推移下去……」

我們全沉默住。他找到了一本七月號的《文藝》，點起一支紙菸，躺著去看書了；我又來繼續寫我的日記。

早晨我們也曾討論過，他留在這裡，也許被當作「間諜」被人民們侮辱或殺了；也許日本警察尋獲了他，疑心他們為什麼住在我的家裡，這對於他們不方便，所以他們要換一個地方。我說，暫時也許不要緊，久了也許會出點問題。關於中國人殺「漢奸」這一方面，他是不必擔心的，擔心的是日本人來尋回他們。不樂意回歸他們的祖國，也不樂意去到那不愉快的集團，被一些不義者們保護著。他們愛中國，要留下，還要為中國盡一點自己所能盡的力量……可是他們又不能脫離那羈絆，那樣會斷了他們底生活的源泉，永遠不能再歸去，也永遠不能再在本國內從事文學工作……我想，他們如今一定被一種悲哀撞擊著。盡可能我總要作為一個同志那樣盡我的援助，雖然明知自己也被摒棄在所謂「國家」底保障以外。

昨夜他們宿在M處，一隻小貓還在我們這裡單獨地留住。

有人談論過，如果到戰爭瘋狂的關頭，從前反對政府的左傾的堅決一點的分子，借了「漢奸」這名義要被大量殺戮的，不然他們將來還要存在不住。我但願這是神經過敏者的謠言。

吃過午飯從家裡走出，漫然地走著。到麥根路那裡從卡德路起，也是堆擁著人。蘇州河的一條橋樑，由商團及巡捕看守著；蘇州河水還是那樣安然渾濁地發著腥臭流著，古敗的木船上也是塞滿著人和碎亂的傢俱。我不知道他們將要到哪裡去。

這裡的人沒有羞恥也沒有隱蔽，就在那男人和女人的圍繞中，人卻安然地拉著屎，女人們似乎也沒有心思再躲避起自己的眼睛。

河那岸一個草綠色服裝的中國兵，槍上閃耀著刺刀，靠近一帶沙囊，輕輕地走來走去。有時也停止住，看一看這岸，看一看水面，吐一口安閒的唾沫。看過去，他的年齡似乎還不大。

沿著河北沿，向東走著同一服色的幾個中國兵，前面的一隻手提著槍，一隻手揮動著一根竹竿，正在驅走著屯積在牆根下和路上的難民。難民之中似乎有的還在爭辯著什麼，那兵似乎也在同他解釋著什麼，但終於所有的人全似一些敗葉似的，被這「人底掃帚」掃集著，沿了橋邊一帶接連起來的浮船走向這岸來。

那兵之中，最後的一個還提著一柄藏在鞘裡的大刀。

岸這邊，商團底外國籍的團員們正在忙碌地堆積著沙囊。在他們那高傲的動作裡，似乎在表明著他們的眼前這些受難的人民，只是一些人類的渣滓；不可愛的牲畜！但這些牲畜，如今對我卻是親切的，無論他們在別人的眼裡是如何地有著殘缺。他們是一樣的人，有著優良的環境，一樣是能夠發展著人類具有的智慧和聰明，他們不會比誰更不如些。

晚間睡得很早，感到一點昏沉和疲乏。

八月十六日

早晨九點二十五分。

前此五十分鐘，正當我寫著昨天的日記底時候，高射炮接連地響過了。那時，我爬上了窗臺，一架飛機正是向北飛行。從黃浦灘方向響著的高射炮的聲音更緊密了，那一團團凝聚在空中的黑色的彈煙，幾乎要包圍了那機身，但那機身仍是用著同一的速度，微微高昂一點地進入到雲中，接著它竟逆著這發炮的方向向東飛去，於是機關槍和炮聲就響得更焦煩。那飛機似乎也感到了一點威脅，沒能有多久的停留，僅是繞了一個半徑，就折向西北飛去。

那黑色的彈煙，為了今天晴明，很久才和著外來的雲朵結合起來，一同消散。

接著又是一隻——從西北飛來——一直投向楊樹浦的方向，接著也是一陣槍炮的焦灼的繁響，接著那機身也就很乖巧地沒入了雲中。

早晨還在睡著的時候，幾聲很大的爆響震醒了人。這聲音似乎發自南方，窗上的玻璃全蒙到了震盪。我想這大概是日本的援軍底來到在示威。同時從西北有五隻機身作成人字隊形遠遠的飛著，我想這次日軍也許要用大量的爆藥去轟炸內地的重要都市和軍區。

昨夜炮聲未響，現在又開始響了，預料今夜和下午或明天的拂曉將有惡戰。

昨天早晨S到大世界去看過前天落下來的彈痕。回來共同吃過午飯，我便一人也走出。

L夫婦住在X那裡，看來很相宜，有桌子可以寫字，L像一個主人似的笑著。我們彼此似乎簡單得誰也不想說什麼話，只是H說：

「前天你不回來我很怕，我想你是死了。」

「不容易……」我笑著向她說。

臨行的時候，我囑咐L不要到街上去，買東西可由H負責。

把留下的小貓也給他們帶去了。行在路上，那小東西竟那樣不安地咪叫，時時企圖要從車上摔下來，那時我想，人的生命全是這樣每時每秒地死滅，這無用的小東西卻還要使它存留，於是就想要任它去死罷！但卻沒有這樣做。

M大約很忙，我給她留下的「紀念冊」《喪事經過報告》的原稿她竟沒有看，「自傳」也沒有尋出來，於是只好帶了那原稿去印刷局，印刷局的鐵門鎖了，從那鐵條的格縫我問著坐在裡面的人：「怎麼？」

「沒人啦……」這個答話的就是平常管理印刷部的那個人。身材很高，臉色蒼白，一個很有點威儀的人。我向他笑了笑。

又把原稿送回M那裡，於是才又開始了馬路底巡行。

落著雨，我沿著霞飛路走著，這條路平常是那樣顯著有豐韻地拉長著身子，於今卻是只有荒涼和破落。沿路可以蔽雨的地方，也全出現了堆積著的受難的人民，霞飛坊弄堂門前，豎立著一塊請求布施的招牌。

鐵軌電車斷絕了，商家也全釘好窗門；人行路上也再看不到緩緩地邁著輕俏而有分寸的步子的，作著有訓練的表情姿勢，談著話的外國男人和女人……好像這是整個的世界停止了營業，整個地球停止了運行……。

一隊從日本回來的留學生及「文化界婦女救國會」的宣傳旗子，方的和尖的，引誘了我，便跟著他們後面走……。

在一個弄堂裡他們停下了；一條街上停下了……講演著，唱著歌，喊著口號……群眾們愚蠢地茫然地似解非解的聽著，望著，圍聚著，揚起乞求似的臉……我也就停止在一邊，看著那淋漓在雨中嘶著聲音的宣傳員們……一個女宣傳員，她說她是「東北」人，我聽著那過度熟悉的土音，那不甚流利的演說……那身上腳下濺染著泥和水的衣和鞋……世界上如果有真正的奴隸底群隊，那只有這個國家的人民……才是一切奴隸群隊的榜樣！不是麼？

為了還要到別處去看看，便只好默默地分別了。

大世界的西面一些焦爛了的半焦爛了的汽車底鐵骨，還有十幾架停留在那裡。西南面一家藥店的前壁破碎了，門前也堆積著一些人力車，老虎車，獨輪車，腳踏車……的殘碎的骨骼。還有一片曲捲的燒焦了的人肉皮。

大世界的一部分窗玻璃和門面碎了；旁邊一家平常賣排骨麵的店鋪底門窗也碎了。從釘著的板條看進去，夾雜在細碎的碟碗中，一綹煮熟了的麵條還很安全的留置在那裡。

巡行完了這四周，我才尋到那彈痕！幾乎正在十字路的中心，以一個長約一丈寬約七八尺深約五尺的黑色的洞窟出現了。下面正在流著從城市排出的穢水。從這裡到四周的房屋，每面還不足五十──七十米達。

有兩具人底屍體還遺留在路邊。一具的後腦殼不見了；那顯露的，顏色蒼白的菲薄的骨碴底殘剩的腦殼裡，腦髓還有一些存留。另一個男人的屍體，是掩蓋在一條麻袋下，旁邊還挺出一隻嬰兒的腳，是瘦得那樣的出奇！為了那孩子的腳我揭開那覆蓋，嬰兒不足一歲，瘦得要不存在了；男人的屍體也是同樣瘦得只餘了皮膚和骨骼，凋零地透露在地上。

──人類是脆弱的啊！卻能發明堅強的殺害人類的凶器！

我懷著這樣的感想，沿著西藏路向北行進。忽然走著的人起了慌亂，開始了奔跑。我停止下看一看，天東有著飛機和炮擊的聲音；頭上也行走著飛機，人們大概是想到過去的恐懼。自己想了一想，同時緊一緊牙骨，就這樣下了決定：

──這時候，「安全」是不存在的！

繼續的走著，逆著這奔跑下來的人群……。

行走得有點疲乏了，便在四川路橋右邊一個荒涼的小花園裡停留下。

星星散散地還在落著雨。我坐在靠近河邊一條長椅子上，距離不遠的一間茅草的亭子裡也充滿著人，大約也是難民。這邊卻是冷清的。我面著一棵洋梧桐樹。從那葉子上滴流到地上的水滴，單純的發著細響，搭配著蘇州河水時時舐著堤岸發出來的有點激烈的聲音，酬答似的時時還更換著韻節，我似乎也忘了河底那岸，那個守衛的日本兵，遊戲似的時時在向我這面，瞄著他的步槍。自己這大概還是以一個詩人似的心意，在這裡靜自聆聽著自己的心音。

外白渡橋北頭，那裡也安置好了鐵條網，有日本兵四五個在那裡正檢查行人。有幾個「苦力」裝束的，他們要通過，在還沒有走到檢查的地方，先自己把兩臂從身體離開，舉向上面或是像一隻新折斷了翅膀的鳥雀似的垂掛在兩邊。我也曾企圖要冒著一點危險過去看看，但自己一檢點自己身上的服裝，怕是不容易通過去，即是通過，那裡一定還有麻煩存在著。於是作罷。

倚在靠東面的橋欄，看著那動盪著的江波，小船們梭似的來去穿走著，那隻有著太陽旗的軍船，還仍是留泊在原來的地方。「蘇聯使館」樓頂的紅旗今天卻顯得迅急地擺抖在風雨裡，顏色也還是那樣樸素的鮮紅，唯旗角好像有了點殘缺。

南京路口的左側，那座七層紅樓的外國飯店，一層卻遭了炸毀。馬路沿邊正堆積著一些殘碎的磚瓦和玻璃。它的對面，平常有著黑色金邊的尖塔形的屋頂的石頭的那所九層樓房，幾扇窗的玻璃也破碎了。我拾了一塊殘片——那總有一分五釐厚的樣子——於今放在我桌子上算作了我的「書壓」。

平常當我在那路口等待電車的時候，從那紅樓的窗口看進去，那屋內的地面幾乎和窗口等齊，閃著木質的光。那上面一些西洋的男人和女人，常常是靠在桌子邊，講談著……年輕的女人們多是塗著厚厚的脂粉的，穿著奇奇怪怪的裝束，手指上閃耀著過大的各色石頭戒指；肥胖得連呼吸全要停止了似的老太婆也常出現。……男人們閃著白亮的胸衣，紅著脖臉，使那稀疏的幾根毛髮，平整地伏貼在頭頂上，用一種淡漠的姿態和神情臨著腳下的那些紛亂的人群……所以對於這裡面死傷了的人，無論哪一個種族的人，我卻抱著一種偏狹的主見；沒有憐惜，也沒有同情，那些生命是還不如大世界門前死掉的那個嬰兒。在這樣的場所裡是很少有不是以吸血為生的臭蟲。

經過在每個銀行之類的窗前，時常也可以看到槍彈彈著的痕跡。

我坐在江邊的碇泊柱上，風雨還在飄著，那江面就顯得有點輕狂，江水也好像突然有了增加。

一隻小船很輕靈地奔來了，穿過著那疊疊的潮浪。潮浪卻戲弄似的，一刻把它掮在了肩頭；一刻又擲落下來……每一隻用人搖著的「猸猸船」幾乎像停留在一個沒有輪廓的巨大的動物底巨大的吻唇上，只要那顫抖再大一些，再大一些……那是要什麼時候吞滅下就可以吞滅下去的。

那小船靈捷地靠了岸了，出來了一個人，接著它又靈捷的離去……這時候，忽然起了一個念頭，就是要自己跳進這船，一齊飛去罷！到哪裡去呢；這是沒有想及的。

那是一隻「海關」用的船。

黃昏了，我已經是走在了歸家的路上。雨也暫時停止。

為著順便要到城內看看，便從鄭家木橋街老北門折進了城內名叫民國路的一條街。

這裡荒涼殘落得又是一番景象。這裡好像在度「新年」，人家門板上貼著大小的紅白紙片，但這寫的卻不是「恭喜發財」，是「暫停營業」。

有幾處街頭上，也有著堆積的沙囊，沙囊後面也有幾個守衛的中國兵。

西門不通了，只好從原路歸來。已經完全昏黑，一種疲乏開始輕輕地侵襲著我……。

作者簡介

——蕭軍（1907-1988），本名劉鴻霖，出生於遼寧省凌海市。另有筆名三郎、田軍等。一九三二年結識蕭紅，不久同居。一九三三年兩人出版了第一部小說、散文合集《跋涉》。一九三四年十一月到上海，得到魯迅親自指導，參加了《海燕》和《作家》等雜誌的編輯工作。一九三五年出版了第一部長篇小說《八月的鄉村》。一九四〇年赴延安，從事文學編輯及教育工作。抗戰勝利後，曾任東北大學魯迅藝術文學院院長。一九五一年調至北京市文物組擔任研究員。一九六六年文化大革命開始遭受迫害，被關押多年。一九七九年重返文學界，得到中共正式書面平反。著有長篇小說《八月的鄉村》、《第三代》、《五月的礦山》、《吳越春秋史話》等；小說集《羊》、《江上》；詩、散文合集《綠葉底故事》；回憶錄《人與人間》等。

由常德到沅陵，一個旅行者在車上的感觸，可以想像得到，第一是公路上並無苗人，第二是公路上很少聽說發現土匪。

公路在山上與山谷中盤旋雖多，路面卻修理得異常良好，不問晴雨都無妨車行，公路上的行車安全的設計，可看出負責者的最大努力。旅行的很容易忘了車行的危險，樂於讚嘆自然風物的美秀。在自然景致中見出宋院畫的神采奕奕處，是太平鋪過河時入目的光景。群峰競秀，在細雨中或陽光下顏色真無可形容。山腳下一帶樹林，一些儼如有意為之布局恰到好處的房子，繞河洲樹林一灣溪水，一道長橋，一片煙。香草山花，隨手可以掇拾。《楚辭》中的山鬼，雲中君，彷彿如在眼前。上官莊的長山頭時，一個山接一個山，轉折頻繁處，神經質的婦女與懦弱無能的男子，會不免覺得頭目暈眩。一個常態的男子，應當對於自然的雄偉，表示讚嘆，對於數年前裹糧負水來在這高山峻嶺修路的壯丁，更表示敬仰和感謝。這是一群沒沒無聞沉默不語真正的戰士！每一寸路都是他們流汗做成的。他們有的從百里以外小鄉村趕來，默默的在派定地方擔土，打石頭，三五十人共同拉著個大石滾子碾壓路面，淋雨，挨餓，忍受各式各樣虐待，完成了分派到頭上的工作。把路修好了，眼看許多許多的稀奇古怪的物件吼叫著走過了，這些可愛的鄉下人，笑笑的，各自又回轉那個想像不到的小鄉村裡過日子去了。中國幾年來一點點建設基礎，就是這種無名英雄做成的。他們什麼都不知道，可是所完成的工作卻十分偉大。

單從這條公路的堅實和危險工程看來，就可知道湘西的民眾，是可以為國家完成任何偉大理想的。只要領導有人，交付他們更困難的工作，也可望辦得很好。

看看沿路山坡桐茶樹木那麼多，桐茶山整理得那麼完美，我們且會明白這個地方的人民，即或無人領導，關於求生技術，各憑經驗在不斷努力中，也可望把地面征服，使生產增加。

只要在上的不過分苛索他們，魚肉他們，這種勤儉耐勞的人民，就不至於鋌而走險發生問題。可是若到任何一個停車處，試同附近鄉民談談，我們就知道那個「過去」是種什麼情形了。任何捐稅，鄉下人都有一份，保甲在這方面的努力成績真極可觀。然而促成他們努力的動機，卻是照習慣把所得繳一半留一半。負責的注意到這個問題時，就說「這是保甲的罪過」，從不認為是當政的恥辱。這種負責者不知負責，因此使地方進步永遠成為一種空洞的理想。

然而這一切都已經成為過去了。

車到了官莊交車處，一列等候過山的車輛，靜靜的停在那路旁空闊處，說明這公路行車秩序上的不苟。雖在軍事狀態中，軍用車依然受公路規程轄制，不能占先通過，此來彼往，秩序井然。

車到了沅陵，引起我們注意處，是車站邊挑的，抬的，負荷的，全是女子。凡其他地方男子所能做的勞役，在這地方統由女子來做。公民勞動服務也還是這種女人。公路車站的修成，就有不少女子參加。工作既敏捷，又能幹。女權運動者在中國二十年來的運動，到如今在社會上露面時，還是得用「夫人」名義來號召。比較起這種女勞動者把流汗和吃飯打成一片的情形，不由得我們不對這種人充滿尊敬與同情。

這種人並不因為終日勞作就忘記自己是個婦女，女子愛美的天性依然還好好保存。胸口前的扣花裝飾，褲腳邊的扣花裝飾，是在茶油燈光下做成的。（圍裙扣花工作之精和設計之巧，外路人一見無有不稱讚。）這種婦女日常工作雖不輕松，衣衫卻整齊清潔。有的年紀已過了四十歲，還與同伴競爭兜攬生意。兩角錢就為客人把行李背到河邊渡船上，跟隨過渡，到達彼岸，再為背到落腳處。外來人到河碼頭渡船邊時，不免十分驚訝，好一片水！好一座小小山城！尤其是那一排渡船，船上的水手，一眼看去，幾乎又全是女子，過了河，進得城門，向長街走走，就可見到賣菜的，賣米的，開鋪子的，做銀匠的，無一不是女子。再沒有另一個地方女子對於參加各種事業，各種生活，做得那麼普遍那麼自然了。看到這種情形時，真不免令人發生疑問：一切事幾幾乎都由女子來辦，如《鏡花緣》一書上的女兒國現象了，本地方的男子，是出去打仗，還是在家納福看孩子？

不過一個旅行者自覺已經來到辰州時，興味或不在這些平常問題上。辰州地方是以辰州符馳名的，辰州符的奇跡中又以趕屍著聞。公路在沅水南岸，過北岸城裡去，自然盼望有機會弄明白一下這種老玩意兒。

可是旅行者這點好奇心會受打擊，多數當地人對於辰州符都莫名其妙，且毫無興趣也不怎麼相信。或許無意中會碰著一個「大」人物，體魄大，聲音大，氣派也好像很大。他不是姓張就是姓李，會告你辰州符的靈跡，就是用刀把一隻雞頸脖扎斷，把它重新接上，噀一口符水，向地下拋去，這隻雞即刻就會跑去，撒一把米到地上，這隻雞還居然趕回來吃米！你問他：「這事曾親眼見過嗎？」他一定說：「當真是眼見的事。」或許慢慢的想一想，你便也會覺得是在什麼地方親眼見過這件事了。原來五十年前的什麼書上，就這麼說過的。這個大人物是當地著名說大話的。世界上事什麼都好像知道得清清楚楚，只不大知道自己說話是假的還是真的？是書上有的還是自己造作的？多數本地人對於「辰州符」是個什麼東西，照例都不大明白的。

對於趕屍傳說呢？說來實在動人。凡受了點新教育，血裡骨裡還浸透原人迷信的新紳士，想滿足自己的荒唐幻想，到這個地方來時，總有機會溫習一下這種傳說。紳士，學生，旅館中人，儼然因為生在當地，負了一種不可避免的義務，又如為一種天賦的幽默同情心所激發，總把它的神奇處重述一番。或說朋友親戚曾親眼見過這種事情，或說曾有誰被趕回來。其實他依然和客人一樣，並不明白，也不相信，客人不提起，他是從不注意這個問題的。客人想「研究」它（我們想像得出有許多人是樂於研究它的），最好還是看《奇門遁甲》，這部書或者對他有一點幫助，本地人可不會給他多少幫助。本地人雖樂於答覆這一類傻不可言的問題，卻不能說明這事情的真實性。就中有個「有道之士」，姓闕，年紀將近六十歲，談天時精神猶如一個小孩子。據說十五歲時就遠走雲、貴跟名師學習過這門法術。作法時口訣並不稀奇，不過是念文天祥的〈正氣歌〉罷了。死人能走動便受這種歌的影響。辰州符主要的工具是一碗水；這個有道之士家中神主前便陳列了那麼一碗水，已經有了三十五年，碗裡水減少時就加添一點。一切病痛統由這一碗水解決。一個死屍的行動，也得用水迎面一噀。這水且能由昏濁與沸騰表示預兆，有人需要幫忙的預兆。登門造訪者若是一個讀書人，一個教授，他把這一碗水的妙用形容得將更驚心動魄。使他舌底翻蓮的原因，或者是他自己十分寂寞，或者是對於客人具有天賦同情，所以常常把書上沒有的也說到了。客人要老老實實發問：「那你看過這種事了？」他必說：「當然的。我還趕過！只是工夫不練就不靈，早丟下了。」至於為什麼把它丟下可不說明。客人目的在「表演」，自然不免失望。不過知道了這玩意兒是讀〈正氣歌〉作口訣，同儒家居然有關係時，也不無所得。關於趕屍的傳說，這位有道之士可謂集其大成，所以值得找方便去拜訪一次。可是一個讀書人也許從那有道之士服爾泰風格的微笑，服爾泰風格的言談，會看出另外一種無聲音的調笑，「你外來的書呆子，世界上事你知道許多，可是另外還有許多就不知道了。用〈正氣歌〉趕走了死屍，你充滿好奇的關心，你這個活人，是被什麼邪氣歌趕到我這裡來？」那時他也許正坐在他的雜貨鋪裡面（他是隱於醫與商的），忽然用手指著街上一個長頭髮的男子說：「看，瘋子！」那真是個瘋子，沅陵地方唯一的瘋子。可是他的語氣也許指的是你拜訪者。你自己試想想看，為了一種流行多年的荒唐傳說，充滿了好奇心來拜訪一個透熟人生的人，問他死了的人用什麼方法趕上路，在他的眼中，你和瘋子的行徑，有多少不同！

這個人的言談，倒是一種傑作，三十年來當地的歷史，在他記憶中保存得完完全全，說來時莊諧雜陳，尤其是對於人事所下批評，尖銳透入，令人不由得不想起法國那個服爾泰。

至於辰砂的出處，出產地離辰州還遠得很，遠在鳳凰縣的苗鄉猴子坪。

凡到過沅陵的人，在好奇心失望後，依然可從自然秀美上得到補償。由沅陵南岸看北岸山城，房屋接瓦連椽，較高處露出雉堞，沿山圍繞，叢樹點綴其間，風物入眼，實不俗氣。由北岸向南望，則河邊小山間，竹園、樹木、廟宇、民居，彷彿各個都位置在最適當處。山後較遠處群峰羅列，如屏如障，煙雲變幻，顏色積翠堆藍。早晚相對，令人想像其中必有帝子天神，駕螭乘蜺，馳騾其間。繞城長河，春水發後，洪江油船顏色鮮明，在搖櫓歌呼中連翩下駛，長方形大木筏，數十精壯漢子，各據筏上一角，舉橈激水，乘流而上。就中最令人感動處，是小船半渡，遊目四矚，儼然四圍是山，山外重山，一切如畫。水深而流速，弄船女子，腰腿勁健，膽大心平，視若無事。同一渡船，大多數都是婦人，有些賣柴賣炭的，來回跑五六十里路，上城賣一擔柴，換兩斤鹽，或帶回一點紅綠紙張同竹篾做成的簡陋船隻，小小香燭。問她時，就會笑笑的回答：「拿回家去做土地會。」你或許不明白土地會的意義，事實上就是酬謝，《楚辭》中提到的那種雲中君——山鬼。這些女子一看都那麼和善，那麼樸素，年紀四十以下的，無一不在胸前土藍布或蔥綠布圍裙上繡上一片花，且差不多每個人都是別出心裁，把它處置得十分美觀，不拘寫實或抽象的花朵，總那麼妥貼而雅相。在輕煙細雨裡，一個外來人眼見到這種情形，讚美中不覺嘆息。天時常常是那麼把山和水和人都籠罩在一種似雨似霧使人微感凄涼的情調裡，然而卻無處不可以見出「生命」在這個地方有光輝的那一面。

外來客自然會有個疑問發生：這地方一切事業女人都有份，而且像只有「兩截穿衣」的女子有份，男子呢？

在長街上我們固然時常可以見到一對少年夫妻，女的眉目俊秀，鼻准完美，穿淺藍布衣，用手指粗銀鏈繫扣花圍裙，背小竹籠。男的長而瘦，英武爽朗，肩上扛了各種野獸皮向商人兜賣。令人一見十分感動。可是這種男子是特殊的。

男子大部分都當兵去了。因兵役法的缺陷，和執行兵役法的中間層保甲制度人選不完善，逃避兵役的也多，這些壯丁拋下他的耕牛，向山中走，就去當匪。匪多的原因，外來官吏苛索實為主因。他們願意好好活下去，官吏的老式方法居多是不讓他們那麼好好活下去。他們一入兵營就成為一個好戰士，可是辦兵役的卻覺得如果人人都樂於應兵役，就毫無利益可圖。土匪多時，當局另外派大部隊伍來「維持治安」，守在幾個城區，別的不再過問。土匪得了相當武器後，在報復情緒下就是對公務員特別不客氣，凡搜刮過多的人一落到他們手裡時，必然是先將所有得到，再來取那個「命」。許多人對於湘西民或匪都留下一個特別蠻悍嗜殺的印象，就由這種教訓而來。許多人說湘西遇匪，許多人在湘西卻從不曾遭遇過一次搶劫，就是這個原因。

一個旅行者若想起公路就是這種蠻悍不馴的山民或土匪，在烈日和風雪中努力做成的，乘了新式公共汽車由這條公路經過，既感覺公路工程的偉大結實，到得沅陵時，更隨處可見婦人如何認真稱職，用勞力討生活，而對於自然所給的印象，又如此秀美，不免感慨繫之。這地方神祕處原來在此而不在彼。人民如此可用，景物如此美好，三十年來牧民者，來來去去，新陳代謝，不知多少，除認為「蠻悍」外，竟別無發現。外來為官作宦的，回籍時至多也只有把當地久已消滅無餘的各種畫符捉鬼荒唐不經的傳說，在茶餘酒後向陌生者一談。真正好處不會欣賞，壞處不能明白，這豈不是湘西的另外一種神祕？

沅陵算是個湘西受外來影響較久較大的地方，城區教會的勢力，造成一批吃教飯的人物，蠻悍性情因之消失無餘，代替而來的或許是一點青年會辦事人的習氣。沅陵又是沅水幾個支流貨物轉口處，商人勢力較大，以利為歸的習慣，也自然很影響到一些人的打算行為。沅陵位置在沅水流域中部，就地形言，自為內戰時代必爭之地，因此麻陽縣的水手，一部分登陸以後，便成為當地有勢力的小販，鳳凰縣屯壓子弟兵官佐，留下住家的，便成為當地有產業的客居者。慷慨好義，負氣任俠，楚人中這類古典的熱誠，若從當地人尋覓無著時，還可從這兩個地方的男子中發現。一個外來人，在那山城中石板做成的一道長街上，會為一個矮小、瘦弱、眼睛又不明、聽覺又不聰、走路時匆匆忙忙、說話時結結巴巴，那麼一個平常人引起好奇心，說不定他那時正在大街頭為人排難解紛，說不定他的行為正需要旁人排難解紛！他那樣子就古怪，神氣也古怪。一切像個鄉下人，像個官能為嗜好與毒物所毀壞，心靈又十分平凡的人。可是應當找機會去同他熟一點，談談天。應當想辦法更熟一點，跟他向家裡走（他的家是在一個山上的）。如此一來，結果你會接觸一點很新很新的東西，一種混合古典熱誠與近代理性在一個特殊環境特殊生活裡培養成的心靈。你自然會「同情」他，可是最好倒是「讚美」他。因為他那種古典的做人的態度，值得讚美。同時他的性情充滿了一種天真的愛好，他需要讚美。他的視覺同聽覺都毀壞了，心和腦可是極健全的。鳳凰屯墾兵子弟中出壯士，體力膽氣兩方面，都不弱於人。這個矮小瘦弱的人物，雖出身世代武人的家庭中，因無力量征服他人，失去了做軍人的資格。可是那點有遺傳性的軍人氣概，卻征服了他自己，統制自己，改造自己，成為沅陵縣一個頂可愛的人。他的名字叫作「大老爺」，或「大大」，一個古怪到家的稱呼。

沅陵縣沿河下游四里路遠近，河中心有個洲島，周圍高山四合，名「合掌洲」，情景相稱。洲上有座廟宇，名「和尚洲」也說得過去。但本地傳說卻以為是「和漲洲」，因為水漲河面寬，淹不著，為的是洲隨河水起落！合掌洲有個白塔，由頂到根雷劈了一小片，本地人以為奇，並不足奇。河北岸村名黃草尾，人家多在橘柚林裡，橘子樹白華朱實，宜有小腰白齒出於其間。一個種菜園的周家，生了四個女兒，最小的一個四妹，人都呼為夭妹，年紀十七歲，許了個成衣店學徒，尚未圓親。成衣店學徒積蓄了整年工錢，打了一副金耳環給夭妹，女孩子就戴了這副金耳環，每天挑菜進東門城賣菜。因為性格好繁華，人長得風流俊俏，一個東門大街的人都知道賣菜的周家夭妹。

因此縣裡的機關中辦事員，保安司令部的小軍佐，和商店中小開，下黃草尾玩耍的就多起來了。但不成，有了主子。可是「人怕出名豬怕壯」，夭夭的名聲傳出去了，水上划船人全都知道周家夭夭。去年冬天一個夜裡，忽然來了四百人攻打沅陵縣城，在城邊響了一夜槍，到天明以前，無從進城，這一夥人依然退走了。這些人本來目的也許就只是在城外打一夜槍。其中一個帶隊的稱團長，卻帶了兄弟夥到夭妹家裡去拍門。進屋後別的不要，只把這女孩子帶走。

女孩子說，「你搶我，把我箱子也搶去，我才有衣服換！」

帶到山裡去時那團長問，「你要死，要活？」

女孩子說，「要死，你不會讓我死。」

團長笑了，「那你意思是要活了！要活就嫁我，跟我走。我把你當官太太。」

女孩子看看團長，人物英俊標致，比成衣店學徒強多了，就說，「人到什麼地方都是吃飯，我跟你走。」

於是當天就殺了兩個豬，十二隻羊，一百隻雞鴨，團長和夭妹結婚。女孩子問她的衣箱在什麼地方，衣箱取來打開一看，原來全是預備陪嫁的！英雄美人，可謂美滿姻緣。過三天後那團長就派人送信給黃草尾種菜的周老夫婦，稱岳父岳母，報告夭妹安好，不用掛念。還同時送來一些禮物！老夫婦無話可說，只苦了成衣店那個學徒，坐在東門大街一家鋪子裡，一面裁布條子做紐絆，一面垂淚。

這也可說是沅陵縣人物之一型。

至於住城中的幾個紳士，那倒正像湘西許多縣城裡的正經紳士一樣，在當地是很聞名的，廟宇裡照例有這種名人寫的屏條，名勝地方照例有他們題的詩詞。兒女多受過良好教育，在外做事。家中種植花木，門庭規矩很好。與地方關係，卻多如顯克微支在他炭畫那本書裡所說的貴族，凡事取「不干涉主義」。因為名氣大，許多不相干的捐款，不相干的公事，不相干的麻煩，不會上門。樂得在家納福，不求聞達，所以也不用有什麼表現。對於生活勞苦認真，既不如車站邊負重婦女，生命活躍，也不如賣菜的周家夭妹，然而日子還是過得很好，這就夠了。

由沅水下行百十里到沅陵屬邊境地名柳林岔——就是湘西出產金子，風景又極美麗的柳林岔。那地方過去一時也有個人，很有意思。這個人據說母親貌美而守寡，住在柳林岔鎮上。對河高山上有個廟，廟中住下一個青年和尚，誠心苦修。寡婦因愛慕和尚，每天必借燒香為名去看和尚，二十年如一日。和尚誠心苦修，不作理會，也同樣二十年如一日。兒子長大後，慢慢的知道了這件事。兒子知道後，不敢勸告母親，也不能責怪和尚，唯恐母親年老眼花，一不小心，就會墮入深水中淹死。又見廟宇在一個圓形峰頂，攀援不容易。因此特意雇定一百石工，在臨河懸崖上開闢一條小路，僅可容足，更找鐵工製就一條粗而長的鐵鏈索，固定在上面，作為援手工具。又在兩山間造一拱石頭橋，上山頂廟裡時就可省一大半路。這些工作進行時自己還參加，直到完成。到後這男子就出遠門走了，一去再也不回來了。

這座廟，這個橋，瀕河的黛色懸崖上這條人工鑿就的古怪道路，路旁的粗大鐵鏈，都好好的保存在那裡，可以為過路人見到。凡上行船的纖手，還必須從這條路把船拉上灘。船上人都知道這個故事。故事雖還有另一種說法，以為一切是寡婦所修的，為的是這寡婦……總之，這是一個平常人為滿足他的某種心願而完成的偉大工程。這個人早已死了，卻活在所有水上人的記憶裡。傳說和當地景色極和諧，美麗而微帶憂鬱。

沅水由沅陵下行三十里後即灘水連接，白溶、九溪、橫石、青浪……就中以青浪灘最長，石頭最多，水流最猛。順流而下時，四十里水路不過二十分鐘可完事，上行船有時得一整天。

青浪灘灘腳有個大廟，名伏波宮，敬奉的是漢老將馬援。行船人到此必在廟裡燒紙獻牲。廟宇不出奇。廟中棲息的紅嘴紅腳小小烏鴉，成千累萬，遇下行船必飛往接船送船，船上人把飯食糕餅向空中拋去，這些小黑鳥就在空中接著，把它吃了。上行船可照例不光顧。雖上下船隻極多，這小東西知道向什麼船可發利市，什麼船不打抽豐。船夫說這是馬援的神兵，為迎接船隻的神兵，凡傷害的必賠一銀打烏鴉，因此從不會有人敢傷害牠。

幾件事都是人的事情。與人生活不可分，卻又雜揉神性和魔性。湘西的傳說與神話，古豔動人。同這樣差不多的還很多。湘西的神祕，和民族性的特殊大有關係。歷史上「楚」人的幻想情緒，必然孕育在這種環境中，方能滋長成為動人的詩歌。想保存它，同樣需要這種環境。

作者簡介

——沈從文（1902-1988），詳見本書頁九三。

我的母親

老舍

母親的娘家是在北平德勝門外，土城兒外邊，通大鐘寺的大路上的一個小村裡。村裡一共有四五家人家，都姓馬。大家都種點不十分肥美的土地，但是與我同輩的兄弟們，也有當兵的，做木匠的，做泥水匠的，和當巡察的。他們雖然是農家，卻養不起牛馬，人手不夠的時候，婦女便也須下地做活。

對於姥姥家，我只知道上述的一點。外公、外婆是什麼樣子，我就不知道了，因為他們早已去世。至於更遠的族系與家史，就更不曉得了；窮人只能顧眼前的衣食，沒有工夫談論什麼過去的光榮；「家譜」這字眼，我在幼年就根本沒有聽說過。

母親生在農家，所以勤儉誠實，身體也好。這一點事實卻極重要，因為假若我沒有這樣的一位母親，我以為我恐怕也就要大大的打個折扣了。

母親出嫁大概是很早，因為我的大姊現在已是六十多歲的老太婆，而我的大外甥女還長我一歲啊。我有三個哥哥，四個姊姊，但能長大成人的，只有大姊、二姊、三姊、三哥與我。我是「老」兒子。生我的時候，母親已有四十一歲，大姊、二姊已都出了閣。

由大姊與二姊所嫁入的家庭來推斷，在我生下之前，我的家裡，大概還馬馬虎虎的過得去。那時候定婚講究門當戶對，而大姊夫是做小官的，二姊夫也開過一間酒館，他們都是相當體面的人。

可是，我，我給家庭帶來了不幸：我生下來，母親暈過去半夜，才睜眼看見她的老兒子——感謝大姊，把我揣在懷裡，致未凍死。

一歲半，我把父親「克」死了。

兄不到十歲，三姊十二三歲，我才一歲半，全仗母親獨力撫養了。父親的寡姊跟我們一塊兒住，她吸鴉片，她喜摸紙牌，她的脾氣極壞。為我們的衣食，母親要給人家洗衣服，縫補或裁縫衣裳。在我的記憶中，她的手終年是鮮紅微腫的。白天，她洗衣服，洗一兩大綠瓦盆。她做事永遠絲毫也不敷衍，就是屠戶們送來的黑如鐵的布襪，她也給洗得雪白。晚間，她與三姊抱著一盞油燈，還要縫補衣服，一直到半夜。她終年沒有休息，可是在忙碌中她還把院子屋中收拾得清清爽爽。桌椅都是舊的，櫃門的銅活久已殘缺不全，可是她的手老使破桌面上沒有塵土，殘破的銅活發著光。院中，父親遺留下的幾盆石榴與夾竹桃，永遠會得到應有的澆灌與愛護，年年夏天開許多花。

哥哥似乎沒有同我玩耍過。有時候，他去讀書；有時候，他去學徒；有時候，他也去賣花生或櫻桃之類的小東西。母親含著淚把他送走，不到兩天，又含著淚接他回來。我不明白這都是什麼事，而只覺得與他很生疏。與母親相依為命的是我與三姊。因此，她們做事，我老在後面跟著。她們澆花，我也張羅著取水；她們掃地，我就撮土……從這裡，我學得了愛花，愛清潔，守秩序。這些習慣至今還被我保存著。

有客人來，無論手中怎麼窘，母親也要設法弄一點東西去款待。舅父與表哥們往往是自己掏錢買酒肉食，這使她臉上羞得飛紅，可是，殷勤的給他們溫酒做麵，又給她一些喜悅。遇上親友家中有喜喪事，母親必把大褂洗得乾乾淨淨，親自去賀吊——份禮也許只是兩吊小錢。到如今我的好客的習性，還未全改，儘管生活是這麼清苦，因為自幼兒看慣了的事情是不易改掉的。

姑母常鬧脾氣。她單在雞蛋裡找骨頭。她是我家中的閻王。直到我入了中學，她才死去，我可是沒有看見母親反抗過。「沒受過婆婆的氣，還不受大姑子的嗎？命當如此！」母親在非解釋一下不足以平服別人的時候，才這樣說。是的，命當如此。母親活到老，窮到老，辛苦到老，全是命當如此。她最會吃虧。給親友鄰居幫忙，她總跑在前面：她會給嬰兒洗三——窮朋友們可以因此少花一筆「請姥姥」錢——她會刮痧，她會給孩子們剃頭，她會給少婦們絞臉……凡是她能做的，都有求必應。但是，吵嘴打架，永遠沒有她。她寧吃虧，不逗氣。當姑母死去的時候，母親似乎把一世的委屈都哭了出來，一直哭到墳地。不知道哪裡來的一位侄子，聲稱有承繼權，母親便一聲不響，教他搬走那些破桌子爛板凳，而且把姑母養的一隻肥肉雞也送給他。

可是，母親並不軟弱。父親死在庚子鬧「拳」的那一年。聯軍入城，挨家搜索財物雞鴨，我們被搜兩次。母親拉著哥哥與三姊坐在牆根，等著「鬼子」進門，街門是開著的。「鬼子」進門，一刺刀先把老黃狗刺死，而後入室搜索。他們走後，母親把破衣箱搬起，才發現了我。假若箱子不空，我早就被壓死了。皇上跑了，丈夫死了，鬼子來了，滿城是血光火焰，可是母親不怕，她要在刺刀下，飢荒中，保護著兒女。北平有多少變亂啊，有時候兵變了，街市整條的燒起，火團落在我們院中。有時候內戰了，城門緊閉，鋪店關門，晝夜響著槍炮。這驚恐，這緊張，再加上一家飲食的籌劃，兒女安全的顧慮，豈是一個軟弱的老寡婦所能受得起的？可是，在這種時候，母親的心橫起來，她不慌不哭，要從無辦法中想出辦法來。她的淚會往心中落！這點軟而硬的性格，也傳給了我。我對一切人與事，都取和平的態度，把吃虧當作當然的。但是，在做人上，我有一定的宗旨與基本的法則，什麼事都可將就，而不能超過自己畫好的界限。我怕見生人，怕辦雜事，怕出頭露面；但是到了非我去不可的時候，我便不得不去，正像我的母親。從私塾到小學，到中學，我經歷過起碼有二十位教師吧，其中有給我很大影響的，也有毫無影響的，但是我的真正的教師，把性格傳給我的，是我的母親。母親並不識字，她給我的是生命的教育。

當我在小學畢了業的時候，親友一致的願意我去學手藝，好幫助母親。我曉得我應當去找飯吃，以減輕母親的勤勞困苦。可是，我也願意升學。我偷偷的考入了師範學校——制服，飯食，書籍，宿處，都由學校供給。只有這樣，我才敢對母親說升學的話。入學，要交十元的保證金。這是一筆巨款！母親作了半個月的難，把這巨款籌到，而後含淚把我送出門去。她不辭勞苦，只要兒子有出息。當我由師範畢業，而被派為小學校校長，母親與我都一夜不曾合眼。我只說了句：「以後，您可以歇一歇了！」她的回答只有一串串的眼淚。我入學之後，三姊結了婚。母親對兒女是都一樣疼愛的，但是假若她也有點偏愛的話，她應當偏愛三姊，因為自父親死後，家中一切的事情都是母親和三姊共同撐持的。三姊是母親的右手，但是母親知道這右手必須割去，她不能為自己的便利而耽誤了女兒的青春。當花轎來到我們的破門外的時候，母親的手就和冰一樣的涼，臉上沒有血色——那是陰曆四月，天氣很暖。大家都怕她暈過去。可是，她掙扎著，咬著嘴唇，手扶著門框，看花轎徐徐的走去。不久，姑母死了。三姊已出嫁，哥哥不在家，我又住學校，家中只剩母親自己。她還須自早至晚的操作，可是終日沒人和她說一句話。新年到了，正趕上政府倡用陽曆，不許過舊年。除夕，我請了兩小時的假。由擁擠不堪的街市回到清爐冷灶的家中。母親笑了。及至聽說我還須回校，她愣住了。半天，她才嘆出一口氣來。到我該走的時候，她遞給我一些花生，「去吧，小子！」街上是那麼熱鬧，我卻什麼也沒看見，淚遮迷了我的眼。今天，淚又遮住了我的眼，又想起當日孤獨的過那悽慘的除夕的慈母。可是，慈母不會再候盼著我了，她已入了土！

兒女的生命是不依順著父母所設下的軌道一直前進的，所以老人總免不了傷心。我廿三歲，母親要我結了婚，我不要。我請來三姊給我說情，老母含淚點了頭。我愛母親，但是我給了她最大的打擊。時代使我成為逆子。廿七歲，我上了英國。為了自己，我給六十多歲的老母以第二次打擊。在她七十大壽的那一天，我還遠在異域。那天，據姊姊們後來告訴我，老太太只喝了兩口酒，很早的便睡下。她想念她的幼子，而不便說出來。

七七抗戰後，我由濟南逃出來。北平又像庚子那年似的被鬼子占據了，可是母親日夜惦念的幼子卻跑西南來。母親怎樣想念我，我可以想像得到，可是我不能回去。每逢接到家信，我總不敢馬上拆看，我怕，怕，怕，怕有那不祥的消息。人，即使活到八九十歲，有母親便可以多少還有點孩子氣。失了慈母便像花插在瓶子裡，雖然還有色有香，卻失去了根。有母親的人，心裡是安定的。我怕，怕，怕家信中帶來不好的消息，告訴我已是失去了根的花草。

去年一年，我在家信中找不到關於老母的起居情況。我疑慮，害怕。我想像得到，如有不幸，家中念我流亡孤苦，或不忍相告。母親的生日是在九月，我在八月半寫去祝壽的信，算計著會在壽日之前到達。信中囑咐千萬把壽日的詳情寫來，使我不再疑慮。十二月二十六日，由文化勞軍大會上回來，我接到家信。我不敢拆讀。就寢前，我拆開信，母親已去世一年了！

生命是母親給我的。我之能長大成人，是母親的血汗灌養的。我之能成為一個不十分壞的人，是母親感化的。我的性格、習慣，是母親傳給的。她一世未曾享過一天福，臨死還吃的是粗糧。

唉！還說什麼呢？心痛！心痛！

作者簡介

——老舍（1899-1966），滿族正紅旗人，生於北京，本名舒慶春，字舍予。著名文學家、戲劇家，作品多取材市民生活，善於塑描人物。一九一八年畢業於北京師範學院後執教鞭，後赴英國倫敦大學東方學院華語系擔任講師，於此期間發表第一部長篇小說《老張的哲學》，後赴新加坡教學，繼而回到中國任教，一九三六年完成代表作《駱駝祥子》。一九四六年赴美講學，一九四九年回到北京，並創作話劇《茶館》。著有長篇小說《駱駝祥子》、《四世同堂》、《貓城記》；中篇小說集《我這一輩子》、《月牙集》；短篇小說集《櫻海集》、《趕集》、《蛤藻集》；劇本《龍鬚溝》、《桃李春風》、《茶館》、《大地龍蛇》、《殘霧》、《神拳》；散文集《老牛破車》、《小花朵集》等。

夏夜

蕭紅

密密的濃黑的一帶長林，遠在天邊靜止著，夏夜藍色的天，藍色的夜。夏夜坐在茅簷邊，望著茅簷借宿麻雀的窠巢，隔著牆可以望見北山森靜的密林，林的那端，望不見彎月勾垂著。

於是蟲聲，各樣的穿著夜衣的幽靈般的生命的響叫。牆外小溪暢引著，水聲脆脆琅琅。菱姑在北窗下語著多時了！眼淚凝和著夜露已經多時了！她依著一株花枝，花枝的影子抹上牆去，那樣她儼若睡在荷葉上，立刻我取笑她：「荷葉姑娘怎麼啦？」她過來似用手打我，嘴裡似乎咒我，她依過的那花枝，立刻搖閃不定了，我想：我們兩個是同一不幸的人。

「為什麼還不睡呢？有什麼說的盡在那兒咕咕叨叨，天不早啦，進來睡。」祖母的頭探出簾外，又縮回去。在模糊的天光下，我看見她白色的睡衣，我疑她是一隻夜貓，在黑夜她也是到處巡行著。

菱姑二十七歲了，菱姑的青春尚關閉在懷中，近來她有些關閉不住了，她怎能不憂傷呢？怎能對於一切生興致呢？漸漸臉孔慘黃。

她一天天遠著我的祖母，有時間只是和我談話，和我在園中散步。

「小萍，你看那老太太，她總怕我們在一起說什麼，她總留心我們。」

「小萍，你在學校一定比我住在家裡得到的知識多些，怎麼你沒膽子嗎？我若是你，我早跑啦！我早不在家受他們的氣，就是到工廠去做工也可以吃飯。」

「前村李正的兩個兒子聽說去當『鬍子』可不是為錢，是去……」祖母宛如一隻貓頭鷹樣，突然出現在我們背後，並且響著她的喉嚨好像響著貓頭鷹的翅膀似的：

「好啊！這東西在這議論呢！我說：菱子你還有一點廉恥沒有。」她吐口痰在地面上，「小萍那丫頭入了什麼什麼黨啦，你也跟她學沒有老幼，沒有一點姑娘樣！盡和男學生在一塊，你知道她爸爸為什麼不讓她上學，怕是再上學更要學壞，更沒法管教啦！」

我常常是這樣，我依靠牆根哭，這樣使她更會動氣，她的眼睛好像要從眼眶跑出來馬上落到地面似的，把頭轉向我，銀簪子閃著光：「你真給咱家出了名了，怕是祖先上也找不出這丫頭。」

我聽見她從窗口爬進去的時候她仍是說著我把臉丟盡了。就是那夜，菱姑在枕上小聲說：

「今天不要說什麼了，怕是你奶奶聽著。」

菱姑是個鄉下姑娘，她有熱的情懷，聰明的素質，而沒有好的環境。

「同什麼人結婚好呢？」她常常問我。

「我什麼時候結婚呢？結婚以後怎樣生活？我希望我有職業，我一定到工廠去。」她說。

那夜我怎樣努力也不能睡著，我反覆想過菱姑的話，可憐的菱姑她只知道在家庭裡受壓迫，因為家中有腐敗的老太婆。然而她不能知道工廠裡更有齒輪，齒輪更會壓榨。

在一條長炕上，祖母睡在第一位，菱姑第二位，我在最末的一位。通宵翻轉著，我彷彿是睡在蒸籠裡，每夜要聽後窗外的蟲聲，和這在山上密林的嘯聲透進竹簾來，也聽著更多的在夜裡的一切聲息。今夜我被蒸籠蒸昏了！忘記著一切！

是天快要亮的時候，馬在前院響起鼻子來，狗睡醒了，在院中抖擻著毛，這時候正是炮手們和一些守夜更的人睡覺的時候。在夜裡就連叔叔們也戒備著，戒備著這鄉村多事的六八月，現在他們都去睡覺了！院中只剩下些狗、馬、雞和鴨子們。

就是這天早晨，來了胡匪了，有人說是什麼軍，有人說是前村李正的兒子。

祖母到佛龕邊去叩頭並且禱告：

「佛爺保佑……」

「我來保佑吧！」站在佛龕邊我說。

菱姑作難的把笑沉下去。

大門打開的時候，只知是官兵，不是胡匪，不是什麼什麼軍。

作者簡介

——蕭紅（1911-1942），詳見本書頁一四一。

藝術的逃難

豐子愷

那年日本軍在廣西南寧登陸，向北攻陷賓陽。浙江大學正在賓陽附近的宜山，學生、教師扶老攜幼，倉皇向貴州逃命。道路崎嶇，交通阻塞，大家吃盡千辛萬苦，到得安全地帶。我正是其中之一人，帶了從一歲到七十二歲的眷屬十人，和行李十餘件，好容易來到遵義。看見比我早到的張其昀先生，他幽默地說：「聽說你這次逃難很是藝術的？」我不禁失笑，就承認了「藝術的逃難」。

其實，與其稱為「藝術的逃難」，不如稱為「宗教的逃難」。因為如果沒有「緣」，藝術是根本無用的。且讓我告訴你這逃難的經過：那時我還在浙江大學任教。因為宜山每天兩次警報，不勝奔命之苦，我把老弱者六人送到百里外的思恩的學生家裡。自己和十六歲以上的兒女四人（三女一男）住在宜山；我是為了教課，兒女是為了讀書。敵兵在南寧登陸之後，宜山的人，大家憂心忡忡，計劃逃難。然因學校當局未有決議，大家無所適從。我每天逃兩個警報，吃一頓酒，遷延度日。現在回想，真是糊裡糊塗！

不久賓陽淪陷了！宜山空氣極度緊張。汽車大敲竹槓。「大難到來各自飛」，不管學校如何，大家各自設法向貴州逃。我家分兩處，呼應不靈，如之奈何！幸有一位朋友，代我及其他兩家合雇一輛汽車，竹槓敲得不重，一千二百圓（廿八年的）送到都勻。言定經過離此九十里的得勝站時，添載我在思恩的老弱六人。同時打長途電話到思恩，叫他們連夜收拾，明晨一早雇滑竿到四十里外的得勝站，等候我的汽車來載。詎料到了開車的那一天，大家一早來到約定地點，而汽車杳無影蹤。等到上午，車還是不來，卻掛了一個預報球！行李盡在路旁，逃也不好，不逃也不好，大家捏兩把汗。幸而警報不來，但汽車也不來！直到下午，始知被騙。丟了定洋一百塊錢（廿八年的），站了一天公路。這一天真是狼狽之極！

找旅館住了一夜。第二日我決定辦法：叫兒女四人分別攜帶輕便行李，各自去找車子，以都勻為目的地。誰先到目的地，就在車站及郵局門口貼個字條，說明住處，以便相會。這樣，化整為零，較為輕便了。我惦記著得勝站路旁候我汽車的老弱六人，想找短路汽車先到得勝。找了一個朝晨，找不到，卻來了一個警報。我便向得勝的公路上走。息下腳來，已經走了數里。我向來車招手，他們都不睬，管自開過。一看錶，還只八點鐘。我想，求人不如求己，我決定徒步四十五里到懷遠站，然後再找車子到得勝。拔腳邁進，果然走到了懷遠。

懷遠我曾到過，是很熱鬧的一個鎮。但這一天很奇怪，我走上長街，店門都關，不見人影。正在納罕，猛憶「豈非在警報中」？連忙逃出長街，一口氣走了三四里路，看見公路旁村下有人賣圓子，方才息足。一問，才知道是緊急警報！看錶，是下午一點鐘。問問吃圓子的兩個兵，知道此去得勝，還有四十里，他們是要步行赴得勝的。我打聽得汽車滑竿都無希望，便再下一個決心，繼續步行。我吃了一碗圓子。用毛巾填在一隻鞋子底裡，又脫下頭上的毛線帽子來，填在另一隻鞋子底裡。一個兵送我一根繩，我用繩將鞋和腳紮住，使不脫落。然後跟了這兩個兵，再上長途。我準擬在這一天走九十里路，打破我平生走路的紀錄。

路上和兩個兵閒談，知道前面某處常有盜匪路劫。我身上有鈔票八百餘圓（廿八年的），擔起心來。我把八百圓整數票子從袋裡摸出，用破紙裹好，握在手裡。倘遇盜匪，可把鈔票拋在草裡，過後再找回來。幸而不曾遇見盜匪，天黑，居然走到了得勝。到區公所一問，知道我家老弱六人昨天一早就到，住在某夥鋪裡。我找到夥鋪，相見互相驚訝，談話不盡。此時我兩足痠痛，動彈不得。夥鋪老闆原是熟識的，為我沽酒弄菜。我坐在被窩裡，一邊飲酒，一邊談話，感到一種特殊的愉快。顛沛流離的生活，也有其溫暖的一面。

次日得宜山友人電話，知道我的兒女四人中，三人於當日找到車子出發。啊！原來在我步行九十里的途中，他們三人就在我身旁駛過的車子裡，早已疾行先長者而去了！我這裡有七十二歲的老岳母、我的老姊、老妻、十一歲的男孩、十歲的女孩，以及一歲多的嬰孩，外加十餘件行李。這些人物，如何運往貴州呢？到車站問問，失望而回。又次日，再到車站，見一車中有浙大學生。蒙他們幫忙，將我老姊及一男孩帶走，但不能帶行李。於是留在得勝的，還有老小五人，和行李十餘件。這五人不能再行分班，找車愈加困難。而戰事日益逼近，警報每天兩次。我的頭髮，便是在這種時光不知不覺地變白的！

在得勝空住了數天，決定坐滑竿，雇挑夫，到河池，再覓汽車。這早上來了十二名廣西苦力，四乘滑竿，四個挑夫，把人連物，一齊扛走。迤邐而西，曉行夜宿，三天才到河池。這三天生活，竟是古風。舊小說中所寫的關山行旅之狀，如今更能理解了。

河池地方很繁盛，旅館也很漂亮。我賃居某旅館，樓上一室，鏡臺、痰盂、茶具、蚊帳，一切俱全，竟像杭州的三等旅館。老闆是讀書人，知道我的「大名」，招待得很客氣；但問起向貴州的汽車，他只有搖頭。我起個大早，破曉就到汽車站去找車子，但見倉皇、擁擠、混亂之狀，不可向邇，廢然而返。第二天又破曉到車站，我手裡拿了一大束鈔票而找司機。有的看看我手中的鈔票，抱歉地說，人滿了，搭不上了！有的問我有幾個人，我說人三個，行李八件（其實是五個，十二件），他好像嚇了一跳，掉頭就走。如是者，凡數次。我頹唐地回旅館。站在窗前悵望，南國的冬天，驕陽豔豔，青天漫漫；而予懷渺渺，後事茫茫，這一群老幼，流落道旁，如何是好呢！傳聞，敵將先攻河池，包圍宜山、柳州。又傳聞，河池日內將有大空襲。這晴明的日子，正是標準的空襲天氣。一有警報，我們這位七十二歲的老太太怎樣逃呢？萬一突然打到河池來，那更不堪設想了！

這樣提心吊膽地過了好幾天，前途似乎已經絕望。旅館老闆安慰我說：「先生還是暫時不走，在這裡休息一下，等時局稍定再說。」我說：「你真是一片好心！但是，萬一打到這裡來，我人地生疏，如之奈何？」他說：「我有家在山中，可請先生同去避亂。」我說：「你真是義士！我多蒙照拂了。但流亡之人，何以為報呢？」他說：「若得先生到鄉，趁避亂之暇，寫些書畫，給我子孫世代寶藏，我便受賜不淺了！」在這樣的交談之下，我們便成了朋友。我心中已有七分跟老闆入山，三分還想覓車向都勻走。

次日，老闆拿出一副大紅閃金紙對聯來，要我寫字。說：「老父今年七十，蟄居山中。做兒子的糊口四方，不能奉觴上壽，欲乞名家寫聯一副，託人帶去，聊表寸草之心，可使蓬蓽生輝！」我滿口答應。就到樓下客廳中寫對。墨早已磨好，濃淡恰到好處，我提筆就寫。普通慶壽的八言聯，文句也不值得記述了。那閃金紙是不吸水的，墨沉堆積，歷久不乾。門外馬路邊太陽光作金黃色。他的管帳提議：抬出門外去曬。老闆反對，說怕被人踏損了。管帳說：「我坐著看管！」就由茶房幫同，把墨跡淋漓的一副大紅對聯抬了出去。我寫字時，暫時忘懷了逃難。這時候又帶了一顆沉重的心，上樓去休息。豈知一線生機，就在這裡發現。

老闆親自上樓來，說有一位趙站長要見我。我想下樓，一位穿皮上衣的壯年男子已經走上樓梯來了。他握住我的手，連稱「久仰」、「難得」。我聽他的口音，是無錫、常州之類，鄉音入耳，分外可親。就請他在樓上客間裡坐談。他是此地汽車加油站的站長，來的不久。適才路過這旅館，看見門口曬的紅對子，是我寫的，而墨跡未乾，料想我一定在旅館內，便來訪問。我向他訴說了來由和苦衷，他慷慨地說：「我有辦法。也是先生運道太好：明天正有一輛運汽油的車子開都勻。所有空位，原是運送我的家眷的。如今我讓先生先走。途中只說我的眷屬是了。」我說：「那麼你自己呢？」他說：「我另有辦法。況且戰事尚未十分逼近，我是要到最後才好走的。」講定了，他起身就走，說晚上再同司機來看我。

我好比暗中忽見燈光，驚喜之下，幾乎雀躍起來。但一剎那間，我又消沉、頹唐，以至於絕望。因為過去種種憂患，傷害了我的神經，使它由過敏而變成衰弱。我對人事都懷疑。這江蘇人與我萍水相逢，他的話豈可盡信？況在找車難於上青天的今日，我豈敢盼望這種僥倖！他的話多半是不負責的。我沒有把這事告訴我的家人，免得他們空歡喜。

豈知這天晚上，趙君果然帶了司機來了。問明人數，點明行李，叮囑司機。之後，他拿出一卷紙來，要我作畫。我就在燈光之下，替他畫了一幅墨畫。這件事我很樂願，同時又很苦痛。趙君慷慨樂助，救我一家出險，我寫一幅畫送他留個永念，是很樂願的。但在作畫這件事說，我一向歡喜自動。興到落筆，毫無外力強迫，為作畫而作畫，這才是藝術品，如果為了敷衍應酬，為了交換條件，為了某種目的或作用而作畫，我的手就不自然，覺得畫出來的筆沒有意味，我這個人也毫無意味。故凡筆債——平時友好請求的，和開畫展時重訂的——我認為一件苦痛的事。為避免這苦痛，把紙整理清楚，疊在手邊。待興到時，拉一張來就畫。過後補題上款，送給請求者。總之，我歡喜畫的時候不知道為誰而畫，或為若干潤筆而畫，而只知道為畫而畫。這才有藝術的意味。這掩耳盜鈴之計，在平日可行，在那時候卻行不通。為了一個情不可卻的請求，為了交換一輛汽車，我不得不在疲勞憂傷之餘，昏昏燈火之下，用惡劣的紙筆作畫。這在藝術上是一件最苦痛，最不合理的事！但我當晚勉力執行了。

次日一早，趙站長親來送行，汽車順利地開走。次日的下午，我的老幼五人及行李十二件，安全地到達了目的地都勻。汽車站壁上，貼著我的老姊及兒女們的住址，他們都已先到了。全家十一人，在離散了十六天之後，在安全地帶重行團聚，老幼俱各無恙。我們找到了他們的時候，大家笑得合不攏嘴來。正是「人世難逢開口笑，茅臺須飲兩千杯」！這晚上十一人在中華飯店聚餐，我飲茅臺酒大醉。

一個普通平民，要在戰事緊張的區域內舒泰地運出老幼五人和十餘件行李，確是難得的事。我全靠一副對聯的因緣，居然得到了這權利。當時朋友們誇飾為美談。這就是張其昀先生所謂「藝術的逃難」。但當時那副對聯倘不拿出去曬，趙君無由和我相見，我就無法得到這權利，我這逃難就得另換一種情狀。也許更好；但也許更壞；死在鐵蹄下，轉乎溝壑……都是可能的事。人真是可憐的動物！極細微的一個「緣」，例如曬對聯，可以左右你的命運，操縱你的生死。而這些「緣」都是天造地設，全非人力所能把握的。寒山子詩云：「碌碌群漢子，萬事由天公。」人生的最高境界，只有宗教。所以我說，我的逃難，與其說是藝術的，不如說是宗教的。人的一切生活，都可說是宗教的。

趙君名正民，最近還和我通信。

三十五年四月二十九日於重慶

作者簡介

——豐子愷（1898-1975），浙江桐鄉人，原名豐潤、豐仁，號子覬，後改為子愷，筆名T·K。一九一四年入浙江省立第一師範學校，得到夏丏尊和李叔同（出家後號弘一法師）的賞識與啟蒙。一九二一年赴日，在東京學習繪畫、音樂和外語，一九二二年回國，開始美術及音樂教學工作。一九二四年在上海創辦立達中學。一九二九年被開明書店聘為編輯。一九三一年第一本散文集《緣緣堂隨筆》由開明書店出版。一九四九年後曾任中國美術家協會主席、上海中國畫院院長、上海對外文化協會副會長等職。以中西融合畫法創作漫畫及散文而著名。著有《護生畫集》、《畫中有詩》、《子愷漫畫全集》；散文集《子愷小品集》、《藝術趣味》、《緣緣堂再筆》；論文集《西洋美術史》、《近代藝術綱要》、《藝術與人生》等。

山地回憶

孫犁

1949

從阜平鄉下來了一位農民代表，參觀天津的工業展覽會。我們是老交情，已經快有十年不見面了。我陪他去參觀展覽，他對於中紡的織紡，對於那些改良的新農具特別感興趣。臨走的時候，我一定要送點東西給他，我想買幾尺布。

為什麼我偏偏想起買布來？因為他身上穿的還是那樣一種淺藍的土靛染的粗布褲褂。這種藍的顏色，不知道該叫什麼藍，可是它使我想起很多事情，想起在阜平窮山惡水之間度過的三年戰鬥的歲月，使我記起很多人。這種顏色，我就叫它「阜平藍」或是「山地藍」吧。

他這身衣服的顏色，在天津很是顯得突出，也覺得土氣。但是在阜平，這樣一身衣服，織染既是不容易，穿上也就覺得鮮亮好看了。阜平土地很少，山上都是黑石頭，雨水很多很暴，有些泥土就沖到冀中平原上來了——冀中是我的家鄉。阜平的農民沒有見過大的地塊，他們所有的，只是像炕臺那樣大，或是像鍋臺那樣大的一塊土地。在這小小的、不規整的，有時是尖型的，有時是半圓型的，有時是梯型的小塊土地上，他們費盡心思，全力經營。他們用石塊壘起，用泥土包住，在邊沿栽上棗樹，在中間種上玉蜀黍。

阜平的天氣冷，山地不容易見到太陽。那裡不種棉花，我剛到那裡的時候，老大娘們手裡搓著線錘。很多活計用麻代線，連襪底也是用麻納的。

就是因為襪子，我和這家人認識了，並且成了老交情。那是個冬天，該是一九四一年的冬天，我打游擊打到了這個小村莊，情況緩和了，部隊決定休息兩天。

我每天到河邊去洗臉，河裡結了冰，我登在冰凍的石頭上，把冰砸破，浸濕毛巾，等我擦完臉，毛巾也就凍挺了。有一天早晨，颳著冷風，只有一抹陽光，黃黃的落在河對面的山坡上。我又登在那塊石頭上去，砸開那個冰口，正要洗臉，聽見在下水流有人喊：

「你看不見我在這裡洗菜嗎？洗臉到下邊洗去！」

這聲音是那麼嚴厲，我聽了很不高興。這樣冷天，我來砸冰洗臉，反倒妨礙了人。心裡一時掛火，就也大聲說：

「離著這麼遠，會弄髒你的菜！」

我站在上風頭，狂風吹送著我的憤怒，我聽見洗菜的人也惱了，那人說：

「菜是下口的東西呀！你在上流洗臉洗屁股，為什麼不髒？」

「你怎麼罵人？」我站立起來轉過身去，才看見洗菜的是個女孩子，也不過十六七歲。風吹紅了她的臉，像帶霜的柿葉，水凍腫了她的手，像上凍的紅蘿蔔。她穿的衣服很單薄，就是那種藍色的破襖褲。

在十月嚴冬的河灘上，故人往返燒毀過幾次的村莊的邊沿，寒風裡，她抱著一籃子水漚的楊樹葉，這該是早飯的食糧。

不知道為什麼，我一時心平氣和下來。我說：

「我錯了，我不洗了，你在這塊石頭上來洗吧！」

她冷冷地望著我，過了一會才說：

「你剛在那石頭上洗了臉，又叫我站上去洗菜！」我笑著說：

「你看你這人，我在上水洗，你說下水髒，這麼一條大河，哪裡就能把我臉上的泥土沖到你的菜上去？現在叫你到上水來，我到下水去，你還說不行，那怎麼辦哩？」

「怎麼辦，我還得往上走！」

她說著，扭著身子逆著河流往上去了。登在一塊尖石上，把菜籃浸進水裡，把兩手插在襖襟底下取暖，望著我笑了。

我哭不得，也笑不得，只好說：

「你真講衛生呀！」

「我們是真衛生，你們是裝衛生！你們盡笑話我們，說我們山溝裡的人不講衛生，住在我們家裡，吃了我們的飯，還刷嘴刷牙，我們的菜飯再不乾淨，難道還會弄髒了你們的嘴？為什麼不連腸子肚子都刷刷乾淨！」說著就笑得彎下腰去。

我覺得好笑。可也看見，在她笑著的時候，她的整齊的牙齒潔白得放光。

「對，你衛生，我們不衛生。」我說。

「那是假話嗎？你們一個飯缸子，也盛飯，也盛菜，也洗臉，也洗腳，也喝水，也尿泡，那是講衛生嗎？」她笑著用兩手在冷水裡刨抓。

「這是物質條件不好，不是我們願意不衛生。等我們打敗了日本，占了北平，我們就可以吃飯有吃飯的傢伙，喝水有喝水的傢伙了，我們就可以一切齊備了。」

「什麼時候，才能打敗鬼子？」女孩子望著我，「我們的房，叫他們燒過兩三回了！」

「也許三年，也許五年，也許十年八年。可是不管三年五年，十年八年，我們總是要打下去，我們不會悲觀的。」我這樣對她講，當時覺得這樣講了以後，心裡很高興了。

「光著腳打下去嗎？」女孩子轉臉望了我腳上一下，就又低下頭去洗菜了。

我一時沒弄清是怎麼回事，就問：

「你說什麼？」

「說什麼？」女孩子也裝沒有聽見，「我問你為什麼不穿襪子，腳不冷嗎？也是衛生嗎？」

「咳！」我也笑了，「這是沒有法子麼，什麼衛生！從九月裡就反『掃蕩』，可是我們八路軍，是非到十月底不發襪子的。這時候，正在打仗，哪裡去找襪子穿呀？」

「不會買一雙？」女孩子低聲說。

「哪裡去買呀？盡住小村，不過鎮店。」我說。

「不會求人做一雙？」

「哪裡有布呀？就是有布，求誰做去呀？」

「我給你做。」女孩子洗好菜站起來，「我家就住在那個坡子上，」她用手一指，「你要沒有布，我家裡有點，還夠做一雙襪子。」

她端著菜走了，我在河邊上洗了臉。我看了看我那只穿著一雙「踢倒山」的鞋子，凍得發黑的腳，一時覺得我對於面前這山，這水，這沙灘，永遠不能分離了。

我洗過臉，回到隊上吃了飯，就到女孩子家去。她正在燒火，見了我就說：

「你這人倒實在，叫你來你就來了。」

我既然摸準了她的脾氣，只是笑了笑，就走進屋裡。屋裡蒸氣騰騰，等了一會，我才看見炕上有一個大娘和一個四十多歲的大伯，圍著一盆火坐著。在大娘背後還有一位雪白頭髮的老大娘。一家人全笑著讓我炕上坐。女孩子說：

「明兒別到河裡洗臉去了，到我們這裡洗吧，多添一瓢水就夠了！」

大伯說：

「我們妞兒剛才還笑話你哩！」

白髮老大娘癟著嘴笑著說：

「她不會說話，同志，不要和她一樣呀！」

「她很會說話！」我說，「要緊的是她心眼兒好，她看見我光著腳，就心痛我們八路軍！」

大娘從炕角裡扯出一塊白粗布，說：

「這是我們妞兒紡了半年線賺的，給我做了一條棉褲，剩下的說給她爹做雙襪子，現在先給你做了穿上吧。」

我連忙說：

「叫大伯穿吧！要不，我就給錢！」

「你又裝假了，」女孩子燒著火抬起頭來，「你有錢嗎？」

大娘說：

「我們這家人，說了就不能改移。過後再叫她紡，給她爹賺襪子穿。早先，我們這裡也不會紡線，是今年春天，家裡住了一個女同志，教會了她。還說再過來了，還教她織布哩！你家裡的人，會紡線嗎？」

「會紡！」我說，「我們那裡是穿洋布哩，是機器織紡的。大娘，等我們打敗日本……」

「占了北平，我們就有洋布穿，就一切齊備！」女孩子接下去，笑了。

可巧，這幾天情況沒有變動，我們也不轉移。每天早晨，我就到女孩子家裡去洗臉。第二天去，襪子已經剪裁好，第三天去她已經納底子了，用的是細細的麻線。她說：

「你們那裡是用麻用線？」

「用線。」我摸了摸襪底，「在我們那裡，鞋底也沒有這麼厚！」

「這樣堅實。」女孩子說，「保你穿三年，能打敗日本不？」

「能夠。」我說。

第五天，我穿上了新襪子。

和這一家人熟了，就又成了我新的家。這一家人身體都健壯，又好說笑。女孩子的母親，看起來比女孩子的父親還要健壯。女孩子的姥姥九十歲了，還那麼結實，耳朵也不聾，我們說話的時候，她不插言，只是微微笑著，她說：她很喜歡聽人們說閒話。

女孩子的父親是個生產的好手，現在地裡沒話了，他正計劃販紅棗到曲陽去賣，問我能不能幫他的忙。部隊重視民運工作，上級允許我幫老鄉去作運輸，每天打早起，我同大伯背上一百多斤紅棗，順著河灘，爬山越嶺，送到曲陽去。女孩子早起晚睡給我們做飯，飯食很好，一天，大伯說：

「同志，你知道我是沾你的光嗎？」

「怎麼沾了我的光？」

「往年，我一個人背棗，我們妞兒是不會給我吃這麼好的！」

我笑了。女孩子說：

「沾他什麼光，他穿了我們的襪子，就該給我們做活了！」又說：「你們跑了快半月，賺了多少錢？」

「你看，她來查帳了，」大伯說，「真是，我們也該計算計算了！」他打開放在被疊底下的一個小包袱，「我們這叫包袱帳。賺了賠了，反正都在這裡面。」

我們一同數了票子，一共賺了五千多塊錢，女孩子說：

「夠了。」

「夠幹什麼了？」大伯問。

「夠給我買張織布機子了！這一趟，你們在曲陽給我買張織布機子回來吧！」

無論姥姥、母親、父親和我，都沒人反對女孩子這個正當的要求。我們到了曲陽，把棗賣了，就去買了一張機子。大伯不怕多花錢，一定要買一張好的，把全部盈餘都用光了。我們分著背了回來，累得渾身流汗。

這一天，這一家人最高興，也該是女孩子最滿意的一天。這像要了幾畝地，買回一頭牛；這像製好了結婚前的陪送。

以後，女孩子就學習紡織的全套手藝了：紡，拐，漿，落，經，鑲，織。

當她卸下第一匹布的那天，我出發了。從此以後，我走遍山南塞北，那雙襪子，整整穿了三年也沒有破綻。一九四五年，我們戰勝了日本強盜，我從延安回來，在磧口地方，跳到黃河裡去洗了一個澡，一時大意，奔騰的黃水，沖走了我的全部衣物，也沖走了那雙襪子。黃河的波浪激盪著我關於敵後幾年生活的回憶，激盪著我對於那女孩子的紀念。

開國典禮那天，我同大伯一同到百貨公司去買布，送他和大娘一人一身藍士林布，另外，送給女孩子一身紅色的。大伯沒見過這樣鮮豔的紅布，對我說：

「多買上幾尺，再買點黃色的？」

「幹什麼用？」我問。

「這裡家家門口掛著新旗，咱那山溝裡準還沒有哩！你給了我一張國旗的樣子，一塊帶回去，叫妞兒給做一個，開會過年的時候，掛起來！」

他說妞兒已經有兩個孩子了，還像小時那樣，就是喜歡新鮮東西，說什麼也要學會。

一九四九年十二月

作者簡介

——孫犁（1913-2002），原名孫樹勳，河北安平人。早年曾當過機關職員、小學教員。抗日戰爭時期在中國共產黨內從事宣傳工作，曾任《晉察冀日報》編輯等。一九四九年後，歷任中國作協天津分會副主席、主席，天津市文聯名譽主席，中國作協理事、顧問，中國文聯委員。一九四〇年代發表的文集《白洋澱紀事》是其代表作，其中的小說〈荷花澱〉運用革命浪漫主義的手法，開創了「荷花澱派」。著有中短篇小說集《蘆花蕩》、《囑咐》、《村歌》、《采蒲台》；長篇小說《風雲初記》；詩集《白洋澱之曲》；散文集《津門小集》、《晚華集》、《澹定集》、《耕堂散文》、《書林秋草》；論文集《文學短論》等。

1951

北京的春節

老舍

按照北京的老規矩，過農曆的新年（春節），差不多在臘月的初旬就開頭了。「臘七臘八，凍死寒鴉」，這是一年裡最冷的時候。可是，到了嚴冬，不久便是春天，所以人們並不因為寒冷而減少過年與迎春的熱情。在臘八那天，人家裡，寺觀裡，都熬臘八粥。這種特製的粥是為祭祖祭神的，可是細一想，它倒是農業社會的一種自傲的表現——這種粥是用所有的各種的米，各種的豆，與各種的乾果（杏仁、核桃仁、瓜子、荔枝肉、桂圓肉、蓮子、花生米、葡萄乾、菱角米……）熬成的。這不是粥，而是小型的農產展覽會！

臘八這天還要泡臘八蒜。把蒜瓣在這天放到高醋裡，封起來，為過年吃餃子用的。到年底，蒜泡得色如翡翠，而醋也有了些辣味，色味雙美，使人要多吃幾個餃子。在北京，過年時，家家吃餃子。

從臘八起，鋪戶中就加緊地上年貨，街上加多了貨攤子——賣春聯的、賣年畫的、賣蜜餞的、賣水仙花的等等，都是只在這一季節才會出現的。這些趕年的攤子都教兒童們的心跳得特別快一些。在胡同裡，吆喝的聲音也比平時更多更複雜起來，其中也有僅在臘月才出現的，像賣憲書的、松枝的、薏仁米的、年糕的等等。

在有皇帝的時候，學童們到臘月十九日就不上學了，放年假一月。兒童們準備過年，差不多第一件事是買雜拌兒。這是用各種乾果（花生、膠棗、榛子、栗子等）與蜜餞攙和成的，普通的帶皮，高級的沒有皮——例如：普通的用帶皮的榛子，高級的就用榛仁兒。兒童們喜吃這些零七八碎兒，即使沒有餃子吃，也必須買雜拌兒。他們的第二件大事是買爆竹，特別是男孩子們。恐怕第三件事才是買玩藝兒——風箏、空竹、口琴等——和年畫兒。

兒童們忙亂，大人們也緊張。他們須預備過年吃的使的喝的一切。他們也必須給兒童趕做新鞋新衣，好在新年時顯出萬象更新的氣象。

二十三日過小年，差不多就是過新年的「彩排」。在舊社會裡，這天晚上家家祭灶王，從一擦黑兒鞭炮就響起來，隨著炮聲把灶王的紙像焚化，美其名叫送灶王上天。在前幾天，街上就有多少賣麥芽糖與江米糖的，糖形或為長方塊或為大小瓜形。按舊日的說法：有糖黏住灶王的嘴，他到了天上就不會向玉皇報告家庭中的壞事了。現在，還有賣糖的，但是只由大家享用，並不再黏灶王的嘴了。

過了二十三，大家就更忙起來，新年眨眼就到了啊。在除夕以前，家家必須把春聯貼好，必須大掃除一次，名曰掃房，必須把肉、雞、魚、青菜、年糕什麼的都預備充足，至少足夠吃用一個星期的——按老習慣，鋪戶多數關五天門，到正月初六才開張。假若不預備下幾天的吃食，臨時不容易補充。還有，舊社會裡的老媽媽們，講究在除夕把一切該切出來的東西都切出來，省得在正月初一到初五再動刀，動刀剪是不吉利的。這含有迷信的意思，不過它也表現了我們確是愛和平的人，在一歲之首連切菜刀都不願動一動。

除夕真熱鬧。家家趕做年菜，到處是酒肉的香味。老少男女都穿起新衣，門外貼好紅紅的對聯，屋裡貼好各色的年畫，哪一家都燈火通宵，不許間斷，炮聲日夜不絕。在外邊做事的人，除非萬不得已，必定趕回家來，吃團圓飯，祭祖。這一夜，除了很小的孩子，沒有什麼人睡覺，而都要守歲。

元旦的光景與除夕截然不同：除夕，街上擠滿了人；元旦，鋪戶都上著板子，門前堆著昨夜燃放的爆竹紙皮，全城都在休息。

男人們在午前就出動，到親戚家、朋友家去拜年。女人們在家中接待客人。同時，城內城外有許多寺院開放，任人遊覽，小販們在廟外擺攤，賣茶、食品和各種玩具。北城外的大鐘寺，西城外的白雲觀，南城的火神廟（廠甸）是最有名的。可是，開廟最初的兩三天，並不十分熱鬧，因為人們還正忙著彼此賀年，無暇及此。到了初五、六，廟會開始風光起來，小孩們特別熱心去逛，為的是到城外看看野景，可以騎毛驢，還能買到那些新年特有的玩具。白雲觀外的廣場上有賽轎車、賽馬的；在老年間，據說還有賽駱駝的。這些比賽並不爭取誰第一誰第二，而是在觀眾面前表演騾馬與騎者的美好姿態與技能。

多數的鋪戶在初六開張，又放鞭炮，從天亮到清早，全城的炮聲不絕。雖然開了張，可是除了賣吃食與其他重要日用品的鋪子，大家並不很忙，鋪中的夥計們還可以輪流著去逛廟、逛天橋，和聽戲。

元宵（湯圓）上市，新年的高潮到了——元宵節（從正月十三到十七）。除夕是熱鬧的，可是沒有月光；元宵節呢，恰好是明月當空。元旦是體面的，家家門前貼著鮮紅的春聯，人們穿著新衣裳，可是它還不夠美。元宵節，處處懸燈結綵，整條的大街像是辦喜事，火熾而美麗。有名的老鋪都要掛出幾百盞燈來，有的一律是玻璃的，有的清一色是牛角的，有的都是紗燈；有的各形各色，有的通通彩繪全部《紅樓夢》或《水滸傳》故事。這，在當年，也就是一種廣告；燈一懸起，任何人都可以進到鋪中參觀；晚間燈中都點上燭，觀者就更多。這廣告可不庸俗。乾果店在燈節還要做一批雜拌兒生意，所以每每獨出心裁的，製成各樣的冰燈，或用麥苗做成一兩條碧綠的長龍，把顧客招來。

除了懸燈，廣場上還放花合。在城隍廟裡並且燃起火判，火舌由判官的泥像的口、耳、鼻、眼中伸吐出來。公園裡放起天燈，像巨星似的飛到天空。

男男女女都出來踏月、看燈、看焰火，街上的人擁擠不動。在舊社會裡，女人們輕易不出門，她們可以在燈節裡得到些自由。

小孩子們買各種花炮燃放，即使不跑到街上去淘氣，在家中也照樣能有聲有光的玩耍。家中也有燈：走馬燈——原始的電影——宮燈、各形各色的紙燈，還有紗燈，裡面有小鈴，到時候就叮叮的響。大家還必須吃湯圓呀。這的確是美好快樂的日子。

一眨眼，到了殘燈末廟，學生該去上學，大人又去照常做事，新年在正月十九結束了。臘月和正月，在農村社會裡正是大家最閒在的時候，而豬牛羊等也正長成，所以大家要殺豬宰羊，酬慰一年的辛苦。過了燈節，天氣轉暖，大家就又去忙著幹活了。北京雖是城市，可是它也跟著農村社會一齊過年，而且過得分外熱鬧。

在舊社會裡，過年是與迷信分不開的。臘八粥，關東糖，除夕的餃子，都須先去供佛，而後人們再享用。除夕要接神；大年初二要祭財神，吃元寶湯（餛飩），而且有的人要到財神廟去借紙元寶，搶燒頭股香。正月初八要給老人們順星，祈壽。因此，那時候最大的一筆浪費是買香臘紙馬的錢。現在，大家都不迷信了，也就省下這筆開銷，用到有用的地方去。特別值得提到的是現在的兒童只快活地過年，而不受那迷信的熏染，他們只有快樂，而沒有恐懼——怕神怕鬼。也許，現在過年沒有以前那麼熱鬧了，可是多麼清醒健康呢。以前，人們過年是托神鬼的庇佑；現在是大家勞動終歲，大家也應當快樂地過年。

作者簡介

——老舍（1899-1966），詳見本書頁一八三。

陶然亭

張恨水

陶然亭好大一個名聲，它就跟武昌黃鶴樓、濟南趵突泉一樣。來過北京的人回家後，家裡一定會問：「你到過陶然亭嗎？」因之在三十五年前，我到北京的第一件事，就是去逛陶然亭。

那時候沒有公共汽車，也沒有電車。找了一個三秋日子，真可以說是雲淡風輕，於是前去一逛。可是路又極不好走，滿地垃圾，坎坷不平，高一腳，低一腳。走到陶然亭附近，只看到一片蘆葦，遠處呢，半段城牆。至於四周人家，房屋破破爛爛。不僅如此，到外環還有亂墳葬埋。雖然有些樹，但也七零八落，談不到什麼綠蔭。我手拂蘆葦，慢慢前進。可是飛蟲亂撲，最可恨是蒼蠅蚊子到處亂鑽。我心想，陶然亭就是這個樣子嗎？

所謂陶然亭，並不是一個亭，是一個土丘，丘上蓋了一所廟宇。不過北西南三面，都蓋了一列房子，靠西的一面還有廊子，有點像水榭的形勢。登這廊子一望，隱隱約約望見一抹西山，其近處就只有蘆葦遍地了。據說這一帶地方是飽以滄桑的，早年原不是這樣，有水，有船，也有些樹木。清朝康熙年間，有位工部郎中江藻，他看此地還有點野趣，就在這廟裡蓋了三間西廳房。採用了白居易的詩：「更待菊黃家釀熟，與君一醉一陶然」的句子，稱它作陶然亭；後來成為一些文人在重陽登高宴會之所。到了乾隆年間，這地方成了一片葦塘。亂墳本來就有，以後年年增加，就成為三十五年前我到北京來的模樣了。

過去，北京景色最好的地方，都是皇帝的禁苑，老百姓是不能去的。只有陶然亭地勢寬闊，又有些野景，它就成為普通百姓以及士大夫遊覽聚會之地。同時，應科舉考試的人，中國哪一省都有，到了北京，陶然亭當然去逛過。因之陶然亭的盛名，在中國就傳開了。我記得作〈花月痕〉的魏子安，有兩句詩說陶然亭，「水近萬蘆吹絮亂，天空一雁比人輕」。這要說到氣屬三秋的時候，說陶然亭還有點像。可是這三十多年以來，陶然亭一年比一年壞。我三度來到北京，而且住的日子都很長，陶然亭雖然去過一兩趟，總覺得「水近萬蘆吹絮亂」句子而外，其餘一點什麼都沒有。真是對不住那個盛名了。

一九五五年聽說陶然亭修得很好；一九五六年聽說陶然亭更好，我就在六月中旬，挑了一個晴朗的日子，帶著我的妻女，坐公共汽車前去。一望之間，一片綠蔭，露出兩三個亭角，大道寬坦，兩座輝煌的牌坊，遙遙相對。還有兩路小小的青山，分踞著南北。好像這就告訴人，山外還有山呢。妻說：「這就是陶然亭嗎？我自小在這附近住過好多年，怎麼改造得這樣好，我一點都不認識了。」我指著大門邊一座小青山說：「你看，這就是窯臺，你還認得嗎？」妻說：「哎呀！這山就窯臺？這地方原是個破廟，現在是花木成林，還有石坡可上啊！」她是從童年就生長在這裡的人，現在連一點都不認得了。從她吃驚的情形就可以感覺到：陶然亭和從前一比，不知好到什麼地步了。

陶然亭公園裡面沿湖有三條主要的大路，我就走了中間這條路，路面是非常平整的。從東到西約兩里多路寬的地方，挖了很大很深的幾個池塘，曲折相連。北岸有遊艇出租處，有幾十隻遊艇，停泊在水邊等候出租。我走不多遠，就看見兩座牌坊，雕刻精美，金碧輝煌，彷彿新制的一樣。其實是東西長安街的兩個牌樓遷移到這裡重新修起來的。這兩座妨礙交通的建築在這裡總算找到了它的歸宿。

走進幾步，就是半島所在，看去，兩旁是水，中間是花木。山腳一座凌霄花架，作為遊人納涼的地方。山上有一四方涼亭。山後就是過去的香塚遺跡了。原來立的碑，尚完整存在，一詩一銘，也依然不少分毫。我看兩個人在這裡念詩，有一個人還是斑白鬍子呢。順著一條貧路，穿過幾棵大樹上前，在東角突然起一小山，有石級可以盤曲著上去。那裡綠蔭蓬勃，都是新栽不久的花木，都有丈把高了。這裡也有一個亭子，站在這裡，只覺得水木清華，塵飛不染。我點點頭說：這裡很不錯啊！

西角便是真正的陶然亭了。從前進門處是一個小院子，西邊腳下，有幾間破落不堪的屋子。現在是一齊拆除，小院子成了平地，當中又栽了十幾棵樹，石坡也改為水泥面的。登上土壇，只見兩棵二百年的槐樹，正是枝葉蔥蘢。遠望四圍一片蒼翠，彷彿是綠色屏障，再要過了幾年，這周圍的樹，更大更密，那園外儘管車水馬龍，一概不聞不見，園中清靜幽雅，就成為另一世界了。我們走進門去，過廳上掛了一塊匾，大書「陶然」二字。那幾間廟宇，可以不必談。西南北三面房屋，門戶洞開，偏西一面有一帶廊子，正好遠望。房屋已經過修飾，這裡有服務處賣茶，並有茶點部。坐在廊下喝茶，感到非常幽靜。

近處隔湖有雲繪樓，水榭下面，清池一灣，有板橋通過這個半島。我心裡暗暗稱讚：「這樣確是不錯！」我妻就問：「有一些清代的小說之類，說起飲酒陶然亭，就是這裡嗎？」我說：「不錯，就是我們坐的這裡。你看這牆上嵌了許多石碑，這就是那些士大夫們留的文墨。至於好壞一層，用現在的眼光看起來，那總是好的很少吧。」

坐了一會，我們出了陶然亭，又跨過了板橋，這就上了雲繪樓。這樓有三層，雕樑畫棟，非常華麗。往西一拐，露出了兩層遊廊，遊廊盡處，又是一層，題曰清音閣。閣後有石梯，可以登樓。這樓在遠處覺得十分富麗雄壯，及向近處看，又曲折纖巧。打聽別人，才知道原來是從中南海移建過來的。它和陶然亭隔湖相對，增加不少景色。

公園南面便是舊城腳下，現已打通了一個豁口。沿湖岸東走，處處都是綠蔭，水色空濛，回頭望望，湖中倒影非常好看。又走了半里路，面前忽然開朗，有一個水泥面的月形舞場，四周柱燈林立。舞池足可以容納得下二三百人。當夕陽西下，各人完了工，邀集二三友好，或者泛舟湖面，或者就在這裡跳舞，是多好的娛樂啊！對著太平街另外一門，楊柳分外多，一面青山帶綠，一面是清水澄明，陣陣輕風，撲人眉髮。晚來更是清靜。再取道西進，路北有小山一疊，有石級可上，山上還有一亭小巧玲瓏。附近草坪又厚又軟。這裡的草，是河南來的，出得早，枯萎得晚，加之經營得好，就成了碧油油的一片綠毯了。

回頭，我們又向西慢慢地徐行。過了兒童體育場和清代時候蓋的抱冰堂，就到了三個小山合抱的所在，這三個小山，把園內西南角掩藏了一些。如果沒有這山，就直截了當地看到城牆這麼一段，就沒有這樣妙了。

園內幾個池塘，共有二百八十畝大，一九五二年開工，只挖了一百七十天就完工了，挖出的土就堆成七個小山，高低參差，增加了立體的美感。

這一趟遊陶然亭公園，繞著這幾座山共走了約五里路，臨行還有一點留戀。這個面目一新的陶然亭，引起我不少深思。要照從前的穢土成堆，那過個兩三年就湮沒了。有些知道陶然亭的人，恐怕只有在書上找它的陳跡了吧？現在逛陶然亭真是其樂陶陶了。

作者簡介

——張恨水（1895-1967），原名張心遠。祖籍安徽省潛山縣黃土嶺村，生於江西上饒廣信。十六歲時，由江西遷回祖籍自學，後又到蘇州入孫中山先生主辦的蒙藏墾殖專門學校就讀。一九一六年就任安徽蕪湖《皖江日報》編輯，開始寫作生涯。兩年後到北平，先任《益世報》編輯，後任《世界日報》記者兼副刊編輯。此後，便以主要精力從事小說創作。三〇年代至五〇年代，共寫成一百二十餘部長篇小說，連載在多種報刊上。比較重要的有《春明外史》、《金粉世家》、《銀漢雙星》、《啼笑因緣》、《熱血之花》、《風雪之夜》、《石頭城外》、《大江東去》、《巷戰之夜》、《蜀道難》、《八十一夢》、《紙醉金迷》、《五子登科》、《魍魎世界》等。解放後，加入中國文聯和中國作家協會，先後當選為理事，被聘為文化部顧問及中央文史館館員。

小橘燈

冰心

這是十幾年以前的事了。

在一個春節前一天的下午，我到重慶郊外去看一位朋友。她住在那個鄉村的鄉公所樓上。走上一段陰暗的仄仄的樓梯，進到一間有一張方桌和幾張竹凳、牆上裝著一架電話的屋子，再進去就是我的朋友的房間，和外間只隔一幅布簾。她不在家，窗前桌上留著一張條子，說是她臨時有事出去，叫我等著她。

我在她桌前坐下，隨手拿起一張報紙來看，忽然聽見外屋板門吱地一聲開了，過了一會兒，又聽見有人在挪動那竹凳子。我掀開簾子，看見一個小姑娘，只有八九歲光景，瘦瘦的蒼白的臉，凍得發紫的嘴唇，頭髮很短，穿一身很破舊的衣褲，光腳穿一雙草鞋，正在登上竹凳想去摘牆上的聽話器，看見我似乎吃了一驚，把手縮了回來。我問她：「你要打電話嗎？」她一面爬下竹凳，一面點頭說；「我要××醫院，找胡大夫，我媽媽剛才吐了許多血！」我問：「你知道××醫院的電話號碼嗎？」她搖了搖頭說：「我正想問電話局……」我趕緊從機旁的電話本子裡找到醫院的號碼，就又問她：「找到了大夫，我請他到誰家去呢？」她說：「你只要說王春林家裡病了，她就會來的。」

我把電話打通了，她感激地謝了我，回頭就走。我拉住她問：「你的家遠嗎？」她指著窗外說：「就在山窩那棵大黃果樹下面，一下子就走到的。」說著就登、登、登地下樓去了。

我又回到裡屋去，把報紙前前後後都看完了，又拿起一本《唐詩三百首》來，看了一半，天色越發陰沉了，我的朋友還不回來。我無聊地站了起來，望著窗外濃霧裡迷茫的山景，看到那棵黃果樹下面的小屋，忽然想去探望那個小姑娘和她生病的媽媽。我下樓在門口買了幾個大紅橘子，塞在手提袋裡，順著歪斜不平的石板路，走到那小屋的門口。

我輕輕地叩著板門，剛才那個小姑娘出來開了門，抬頭看了我，先愣了一下，後來就微笑了，招手叫我進去。這屋子很小很黑，靠牆的板鋪上，她的媽媽閉著眼平躺著，大約是睡著了，被頭上有斑斑的血痕，她的臉朝裡側著，只看見她臉上的亂髮，和腦後的一個大髻。門邊一個小炭爐，上面放著一個小砂鍋，微微地冒著熱氣。這小姑娘把爐前的小凳子讓我坐了，她自己就蹲在我旁邊，不住地打量我。我輕輕地問：「大夫來過了嗎？」她說：「來過了，給媽媽打了一針……她現在很好。」她又像安慰我似地說：「你放心，大夫明早還要來的。」我問：「她吃過東西嗎？這鍋裡是什麼？」她笑說：「紅薯稀飯——我們的年夜飯。」我想起了我帶來的橘子，就拿出來放在床邊的小矮桌上。她沒有作聲，只伸手拿過一個最大的橘子來，用小刀削去上面的一段皮，又用兩隻手把底下的一大半輕輕地揉捏著。

我低聲問：「你家還有什麼人？」她說：「現在沒有什麼人，我爸爸到外面去了……」她沒有說下去，只慢慢地從橘皮裡掏出一瓤一瓤的橘瓣來，放在她媽媽的枕頭邊。

爐火的微光，漸漸地暗了下去，外面變黑了。我站起來要走，她拉住我，一面極其敏捷地拿過穿著麻線的大針，把那小橘碗四周相對地穿起來，像一個小筐似的，用一根小竹棍挑著，又從窗臺上拿了一段短短的蠟頭，放在裡面點起來，遞給我說：「天黑了，路滑，這盞小橘燈照你上山吧！」

我讚賞地接過，謝了她，她送我出到門外，我不知道說什麼好，她又像安慰我似地說：「不久，我爸爸一定會回來的。那時我媽媽就會好了。」她用小手在面前畫一個圓圈，最後按到我的手上：「我們大家也都好了！」顯然的，這「大家」也包括我在內。

我提著這靈巧的小橘燈，慢慢的在黑暗潮濕的山路上走著。這朦朧的橘紅的光，實在照不了多遠，但這小姑娘的鎮定、勇敢、樂觀的精神鼓舞了我，我似乎覺得眼前有無限光明！

我的朋友已經回來了，看見我提著小橘燈，便問我從哪裡來。我說：「從……從王春林家來。」她驚異地說：「王春林，那個木匠，你怎麼認得他？去年山下醫學院裡，有幾個學生，被當作共產黨抓走了，以後王春林也失蹤了，據說他常替那些學生送信……」

當夜，我就離開那山村，再也沒有聽見那小姑娘和她母親的消息。

但是，從那時起，每逢春節，我就想起那盞小橘燈。十二年過去了，那小姑娘的爸爸一定早回來了。她媽媽也一定好了吧？因為我們「大家」都「好」了！

一九五七年一月

作者簡介

——冰心（1900-1999），本名謝婉瑩，福建福州人。詩人、作家、翻譯家、兒童文學家。「五四」時期，在協和女子大學理科就讀，後轉文學系學習，曾被選為學生會文書，投身學生愛國運動。一九二一年參加茅盾、鄭振鐸等人發起的文學研究會。一九二三年赴美留學，把旅途和異邦的見聞寫成散文發表，結集為《寄小讀者》，成為中國兒童文學的奠基之作。著有詩集《繁星》、《春水》；散文集《小橘燈》、《寄小讀者》、《拾穗小札》等；小說集《去國》、《冬兒姑娘》等；翻譯作品《飛鳥集》、《先知》、《吉檀迦利》等。作品被翻譯成多種文字，得到海內外讀者的一致讚賞。

閒

黃裳

一個在上海住慣了的人初到成都，一定會有一種非常鮮明的感覺，就是這個城市的悠閒。

從成渝鐵路終點站走了出來，天正好下雨。手裡提了兩件行李站在泥濘的空地上，想找車子。可是只看到幾位悠閒地坐在那兒休息的三輪車、人力車工友同志。向他們提出請求，他們就擺擺手，搖搖頭，發出悠長的聲音來，說道：「不去嘍！」

真是無法可想。

焦急的心情碰上了悠閒的姿態，就正像用足了力氣的一拳結果卻打在一大團棉花絮上，垮了。

好容易挨到了要去訪問的機關門口，取出、交上介紹信後，就被安置在一間休息室裡坐。坐在古色古香的紅木雕花椅子上，望著好大的庭院裡的綠色植物和輕輕地落在葉子上的小雨。這時候，不管有怎樣不安的心情，也一定會沉寂下來的。

走進辦公室以後，坐下來，泡上一碗茶，還是照例從天氣談起，從寒流的突然降臨，一直談到特異的龍捲風。最後才接下去談正事。

寫介紹信的同志，真像繡花一樣地進行著她的工作，那麼細緻，那麼舒徐，那麼輕柔審慎地落筆，蓋章。最後，當她微笑著像完成了一件藝術品似的把信交給我時，我也笑了。她一回頭就又熟練地拿起毛線團來。

這一切似乎都無可非議，只是使我感到生活的節奏被突然拉長了。

自然，我沒有到過熱火朝天的工地，也沒有訪問過某些工作緊張的機關。上面的印象很可能是極不全面的，但我心裡到底留下了那麼一種被放在真空裡似的感覺。

成都的街上有著數不清數目的腳踏車。「過江之鯽」這句成語，真是說得好，那情景就正是如此。人們悠閒地踏著，慢慢地剎車，優美地轉彎，文雅得出乎意料。好像在山國裡的人一下子都來到了平原，盡情地踏起自行車來，順便欣賞街頭的景色。……

這些腳踏車百分之九十以上都是公家的。這些擠在春熙路、總府街上的車子，是否都是因公出差，也很值得懷疑。至少從騎車人的姿態上看，他們辦的不會是什麼「要公」。

利用舊皇城改建的市人民委員會的大門，是三個極大的城門洞，現在成了天然的存車場。我親眼看見過幾十百輛車子擠在那裡的「盛況」，據說這些車子的保養情況是很差的。公家要不時付出大筆的修車費來維持它們在街上遊行。

有的幹部從辦公室出來到幾十步外面的飯廳裡吃飯，也要利用一下車子。可見在成都騎腳踏車已經成為一種十分時髦的事了。

茶館是成都的特色之一，茶館有很多優點，我也是承認的。我自己就喜歡坐茶館。曾經到過大大小小、形形色色許多成都的茶館。人民公園（從前的少城公園）裡臨河的茶座，春熙路上有名的茶樓，由舊家花園改造的「三桂茶園」……都去過。只要在這樣的茶館裡一坐，是就會自然而然地習慣了成都的風格和生活基調的。

這裡有唱各種小調的藝人，一面打著木板，一面在唱鄭成功的故事。賣香菸的婦女，手裡拿著四五尺長的竹菸管，隨時出租給茶客，還義務替租用者點火，因為菸管實在太長，自己點火是不可能的。賣瓜子、花生的人走來走去，修皮鞋的人手裡拿著綴滿了鐵釘樣品的紙板，在宣傳、勸說，終於說服了一個穿布鞋的人也在鞋底釘滿了釘子。出租連環圖畫的攤子上業務興隆。打著三角小紅旗，獨奏南胡，演唱「流行時調歌曲」的歌者唱出了悠徐的歌聲。……

這裡是那麼熱鬧，那麼擁擠，那麼嘈雜，可是沒有一個人不是悠然的。

在城外武侯祠側的「隔葉聽鸝之館」裡，也擠滿了茶客。連竹製的小矮凳都坐完了。鸝是聽不見的，塞滿了耳朵的都是人聲。

在成都的公共汽車上，我獲得了安心欣賞司機同志駕駛技巧的好機會。他們是那麼穩重地開著車子，離開站頭還有三四個街口時就嗒的一聲把油門關掉了。這時他手裡掌握著方向盤，悠然地使車子在馬路上蕩，就像在太湖裡飄搖的一葉扁舟，蕩，蕩……一直等車子的惰性完全消失以後就正好停在第二個站口上。這種熟練的技巧真使我看出了神，發生了極大的興趣。也體會到這種節約汽油措施的必要性。但這也只有在沒事上街的時候才行。如果真的身有要公，要保持這樣冷靜欣賞的態度，怕就非得失敗不可。

人民公園間壁有一家門面非常漂亮的美術攝影服務部，櫥窗裡放了不少美麗的照片，引起了我去沖洗底片的欲望。走進空落落的櫃臺前面，發現一位同志正坐在裡面桌上入神地看小說。我把膠卷遞過去，他就伸出手來，說：「介給信呢？」這使我大吃一驚了，趕緊說明，介紹信沒帶，服務證卻有。同時底片也的確是因公拍攝的。他不等我說完，就慢聲說道：「這是制度。」等我再行申述以後，他又說道：「我是照章辦事，你有意見，找我們上級去。」最後問他上級在哪裡，就連回答都沒有了。

必須補充說明，在整個交涉過程中間，他都不曾抬起頭來，我真羨慕那位擁有這樣熱心讀者的幸福的作家。

我只好默然地走了出去。在門口又仔細端詳了半日，到底沒有看出這家只為有介紹信者服務的美術服務部與一般照相館的外表區分。

然後在第二、第三、第……家照相館裡，我又遇到了態度和藹、辯才無匹的幾位同志，向我反覆說明，由於某種原因（輪流休假），不能按照規定三天交貨的道理。即使我申說三天以後就要離開成都，也無法動搖他們維護「制度」的熱情。

他們為了維護「制度」進行辯論時，那姿態就和在茶館裡談論一樣。能使人明確地感到，這是永遠不會有休止的。

為了這樣一些小事而不滿、焦躁，應該說是太缺乏修養了。在另外一次機會裡，使我對自己得到了這樣的結論。

那是從成都到灌縣去的早晨。又是一個雨天。旅客很早就在成西運輸站內集合了。大家站在寫著「安全行車十七萬公里」的客車前面，非常高興。準時上車，準時開車了。可是車子在公路上扭動了兩分鐘以後，又停了下來。

旅客在車裡擠得好好的，誰都不想動。司機同志離開了座位，做了很多嘗試，車子還是站在那裡。這時一些有經驗的人下車了。站在路邊點上了紙菸，悠然地在看他進行修理。

我也下了車。因為還沒有吃東西，想到路邊的茶館裡坐一下。就向司機打聽，行不行。他坦然地向我說：「去吧，來得及的。」

除了一位生病的婦女，所有的乘客都下了車。也有幾位和我一起進了茶館。我們靜靜地坐在茶館裡觀察事態的發展。先是司機走回去取工具，整整半小時後又回去請來了技工。又過了半小時光景，碗裡的茶已經發白了以後，技工從車底爬出來，兩手一攤，宣布說：「沒有希望了。大家把車子推回去吧。」

乘客立刻從四面八方集合起來，把汽車推了回去。車子在泥濘的公路上蠕動，大家嘴裡喊著「一、二、三、四……」。

大家又回到了車站。有的去吃午飯了，有的買來了點心。等候站長調來接替的另一部卡車。我這時找著站長提出了抗議。責問為什麼不做好行車前的檢查工作。站長虛心地向我解釋了工作的疏忽。

在站裡等得無聊了，就去看牆上貼著的文告。我走到兩三個同伴站著在看的一張用五彩美術字寫成的文告前面。原來這是一張該站「開展站務工作良好服務月運動」的招貼，下面一共有九條公約，其第四條曰：「要對行車手續，迅速正確。準時開車。做到定班準點。」

同伴回過頭來，大家都笑了。

我覺得這些同伴是很可愛的。他們富於幽默感，他們善於諒解一些生活中間的細小缺點，他們能毫無意見地幫助把工作進行下去。這是成都人性格特徵的一個方面，是可愛的，值得佩服的。

使我不滿足的還是那種悠閒的姿態，不慌不忙，「司空見慣渾閒事」，向站長提出抗議時，弄得只有我一個人出面。

在我離開成都前一天的晚上，一位朋友到我的住處來談天。他是成都人，熱愛成都，認為成都是世界上最可愛的地方。我是理解他這樣的心情的。他又說，有一年到上海來，躲在房裡哪兒都不敢去。這個城市的喧囂使他頭痛極了。關於這後一點，我是不同意的，和他展開了爭論。我的意見是，上海的忙亂緊張……除去很多缺點不論，倒還是和今天的時代氣息吻合的。

我對朋友說，希望下次到成都來的時候，除去特定的情況以外，一般也能感染到緊張與忙的氣氛，希望能看到一個面貌嶄新的錦城。他微笑了，我想他是會同意我這個上海人的意見的。

一九五七年

作者簡介

——黃裳（1919-2012），原名容鼎昌，滿族，祖籍山東益都，出生於河北井陘。著名散文家、記者、藏書家、學者。曾在南開中學和交通大學就讀。曾做過記者、編輯、編劇等，一九四〇年代開始散文創作，並熟於版本目錄之學。著有《錦帆集》、《舊戲新談》、《過去的足跡》、《榆下說書》、《黃裳論劇雜文》、《黃裳書話》、《銀魚集》、《翠墨集》、《珠還記幸》、《清代版刻一隅》、《夢雨齋讀書記》、《海上亂彈》、《前塵夢影新錄》等八十多種，輯有《黃裳文集》六卷。

從鎌倉帶回的照片

巴金

接連下了幾天的雨。傍晚，天空中出現了淡淡的紅霞，連柔毛一樣的雨絲也終於絕跡了。我滿心希望見到明天早晨的太陽，還和朋友約好明天上午到虎跑去喝茶。晚上我打開關了幾天的玻璃窗門，坐在寫字桌前看書。忽然有什麼小東西涼涼地貼在我的左手背上。我吃驚地抬頭一看，原來手背上和墊在桌面的玻璃板上密密麻麻聚了不少的小雨點。……雨越下越大，不到一個鐘點，窗前廊上居然有了荷荷的流水聲。這麼一來，我連書也看不進去了。窗門關上後，屋子裡又很悶熱。我便拉開寫字桌的抽屜拿摺扇。扇子取出來了，可是我並沒有用它。我在翻看同時拿出來的一疊照片。

照片全是今年四月在日本鎌倉拍的，每一張上面都有我，不用說也有別人。我翻看它們，只是為了消除我心裡的煩躁：我受不了好像永遠下不完的雨。這些照片使我想起了兩個月前在鎌倉過的那些日子，它們還給我保留著春天的明媚的陽光；只有一張是在雨天裡拍的，陌生人在這有花有樹的照片上看不到柔毛一樣的雨絲，可是我明明記得當時的情景。

和光旅館小客廳外面的廊子在我的眼裡顯得格外親切。廊下綠草如茵的庭院裡有過我不少的腳跡。我多麼喜歡我們在鎌倉度過的四個清晨，我趿著木屐，踏著草葉上的露珠，走下彎曲的石級路，一直走到那所小小的茶屋，有時在一棵發香的矮樹前停留一會兒，或者坐在乾淨、清涼的大石上享受暖和的陽光。我們在這個風景如畫的庭院中接待過許多朋友；敞亮的飯廳裡常常充滿了愉快的笑聲和融洽的談話；我們坐在小客廳那張當中可以生火的小方桌的四周，和朋友們進行過多少次懇切的交談。（在那些時候我們做了整個旅館的臨時主人。）這裡的一草一木、一窗一柱、一桌一椅，都是那種比酒更濃、比花更美的友情的忠實見證。

我們在鎌倉也曾遇到雨天。雨時大時小，從早下到晚。可是雨並不能妨礙友情。有多少人打著雨傘來訪問我們，我們也冒著雨走過不通汽車的泥濘小路，到朋友家做客。年輕的小說家有吉佐和子就是在這個雨天來訪問我們的。她在我們的小客廳裡整整坐了五個鐘頭，我只參加了最後兩個小時的談話。照片大概是在午飯後回到小客廳之前在廊上拍的。有吉佐和子姑娘靠著一根廊柱，前瀏海下面健康的橢圓臉上還帶著她常見的微笑。在東京我們不止一次、兩次見到她的笑容。可是坐在鎌倉和光旅館客廳裡小方桌旁的沙發上，她卻微微埋著頭、嚴肅地談她自己的事情。美國人邀請她去「留學」，她住了一個時期，深深地懂得了種族歧視的意義，回到日本，馬上學習中文，下決心要到中國訪問，認識新中國。她的一個長篇就要在日報上連載了（可能不止一個）。據說她還在計劃寫一部關於原子彈的小說。我知道她寫過短篇替廣島的受難者叫冤訴苦，在談話中便提到廣島的慘劇。我一句話喚起了她許多痛苦的回憶。她頭一句答語就是：「去年在廣島還有一百幾十個原子病人死亡。」

去年！這是原子彈爆炸以後十五年了。在小客廳裡賓主五人中，除了正在講話的客人外，只有冰心大姊到過廣島。她在廣島看見一所極其漂亮的大建築物，說是美國人辦的原子病研究所，可是從未聽說哪一個病人在那裡得過一點點幫助。

「是啊，美國人在廣島修了許多漂亮房子，想掩蓋那個罪惡，可是廣島人不會忘記它。他們設立這種原子病研究所，不是來治病救人，只是為了研究病人的痛苦，拿病人來做實驗，看原子彈的破壞力究竟有多大！」有吉佐和子姑娘依舊聲音平平地、細細地講下去，有時微微抬起頭，左手始終放在右手上面，就像我現在在照片上看見的那樣。微笑早已消失了，但是她好像把痛苦和憤怒全埋在心裡，不讓自己露一點激動的表情。不管這些，她的話通過翻譯的口卻成為憤怒的控訴了。翻譯同志早搬來一把椅子，放在小方桌的一個角上，他坐在那裡，常常提高聲音，揮動拿鉛筆的右手來表示他的感情。

「在廣島流傳著種種的故事。據說，飲茶可以治療原子病，又說喝酒便能使原子病斷根，所以有些人家連大帶小拚命飲茶喝酒。可是會有什麼結果呢？我的一個短篇是這樣開頭的：有人到廣島去探親訪友，看見主人發狂似地拚命叫孩子喝酒飲茶，覺得奇怪，主人便講起原子病的情況來。」

聲音仍然是平平的、細細的，然而臉色有了改變了，兩道彎彎的細眉微微聚起來，看得出一種極力忍住的憂鬱的表情。她默默地望著自己胸前疊在一起的兩隻手，等翻譯同志閉上嘴攤開筆記本的時候，便把身子略略俯向前面，又說下去：

「我認識一位廣島姑娘，她生得非常漂亮。原子彈投下來的時候，她才七歲，今年二十三歲了。可是她不能不成天躺在床上。她站起來，走幾步路，就會摔倒。稍微用一用思想，也會馬上昏過去。她對我說，儘管她活得多麼痛苦，可是她要活下去……」

雖然還是平平的、細細的聲音，但已經變成哀訴的調子了。廊子外面庭院中雨下大了，穿過那幾扇玻璃門，我望見連綿不斷的雨絲雨線。單調的雨聲跟她的憂鬱的故事連在一起，折磨著我的心。我不由自主地咬緊了下嘴唇。然而她又往下講了：

「我還認識一對年輕夫妻。妻子也是個原子病人，結婚以後夫婦感情很好，卻非常害怕生孩子，因為據說原子病人專生畸型的怪物。後來妻子終於懷了孕。這個事實使她痛苦。她的丈夫拉著她的手，一方面安慰她，一方面又壓不住自己的激動，他含著眼淚說：『你不要怕。你生吧，不管你生下來的是三隻手或者一隻腳，甚至沒有鼻子沒有嘴，我都一樣地心疼他。我一定要讓他活下去。我要抱著他走遍全世界，讓所有的人都知道原子彈的罪惡。』……」

雨一直下個不停，洗淨了的綠葉帶著水微微打顫。有吉佐和子姑娘的聲音也開始顫抖了。這樣的故事使她不能不動感情。在她的敘述裡我彷彿聽到那個未來的不幸的父親顫抖的聲音。多麼強烈的愛憎！對於原子彈的罪惡，難道還有比這個更有力的控訴麼？翻譯同志激動得厲害，他替那個絕望的丈夫和未來的父親講話的時候，他站起來，動著兩隻手用力比劃，好像要把那些話一字不漏地印在我們幾個人的心上。

我感謝有吉佐和子姑娘，也感謝和我一塊兒從中國來的翻譯同志。這兩個小時裡面講過的許多話使我知道了一些我應當知道的事。但是那些語音好像並不曾落到我們腳下的地毯上而消失，也沒有讓微風帶到庭院中給雨打散。它們全擠在小小的客廳裡，擠得滿滿的。連翻譯同志年輕有力的聲音也不能沖散它們。我越來越感到壓迫，似乎它們一下子全壓到我的心上來了。我悶得快要透不過氣來。我不但把下嘴唇咬得更緊，我還把右手緊緊地捏成一個拳頭。我真想站起來，跑出客廳，衝到雨裡，奔到街上，高高舉起拳頭，高聲大叫：「制止原子彈的罪惡！讓人們好好地活下去！」

不用說，我仍然坐在沙發上。一面望著廊外下不完的雨，一面靜靜地傾聽有吉佐和子姑娘的談話，一直到雨由大變小，空中又出現柔毛似的雨絲，一直到客人站起來很有禮貌地向我們告辭，我才離開了沙發。送走了客人，我也出去訪友。可是一路上我彷彿聽見這樣的叫聲：「制止原子彈的罪惡！讓人們好好地活下去！」不僅有我自己的聲音，還有許多、許多人的聲音。的確，許多、許多的人已經高高地舉起拳頭大聲叫過了。還會有更多、更多的人站出來「制止原子彈的罪惡」。這樣的罪惡一定會給人制止！我們跟有吉佐和子姑娘握手告別的時候，我在她年輕的臉上也看出來這樣的信心。

以後我就不曾見到這位年輕的小說家了。再過一個多星期，我們離開了日本，每個人帶回來不少的照片，還有比什麼都珍貴的友情……

一張雨天的照片使我想起了許多事情，其實這些事我一直不曾忘記。前兩天我還對人講過我在鎌倉小客廳裡聽來的故事，今後我得向更多的人講到它們。

我差一點忘記了我在別處聽到的一件事：有人在廣島市原子彈爆炸的中心看見一個紀念碑，說是廣島市市民建立的，碑文只有這麼一句：「我們絕不再犯這種錯誤。」他認為應當在碑上刻出一個人的名字「哈利・杜魯門」。我這是道聽途說，不知廣島市究竟有沒有這樣一個紀念碑。倘使真有的話，的確應當把碑文改寫了，受了損害的人民究竟有什麼值得刻在碑上的「錯誤」呢？要是真的讓廣島人民來改寫碑文，他們一定會大書特書：「不准再犯這樣的罪」或者「制止這種罪惡！」

有吉佐和子姑娘會贊成我這個意見吧。那麼下次見面的時候，她就會告訴我關於碑文的事情。我相信我一定能再見到她，不僅是在她所很想了解的新中國一次、兩次地見到她，而且在全世界愛好和平人民反對美帝國主義製造原子彈罪惡的正義鬥爭中不斷地見到她。不用說，她那部暴露原子彈罪惡的長篇小說早已完成，而且起了很大的作用了。

我的煩躁完全消除了。儘管廊上的雨還是那樣吵個不停，不讓我打開窗放進一絲涼意，可是我滿心愉快地想到了久雨初晴後美麗的藍空。難道真有永遠下不完的雨麼？就讓你再猖狂地下一個整夜、兩個整夜吧。我一定會迎接到我所期待的晴空萬里的早晨。

我鄭重地將照片放回在抽屜裡，然後打開了摺扇，拿著它從容地扇起來。

一九六一年六月十五日在杭州

作者簡介

——巴金（1904-2005），原名李堯棠，字芾甘，四川成都人，祖籍浙江嘉興。早年受五四文學思潮洗禮，追求民主、平等，畢其終生從事文學創作。曾赴法國巴黎求學。曾主持上海文化生活出版社編務，主編《文化生活叢刊》、《文學叢刊》、《文學生活小叢刊》等。曾任平明出版社總編輯、《收穫》雜誌主編、上海文聯副主席、中國作家協會上海分會主席、中國作家協會主席、中國全國政協副主席等。著有長篇小說「激流三部曲」（《家》、《春》、《秋》）、「愛情三部曲」（《霧》、《雨》、《電》）、《寒夜》；中篇小說《滅亡》、《憩園》、《第四病室》；短篇小說集《復仇》、《電椅》、《李大海》；散文集《隨想錄》、《廢園外》、《十年一夢》、《再思錄》；傳記《巴金自傳》；譯著《人生哲學：其起源及其發展》、《父與子》、《快樂王子集》等；並有《巴金全集》二十六卷出版。

魯迅先生有兩句詩：「橫眉冷對千夫指，俯首甘為孺子牛。」這是他自己的寫照，也是他作為一個偉大作家的全部人格的體現。當我還不曾和他相識的時候，時常聽到有人議論他：「魯迅多疑。」有些人還繪聲繪色，說他如何世故，如何脾氣大，愛罵人，如何睚眥必報，總之，魯迅是不容易接近的，還是不去和他接近好。中國有句成語，叫作「眾口鑠金」，意在說明輿論的力量。那麼反過來，偽造的「眾口」當然也可以吐出汙泥，將真相埋沒。我於是相信了，不敢去接近他。不過也有過一個時期，的確很想見見魯迅先生。一九三三年至一九三四年之間，魯迅先生經常在《申報》副刊《自由談》上寫稿，攻擊時弊，為了避免反動派的檢查，他不斷更換筆名。我當時初學寫作，也在這個副刊上投稿，偶而寫些同類性質的文章。我的名字在文藝界是陌生的，由於產量不多，《自由談》以外又不常見，那些「看文章專用嗅覺」的人，就疑神疑鬼，妄加揣測起來，以為這又是魯迅的化名。他們把我寫的文章，全都記在魯迅先生的名下，一面施展叭兒狗的伎倆，指桑罵槐，向魯迅先生「嗚嗚」不已。自已做的事情怎麼能讓別人去承擔責任呢？我覺得十分內疚，很想當面致個歉意，但又害怕魯迅先生會責備我，頗有點惴惴不安。正當想見而又不敢去見的時候，由於一個偶然的機緣，我卻不期而遇地晤見了魯迅先生，互通姓名之後，魯迅先生接著說：

「唐先生寫文章，我替你在挨罵哩。」

一切都在意料之中，一切又都出於意料之外。我立刻緊張起來，暗地裡想：這回可要挨他幾下了。心裡一急，嘴裡越是結結巴巴。魯迅先生看出我的窘態，連忙掉轉話頭，親切地問：

「你真個姓唐嗎？」

「真個姓唐。」我說。

「哦，哦，」他看定我，似乎十分高興，「我也姓過一回唐的。」

說著，就呵呵地笑了起來。

我先是一怔，接著便明白過來了：這指的是他曾經使用「唐俟」這筆名，他是的確姓過一回唐的。於是，我也笑了起來。半晌疑雲，不，很久以來在我心頭積集起來的疑雲，一下子，全都消盡散絕了。

從那一次和以後多次的交談中，魯迅先生給我的印象始終是：平易近人。他留著濃黑的鬍鬚，目光明亮，滿頭是倔強得一簇簇直豎起來的頭髮，彷彿處處在告白他對現實社會的不調和。然而這並不妨礙他的平易近人，「能憎，才能愛。」或者倒可以說，恰恰是由於這一點，反而更加顯得他的平易近人了吧。和許多偉大的人物一樣，平易近人正是魯迅先生思想成熟的一個重要的標誌。

對待青年，對待在思想戰線上一起作戰的人，魯迅先生是親切的、熱情的，一直保持著平等待人的態度。他和青年們談話的時候，不愛使用教訓的口吻，從來不說「你應該這樣」、「你不應該那樣」一類的話。他以自己的行動，以有趣的比喻和生動的故事，作出形象的暗示，讓人體會到應該這樣，不應該那樣！有些青年不懂得當時政治的腐敗，光在文章裡誇耀中國地大物博；看得多了，魯迅先生就嘆息說：「倘是獅子，誇說怎樣肥大是不妨事的，如果是一口豬或一匹羊，肥大倒不是好兆頭。」有些青年一遇上夸夸其談的學者，立刻便被嚇倒，自慚淺薄；這種時候，魯迅先生便又鼓勵他們說：「一條小溪，明澈見底，即使淺吧，但是卻淺得澄清，倘是爛泥塘，誰知道它到底是深是淺呢？也許還是淺點好。」記得在閒談中，魯迅先生還講起一些他和青年交往的故事，至於自己怎樣盡心竭力，克己為人，卻絕口不提。他經常為青年們改稿，作序，介紹出書，資助金錢，甚至一些生活上瑣碎的事情，也樂於代勞。有一次，我從別處聽來一點掌故，據說在北京的時候，有個並不太熟的青年，靴子破了，跑到魯迅先生住著的紹興會館，光著腳往床上一躺，卻讓魯迅先生提著靴子上街，給他去找人修補。他睡了一覺醒來，還埋怨補得太慢，勞他久等呢。

「有這回事嗎？」我見面時問他。

「呃，有這回事。」魯迅先生說。

「這是為的什麼呢？」

「進化論嘛！」魯迅先生微笑著說。「我懂得你的意思，你的舌頭底下壓著個結論：可怕的進化論思想。」

我笑了笑，沒有承認也沒有否認。

「進化論牽制過我，」魯迅先生接下去說，「但也有過幫助。那個時候，它使我相信進步，相信未來，要求變革和戰鬥。這一點終歸是好的。人的思想很複雜，要不然……你看，現在不是還有猴子嗎？嗯，還有蟲豸。我懂得青年也會變猴子，變蟲豸，這是後來的事情。現在不再給人去補靴子了，不過我還是要多做些事情。只要我努力，他們變猴子和蟲豸的機會總可以少一些，而且是應該少一些。」

魯迅先生沉默了，眼睛望著遠處。

如果把這段話看作是他對「俯首甘為孺子牛」的解釋，那麼，「橫眉冷對千夫指」呢？魯迅先生對待敵人，對待變壞了的青年，是絕不寬恕，也絕不妥協的，也許這就是有些人覺得他不易接近的緣故吧。據我看來，「橫眉冷對」是魯迅先生一生不懈地鬥爭的精神實質，是他的思想立場的概括。就戰鬥風格而言，又自有其作為一個成熟了的思想戰士的特點。他的氣度，他的精神力量，在面對任何問題的時候，彷彿都有一種居高臨下的優勢：從容不迫，遊刃有餘。諷刺顯示他進攻的威力，而幽默又閃爍著反擊的智慧。對社會觀察的深刻，往往使他的批判獨抒新見，入木三分。魯迅先生的後期雜文，幾乎都是諷刺文學的典範，他的談話，也往往表現了同樣的風格。日本占領東北以後，國民黨政權依賴美國，宣傳美國將出面主持「公道」，結果還是被人家扔棄了。當宣傳正在大吹大擂地進行的時候，魯迅先生為我們講了個故事，他說：「我們鄉下有個闊佬，許多人都想攀附他，甚至以和他談過話為榮。一天，一個要飯的奔走告人，說是闊佬和他講了話了，許多人圍住他，追問究竟。他說：『我站在門口，闊佬出來啦，他對我說：滾出去！』」聽講故事的人莫不大笑起來。還有一次，國民黨的一個地方官僚禁止男女同學男女同泳，鬧得滿城風雨。魯迅先生幽默地說：「同學同泳，皮肉偶而相碰，有礙男女大防。不過禁止以後，男女還是生活在天地間，呼吸著天地間的空氣。空氣從這個男人的鼻孔呼出來，被那個女人的鼻孔吸進去，又從那個女人的鼻孔呼出來，被另一個男人的鼻孔吸進去，混亂乾坤，實在比皮肉相碰還要壞。要徹底劃清界限，不如再下一道命令，規定男女老幼，諸色人等，一律戴上防毒面具，既禁空氣流通，又防拋頭露面。這樣，每個人都是……喏！喏！」我們已經笑不可抑了，魯迅先生卻又站起身來，類比戴著防毒面具走路的樣子。這些談話常常引起我好幾天沉思，好幾次會心的微笑，我想，這固然是由於他採取了諷刺和幽默的形式，更重要的，還因為他揭開了矛盾，把我們的思想引導到事物內蘊的深度，暗示了他的非凡的觀察力。

我又想起一件事情。我的第一本書，最初也是經魯迅先生介紹給一家書店，而後又由另一家拿去出版了的。當時因為雜誌上一篇〈閒話皇帝〉的文章，觸犯了日本天皇，引出日本政府的抗議，國民黨政權請罪道歉，慌作一團，檢查官更是手忙腳亂，正在捧著飯碗發抖。書店把我的原稿送審的時候，凡是涉及皇帝的地方，不管是中國的還是外國的——從秦始皇到溥儀，從凱撒大帝到路易十六，統統都給打上紅杠子，刪掉了。好幾處還寫著莫名其妙的批語。我一時氣極，帶著發還的原稿去見魯迅先生，把這些地方指給他看。

「哦，皇帝免冠啦！」魯迅先生說。

「您看，還給我加批呢。強不知以為知，見駱駝就說馬腫背，我真不懂得他們為什麼要講這些昏話！」

「騙子的行當，」魯迅先生說，「總要幹得像個騙子呀。其實他們何嘗不知道是駱駝，不過自己吃了《神異經》裡說的『訛獸』的肉，從此非說謊不可，這回又加上神經衰弱，自然就滿嘴昏話了。」

魯迅先生站起身，在屋子裡踱了幾步，轉身扶住椅背，立定了。

「要是書店願意的話，」他說，「我看倒可以連同批語一起印出去。過去有欽定書，現在來它一個官批集，也給後一代看看，我們曾經活在什麼樣的世界裡。」

「還要讓它『流芳』百世嗎？」

「這是官批本，」魯迅先生認真地說，「你就另外去印你自己的別集。快了！一個政權到了對外屈服，對內束手，只知道殺人、放火、禁書、擄錢的時候，離末日也就不遠了。他們分明的感到：天下已經沒有自己的份，現在是在毀別人的、燒別人的、殺別人的、搶別人的。越是凶，越是暴露了他們卑怯和失敗的心理！」

聽著魯迅先生的談話，昏沉沉的頭腦清醒過來，我又覺得精神百倍了。在苦難的夢魘一樣的日子裡，魯迅先生不止一次地給我以勇氣和力量。他的深刻的思想時時散發出犀利的光彩。說話時態度鎮靜，親切而又從容，使聽的人心情舒暢，真個有「如坐春風」的感覺。「如坐春風」，唔，讓人開懷令人奮發的春風呵！每當這種時候，我總是一面仔細地吟味著每句話的含義，一面默默地抑制著自己的感情。不然的話，我大概會呼喊起來。真的，站在魯迅先生面前，我有好幾次都想呼喊，我想大聲呼喊：我愛生活！我愛一切正義的東西！

寫於魯迅八十誕辰之時，北京

作者簡介

——唐弢（1913-1992），原名唐瑞毅，浙江鎮海人。一九三三年起在魯迅的影響下，開始寫散文和雜文。抗戰爆發後，參加了初版《魯迅全集》的編校工作，後編輯《文藝界叢刊》。抗戰勝利後，與柯靈合編《周報》，《周報》被禁後，轉而編輯《文匯報》副刊《筆會》。新中國成立後，曾任中國作家協會上海分會書記處書記、《文藝新地》及《文藝月報》副主編、上海市文化局副局長、中國社會科學院文學研究所研究員等。著有雜文集《推背集》、《海天集》、《識小錄》、《短長書》、《唐弢雜文選》；論文集《向魯迅學習》、《魯迅的美學思想》等，是魯迅研究學科的奠基人之一；並以《晦庵書話》的形式記錄了現代文學史上的重要出版活動。

蘇州漫步

陸文夫

我喜愛蘇州，特別喜愛它那恬靜的小巷。這倒不是因為「故宮閒地少，水巷小橋多」，而是因為在小巷中往往最容易看到生活的巨變，城市的新生，由此而產生一種自豪和喜悅。

蘇州的小巷是饒有風味的。它整潔幽深，曲折多變。巷中都用彈石鋪路，春天沒有灰沙，夏日陣雨剛過，便能穿布鞋而不濕腳。巷子的兩邊都是高高的院牆，牆上爬滿了長春藤、紫藤；間或有綴滿花朵的樹枝從牆上探出頭來。在庭院的深處，這裡、那裡傳出織機的響聲，那沙沙沙的是織綢緞；那吱呀嘁嚓的是織章絨。我見過蘇州的綢緞和彈絨，像藍天上嵌著彩雲，像朝陽、像晚霞、像薄暮升起的輕煙。你怎麼也不會想到，這些舉世聞名的絲織品，是在萬戶雜住的小巷裡誕生的。

小巷子裡，大門常開。在敞開的大門裡，常常可以看到母女二人伏在一張繃架上，在安靜地繡花。她們把一根極細的絲線劈成八根，用幾百種針法繡出花鳥、蟲魚、人物、山水。繡出齊白石的活蝦；繡出徐悲鴻的奔馬，潑墨、水印、神態都能準確無誤地表現出來。

十六年前我也曾見過「蘇繡」，見過蘇州的「繡女」。科夜沉寂的小巷裡，常見她們傍著微弱的燈光，從深夜繡到天明，趕到顧繡莊去換錢，然後排到米店門口，任人用粉筆在肩上編起號碼，指一點平價米。

今天，我們不僅能在小巷中，在北京的人民大會堂看到「蘇繡」；在國際的展覽會上，還能看蘇州姑娘在那裡表演刺繡。倫敦的居民曾經要求看一看刺繡姑娘的手，看看她的手上有什麼祕密，為什麼繡出的花兒能迷惑住蝴蝶！誰知道唯一的祕密就是這雙手的勤勞，就是我們的社會對勤勞雙手的尊重。

解放前，在蘇州一座殘破的古廟裡，住著一個白髮垢面、患著嚴重眼疾的乞婦，她就是有名的「繡女」沈靜芬。她把青春全獻給了「蘇繡」，她會幾百種巧妙的針法，她年輕時為閨閣千金描繡了無數的遊龍飛鳳，替顧繡莊賺來了大批利潤。到頭來落得個破廟容身，乞求度日。「蘇繡」的技術跟著她被人踐踏，像破廟一樣在風雨中凋零！

如今，在一座小巧的園林裡、在花徑上、在曲橋旁，人們又見到了刺繡工場的顧問沈靜芬。她的頭髮還是斑白的，可是眼疾消失了，面色紅潤了，精神抖擻了，她正指導著一群活潑年輕的姑娘，種花、繪畫、刺繡，把傳統的技藝推向新的高峰：寄語信紙敦的居民，蘇州姑娘手上的祕密，可以到這裡尋找。

秋天，全城瀰漫著桂花的香氣。嗅著花香信步向前，便會被引入一座座古老的園林。園林像天女散下的鮮花，分布在蘇州的大街小巷，有記載的就有一百多個，至於那些鑿一池，架一山，中築一二小亭者就不可數計。《吳風錄》記載：「雖閭閻下刻亦飾小山盆鳥以玩」，這說明蘇州園林的普遍，在這樣普遍的基礎上，歷代的巧匠名師留下了大批精湛的傑作。

在所有的園林當中，我最愛「留園」。它像所有的藝術傑作一樣，帶著深深的含蓄。入口處一條樸實的走廊，普通的庭院。林中部的池臺亭榭便隱約可見。等到穿過「涵碧山房」，站在近水的涼臺上時，只見一派假山迎面而起，山石犬牙交錯，「可亭」的六角高聳在山石的上面，高高低低的三道小橋橫臥在山澗上。遠望迂迴曲折，彷彿深不見底。到這裡，便感到人在畫中，但又不見畫的全貌。

登上爬山的遊廊，走進「聞木樨香軒」，園中部的景物便全都呈現在眼前。東西是樓閣參差，古木奇石掩映著亭臺水榭，南面是廊臺、花牆，小巧的「明瑟樓」凌駕於一切建築之上，樓前是滿池清水，倒映著南面的全部景色，造成了園外的奇景。池塘當中，有一個小島，叫「小蓬萊」，這裡的橋、亭都和水面相平，登上「小蓬萊」好像站在湖心水底，而覺得四面皆山。過了「小蓬萊」到達「曲溪樓」的底層時，中部的景物都已一覽無餘，可以告一段落了。但是，「曲溪樓」旁還有許多磚框、漏窗，它像取景框一樣，把園中的景色濃縮起來，使人處處凌虛，移步換影。抬頭西望，深秋時，鮮紅的楓葉漫鋪在高下起伏的雲牆上，叫人留戀不已。回味無窮。

解放前的「留園」竟成了國民黨軍隊的馬廄。樹木砍伐，樓閣倒塌，到處是殘垣敗壁、碎石亂磚。今天的「留園」處處金碧輝煌，富麗萬千。回頭看「留園」的外面，只見虎丘道上，運河的兩旁，到處聳立著高大的煙囪。解放後興建起來的工廠，在日夜吐著濃煙，把安詳的藍天抹上濃重的筆墨。那裡機器在轟鳴，金屬在碰撞，生活在沸騰。從全城各處的小巷裡，古老的花園裡，日夜有經過充分休息的人，一路淡筆著走向那沸騰的地方。

作者簡介

——陸文夫（1928-2005），出生於江蘇泰興，於小說、散文、評論均有所成。曾任蘇州文聯副主席、中國作家協會副主席、《蘇州雜誌》主編。創作題材大多以蘇州當地風俗為主，人稱「陸蘇州」。〈獻身〉、〈小販世家〉、〈圍牆〉曾獲全國優秀短篇小說獎，〈美食家〉獲全國優秀中篇小說獎，〈門鈴〉獲首屆百花獎，長篇小說《人之窩》獲江蘇省首屆紫金山文學獎，散文集《姑蘇之戀》獲江蘇省散文佳作一等獎。代表作為中篇小說〈美食家〉、短篇小說〈小巷深處〉，以及介紹蘇州歷史文化的《老蘇州：水巷尋夢》。

叮叮的小鈴聲

茹志鵑

瓜熟了，早稻揚花了，玉米分股吐纓了，這正是熱的時候。我在海堤上走，一邊是莽莽蒼蒼的東海，一邊是延綿不斷的棉花地，沒有一片蔭影，更找不到討口茶吃的地方。太陽已經西偏，但仍曬得人頭昏腿軟，唇乾舌焦。正在這進退無法的時候，我忽然發現在堤下面一個狹長的角落裡，有一片一人多高的玉米地，闊闊的葉子，綠裡發烏，玉米捧子已裹著青衣，頂著發亮的紅鬚鬚，像一對對小牛角似地突起，就在這片玉米地的中間，豎著一個高高的瞭棚。有棚就會有人，即使沒人，這也是一個難得的蔭涼處所。我也顧不得找路，兩手分開玉米葉，就從地裡直往前走去。

棚裡沒有人，有一個缸灶，有一捆燒草，就是沒有水。我正有些失望，忽一抬頭，只見一對漆黑的眼睛正從上面緊盯著我。這是一個十三四歲的少年，神態沉著而又絕頂的嚴肅，撐著兩手，一動不動地從「樓」上俯視著我的舉動。看來，我是早被他發覺了。

「做什麼的？」少年用本地音操著普通話，問得並不客氣。

這，竟不像是看玉米的，簡直是一個哨兵嘛！我覺得好笑，但是對他這股認真勁，又覺得可敬，更何況我渴得難受，於是規規矩矩地對他說，我是走路的，想討口水喝。他聽了以後，還是一動不動地看著我，而且臉上的疑雲反而越來越濃。

「哪裡來的？」他還是用那本地普通話問。我可累極，實在不願跟他囉嗦了，便自己拉了一捆燒草坐下了。棚是南北向的，風颼颼地吹來，涼快極了。我這裡剛坐定，那少年卻已矯健地一躍而下，又退了幾步，跟我保持了一定的距離，然後叉開腿站住，更其嚴肅地問道：「你是哪裡來的？」

這孩子瘦瘦的，個子也不算高，一張黝黑的長圓臉，兩道淡淡的像女孩子似的細長眉毛，烏黑的眼睛，透露著聰明。他赤腳光腿，面對我站著，毫不畏縮地迎著我的目光，見我不回答問題，他略略提高了聲音，還是那句話：「你是哪裡來的？」

周圍沒有人，這孩子的沉著和執拗，形成了一種特有的勇敢，這使我不得不正正經經地告訴他，我是公社的幹部，到海防部隊聯繫工作，現在又回公社去。「你……」我忽然想起曾聽人說過，本公社的大港一隊，去年在海邊開過一塊生荒地，也許這就是，於是我問：「你是大港一隊的吧？」

他看著我連連眨了幾下眼睛，便乾脆地說道：「是。」

聽他說是一隊的，我高興了，對一隊的情況，我稍稍熟悉一點，三十多戶人家，差不多都能叫得出個名兒來。我看著他，一邊猜他是哪一家的兒子。我說出了幾個名字，他開始還認真地聽著，到後來大概聽我猜遠了，忽然身子一扭，用手蒙住個嘴巴，笑得格格的，原先那副雄糾糾的架勢，一下子徹底的散了板，那股嚴肅沉著勁兒，也一掃精光，站在我面前的是個不折不扣的孩子。他說出了他爹的名字，而且也不用國語，說的完全是本地話。原來，他是一隊隊長的兒子，小名叫金豆。

「金豆，你剛才對我為什麼那樣厲害？」

金豆一笑，也不答話，腳在棚柱上一搭，人就上了「樓」。一會兒跳下來，手裡抱了一個大菜瓜，用拳擊開，把大的半個遞給我，說：「吃吧，今天我沒燒水。」說完自己就蹲在棚腳邊，把半個瓜像只碗似的托在手裡，大口地吃起來。我也就不客氣，照他的樣子啃起瓜來。

四周圍沒有一棵樹，沒有一個人，都是太陽，滿地滿地的大太陽，只有我們這裡，這個小小的瞭棚，照出了一片蔭影，蔭影裡瀰漫了脆瓜的清香。

「金豆，晚上你睡在這裡不害怕麼？」

金豆抹著下巴上的汁水，笑著搖搖頭。

「金豆，你抓到過偷玉米的賊麼？」

他還是笑著不說話。

「金豆，你剛才大概當我是偷玉米來的吧？」

金豆彎了腰，笑得更厲害了。他笑飽了，我也休息好了，便站起來，將吃剩的瓜蒂扔得遠遠的，謝了他想走了。金豆一看我要走，馬上不笑了，竭力留我再坐一會。接著，他又忙忙放下手裡的瓜，伸手到燒草堆裡摸著什麼，一會從裡面摸出一隻空酒瓶來，對我鄭重而又機密地說：「我在海灘上拾的。你看，這上面都是外國字，我們這裡一定來了壞人。」說著，那烏溜溜的眼睛就看著我，看這事是不是引起了我的重視。

瓶子的確是外來貨，而且出現在荒灘上，來頭的確可疑。我便問道：「你給別人看過沒有？」

金豆頓時眼睛發亮，急急地說道：「沒有，沒有給外人看過。只有來澆玉米的小弟大叔知道，他說一隻洋瓶沒啥了不起，兩角錢賣給他盛老酒，我說，不來，我要交到公社派出所去的。」

「那你為什麼不交去呢？」

「走不開呀！」金豆說到這裡，突然皺起了眉毛，一動不動地凝神聽著什麼。風，從東海上來。擺弄得玉米癡頭癡腦地老搖晃，發出一種規律的蘇蘇蘇的聲音。並沒有什麼可疑之處，金豆放了心，便接著對我說道：「等我回家背米的時候，就送了去。」說完，端起那塊沒吃完的瓜，又在原來的地方蹲下。

太陽將落還未落，餘暉貼著地面直射出來，把一切都塗得燦爛輝煌。金豆已吃完了瓜，手托著下巴，正舉頭望著天邊的雲彩，不言不語地想著什麼。他在想什麼呢！……想那隻奇怪的空酒瓶？想壞人——特務的破壞？也許，他在想著家裡，想著此刻正在水泥場地乘風涼的夥伴？想家門口那兩棵枝頭沉甸甸的桃樹？……天色已在漸漸轉暗了，我可顧不得他在想什麼，我得走了。可是剛站起身來，我又悄悄地坐下了。

暮靄中，一個小小的身影，凝然不動地沉思著，在他背後，天與地已在朦朧中快要合在一起。突然一種孤寂、清冷的氛圍裹住了我，同時想起了他剛才留我多坐一會的眼光，是那麼懇切，我不能就走，我和他同坐著，聽著玉米葉子發出那規律的蘇蘇聲。

「啊！」金豆忽然想起了什麼，叫道：「今天晚上鎮裡開軍民聯歡會呀！」聲音是歡樂的，我便也高興地說道：「對，開聯歡會，你想不想去看？」

「我！」金豆頓了一下，然後堅決地說道：「我不去。」

「金豆，你在這裡很冷清吧！」我給這孩子出了一個艱難的題目。他淡淡地笑著，用下巴磕著膝蓋，沒有立即回答。過了一會，忽然抬起頭來，告訴我說：「你曉得吧！前天大隊幹部到這裡來看田，他們說這塊玉米，每畝頂少也有八百斤。」

「哦！」其實，一千斤以上的玉米在這公社裡並不少見，但是為了這是一塊荒地，為了他的工作，為了他對自己工作的那份自豪感，我真誠地表示了一下驚訝。果然，金豆高興了，但又故意把話說得淡淡地，「這不算好，我爹說，明年還要高。」

「你們今年分紅要比別的隊高了。」

「我們去年就比別的隊高。」他毫不隱諱自己生產隊的驕傲，「你到我們隊裡去，看到社員家裡的廣播機了吧！這就是舊年裝的，裝好了就過春節，那才真叫熱鬧呢！……」接著他絮絮地跟我談著去年過年的情景。我看著他兩顆漆黑的眼珠，耳邊卻響著另一個粗重有力的嗓子，那是他父親，一隊的隊長。那一次我在鎮上，搭他的便船回公社，見他的船裡裝了好些石骨挺硬的受了潮的水泥，問他買這個廢水泥做啥，他說：

「便宜呀，這五包只有一包的價錢。弄回去敲敲碎，篩一篩，一樣用。唉！三十多戶人家上百口人的生活哪！哪怕花半個錢，都得來回算個三四遍，到底不是自己口袋裡的錢，花不花不過是一家人的事。」他光著膀子，坐在船尾划槳，不時用眼打量一下艙裡那些石塊似的水泥，似乎很滿意。我問他準備把這個水泥做什麼用。他巴噠了一下嘴，好像在細辨一種什麼美味，說道：「鋪一個水泥場地！想了好幾年了，年年到了割麥收油菜的時候，天總是下雨，一下雨，大家就念叨。」

「這下好，想的東西都想到手了。」

「嗨！想的東西多呢……」他說到這裡，便看著前面什麼地方不作聲了，只是把槳深深地插入水裡，小船便立即像吃到了一陣順風。他那兩臂的肌肉，也跟著緊張起來，古銅色的皮膚在太陽光底下，猶如塗了油一般，顯得渾身都是力量，簡直像一座雕像。在這樣一個心胸裡，想著一些什麼呢？我問他，他笑而不答。過了一會才說道：「市委要求要給社員糧食多，還要鈔票分得多，光是這一條就不容易，是不是？」說著又用一隻手慢慢蕩著槳，另一隻手指著兩岸遠遠近近、疏疏落落的風打車，說道：「這種風車，我們隊裡也有兩部，每天都要花兩個人工專門去管，以後整個公社都要逐步不用它，全部電灌化了。這第二條，也不簡單吧！第三條……」他說到這裡，忽然停了嘴，先是笑，似乎在考慮肚裡這一條是不是要拿出來。這時，船已過了那座單面欄杆的大木橋，到了我該上岸的地方了。他把船攏了岸，等我跳上去以後，他一邊把船蕩開去，一邊才大聲對我說道：「我們離公社頂近，公社有電燈，我們也想借借東風呢！……」

「什麼時候裝，今年嗎？」

「嗳！……」長悠悠的一聲回答，傳來了多少喜悅和自豪，連被他的船划開的河水，都彷彿在欣然地跳躍，閃出了點點波光。

……

金豆那清脆的高音，一直在輕輕地回旋著，時而輕，時而響，像是樂曲中的一個小小的和聲，一直伴和著，一刻也沒中斷。他大概已敘述了許多許多熱鬧有趣的事情，可惜我一句也沒聽進去。

「金豆，」我打斷他的話，說：「你就在這裡冷冷清清地過一個暑假，不可惜麼？」

「可惜？」他愣然了，大概這問題和他剛才說的話，隔的路程太遠，他一時摸不到頭，過了一會才說道：「不可惜，有什麼可惜的？我哥要來看，我爹嫌他貪玩，還不給他來看呢，這裡到底有二十多畝地呢！」

是啊！二十多畝地責任不小，我說：「金豆，今年過年一定要比去年還要好，你信不信！」

金豆不知我為什麼又忽然說這個，只是眨著眼睛朝我點頭。最後，他又拿起那隻瓶鄭重地放到我手裡，說道：「我走不開，還是你給我帶給派出所同志吧，不過一定要告訴他們，這是在海灘上拾到的。」

「好，我一定告訴他們。」我真想再跟他談談，可是我不能不走了，小路已經在不知不覺中變得朦朧了。

金豆走在前面送我，走了不幾步，忽然他歡呼起來：「看！快看，聯歡會開始啦！」說著他拔腳就奔，出了玉米地，就跳到了小路上。筆直筆直的一條小路，通向一片隱隱約約的燈光，就像天上的銀河一樣，當中有一堆特別明亮，大概這就是聯歡會的會場了。金豆站在路上，面朝著那片閃爍的燈光，一動不動地看著，等我走到他身邊，他才轉過臉來，十分惋惜地說道：「今天準有解放軍表演的節目，你為什麼不去看呢？」

「那你為什麼不去看呢？」

「我，我是走不開呀！」

「那我回去也有事呢！」

金豆笑了，我便跟他道了再見走了。

「哦！」他答應著，又跟在後面送了幾步，等我走了一段路回頭看他，只見他那個小小的身影，還站在路當中。我捏緊他託付我的那隻長頸瓶子，加快了腳步。當我再次回頭看他，小路上已寂無人影，只見一旁濃重高大的玉米，正在暗藍的天空前搖動。

鎮上的晚會，大概已經開始了，送來了一陣輕輕的音樂聲，和諧動人，我聽著，忽然想起這美妙的樂曲，竟是由許多樂器吹奏出來凝成一體的。聽，那個偶然出現的叮叮小鈴，它在整個樂曲中，幾乎找不出來，可是它和其他樂器一樣，構成了整個美妙的樂章。我越走越近，音樂聲也越來越清晰動人，聽哪，那叮叮的小鈴聲……

一九六三年十二月

作者簡介

——茹志鵑（1925-1998），生於上海，祖籍浙江杭州。曾用筆名阿如、初旭。曾任《文藝月報》編輯、《上海文學》編委、上海人民代表等。一九五八年發表代表作短篇小說〈百合花〉。著有短篇小說集《百合花》、《靜靜的產院》、《高高的白楊樹》、《草原上的小路》、《關大媽》、《剪輯錯了的故事》、《茹志鵑小說選》；長篇小說《她從那條路上來》；散文隨筆集《惜花人已去》、《母女同遊美利堅》、《漫談我的創作經歷》等。作品被譯成日、法、俄、英、越等多國文字在國外出版。

1979 「牛棚」小品（三章） 丁玲

窗後

尖銳的哨聲從過道這頭震響到那頭，從過道裡響徹到窗外的廣場。這刺耳的聲音劃破了黑暗，藍色的霧似的曙光悄悄走進了我的牢房。垂在天花板上的電燈泡，顯得更黃了。看守我的陶芸推開被子下了炕，匆匆走出了小屋，返身把門帶緊，扣嚴了門上的搭袢。我仔細諦聽，一陣低沉的嘈雜的腳步聲，從我門外傳來。我更注意了，希望能分辨出一個很輕很輕而往往是快速的腳步聲，或者能聽到一聲輕微的咳嗽和低聲的甜蜜的招呼……「啊呀！他們在這過道的盡頭拿什麼呢？啊！他們是在拿笤帚，要大掃除，還要掃窗外的廣場。」如同一顆石子投入了沉靜的潭水，我的心躍動了。我急忙穿好衣服，在炕下來回走著。我在等陶芸，等她回來，也許能准許我出去掃地。即使只准我在大門內、樓梯邊、走廊裡打掃也好。啊！即使只能在這些地方灑掃，不到廣場上去，即使我會腰痠背疼，即使我……我就能感到我們都在一同勞動，一同在勞動中彼此懷想，而且……啊！多麼奢侈的想望啊！當你們一群人掃完廣場回來，而我仍在門廊之中，我們就可以互相睨望，互相凝視，互相送過無限的思念之情。你會露出純靜而摯熱的、旁人誰也看不出來的微笑。我也將像三十年前那樣，從那充滿了像朝陽一樣新鮮的眼光中，得到無限的鼓舞。那種對未來滿懷信心，滿懷希望，那種健康的樂觀，無視任何艱難險阻的力量……可是，現在我是多麼渴望這種無聲的、充滿了活力的支持。而這個支持，在我現在隨時都可以倒下去的心境中，是比三十年前千百倍地需要，千百倍地重要呵！

沒有希望了！陶芸沒有回來。我靈機一動，猛然一躍，跳上了炕，我戰戰兢兢地守候在玻璃窗後。一件從窗欞上懸掛著的舊制服，遮掩著我的面孔。我悄悄地從一條窄窄的縫隙中，向四面搜索，在一群掃著廣場的人影中仔細辨認。這兒，那兒，前邊，窗下，一片，兩片……我看見了，在清晨的、微微布滿薄霜的廣場上，在移動的人群中，在我窗戶正中的遠處，我找到了那個穿著棉衣也顯得瘦小的身軀，在厚重的毛皮帽子下，露出來兩顆大而有神的眼睛。我輕輕挪開一點窗口掛著的制服，一縷晨光照在我的臉上。我注視著的那個影兒啊，舉起了竹扎的大笤帚，他，他看見我了。他迅速地大步大步地左右掃著身邊的塵土，直奔了過來，昂著頭，注視著窗裡微露的熟識的面孔。他張著口，好像要說什麼，又好像在說什麼。他，他多大膽啊！我的心急遽地跳著，趕忙把制服遮蓋了起來，又挪開了一條大縫。我要你走得更近些，好讓我更清晰地看一看：你是瘦了，老了，還是胖了的更紅潤了的臉龐。我沒有發現有沒有人在跟蹤他，有沒有人發現了我……可是，忽然我聽到我的門扣在響，陶芸要進來了。我打算不理睬她，不管她，我不怕她將對我如何發怒和咆哮。但，真能這樣嗎？我不能讓她知道，我必須保守祕密，這個幸福的祕密。否則，他們一定要把這上邊一層的兩塊玻璃也塗上厚厚的石灰水，將使我同那明亮的藍天，白雪覆蓋的原野，常常有鴉鵲棲息的濃密的樹枝，和富有生氣的、人來人往的外間世界，尤其是我可以享受到的縷縷無聲的話語，無限深情的眼波，從此告別。於是我比一隻貓的動作還輕還快，一下就滑坐在炕頭，好像只是剛從深睡中醒來不久，雖然已經穿上了衣服，卻仍然戀戀於夢寐的樣子。她開門進來了，果然毫無感覺，只是說：「起來！起來洗臉，捅爐子，打掃屋子！」

於是一場虛驚過去了，而心仍舊怦怦怦地跳著。我不能再找尋那失去的影兒了。哨音又在呼嘯，表示清晨的勞動已經過去。他們又將回到他們的那間大屋，準備從事旁的勞動了。

這個玻璃窗後的冒險行為，還使我在一天三次集體打飯的行進中，來獲得幾秒鐘的、一閃眼就過去的快樂。每次開飯，他們必定要集體排隊，念念有詞，鞠躬請罪，然後挨次從我的窗下走過，到大食堂打飯。打飯後，再排隊挨次返回大「牛棚」。我每次在陶芸替我打飯走後（我是無權自己去打飯的，大約是怕我看見了誰，或者怕誰看見了我吧），就躲在窗後等待，而陶芸又必定同另外一夥看守走在他們隊伍的後邊。因此，他們來去，我都可以站在那個被制服遮住的窗後，悄悄將制服挪開，露出臉面，一瞬之後，再深藏在制服後邊。這樣，那個狡猾的陶芸和那群凶惡的所謂「造反戰士」，始終也沒能奪去我一天幾次、每次幾秒鐘的神往的享受。這些微小的享受，卻是怎樣支持了我度過最艱難的歲月，和這歲月中的多少心煩意亂的白天和不眠的長夜，是多麼大地鼓舞了我的生的意志啊！

書簡

陶芸原來對我還是有幾分同情的。在批鬥會上，在遊鬥或勞動時，她都曾用各種方式對我給予某些保護，還常常違反眾意替我買點好飯菜，勸我多吃一些。我常常為她的這些好意所感動。可是自從打著軍管會的招牌從北京來的幾個人，對我日日夜夜審訊了一個月以後，陶芸對我就表現出一種深仇大恨，整天把我反鎖在小屋子裡嚴加看管，上廁所也緊緊跟著。她識不得幾個字，卻要把我寫的片紙隻字，翻來檢去，還叫我念給她聽。後來，她索性把我寫的一些紙張和一支圓珠筆都沒收了，而且動不動就惡聲相向，再也看不到她的好面孔了。

沒有一本書，沒有一張報紙，屋子裡除了她以外，甚至連一個人影也見不到，只能像一個啞巴似的呆呆坐著，或者在小屋中踱步。這悠悠白天和耿耿長夜叫我如何挨得過？因此像我們原來住的那間小茅屋，一間坐落在家屬區的七平方米大的小茅屋，那間曾被反覆查抄幾十次，甚至在那間屋裡飽受凌辱、毆打，那曾經是我度過多少擔驚受怕的日日夜夜的小茅屋，現在回想起來，都成了一個輝煌的、使人留戀的小小天堂！儘管那時承受著狂風暴雨，但卻是兩個人啊！那是我們的家啊！是兩個人默默守在那個小炕上，是兩個人圍著那張小炕桌就餐，是兩個人會意地交換著眼色，是兩個人的手緊緊攥著、心緊緊連著，共同應付那些窮凶極惡的打砸搶分子的深夜光臨……多麼珍貴的黃昏與暗夜啊！我們彼此支持，彼此汲取力量，排解疑團，堅定信心，在困難中求生存，在絕境中找活路。而現在，我離開了這一切，只有險惡侵入我寂寞的靈魂，死一樣的孤獨窒息著我僅有的一絲呼吸！什麼時候我能再痛痛快快看到你滿面春風的容顏？什麼時候我能再聽到你深沉有力的語言？現在我即使有衝天的雙翅，也衝不出這緊關著的牢籠！即使有火熱的希望，也無法擁抱一線陽光！我只能低吟著我們曾經愛唱的地下鬥爭中流傳的一首詩：「囚徒，時代的囚徒，我們並不犯罪。我們都從那火線上撲來，從那階級鬥爭的火線上撲來。憑它怎麼樣壓迫，熱血依然在沸騰……」

一天，我正在過道裡捅火牆的爐子，一陣哨音呼嘯，從我間壁的大屋子裡湧出一群「牛鬼蛇神」，他們急速地朝大門走去。我暗暗抬頭觀望，只見一群背上釘著白布的人的背影，他們全不掉頭看望，過道又很暗，因此我分不清究竟誰是誰，我沒有找到我希望中的影子。可是，忽然，我感覺到有一個東西，輕到無以再輕地落到我的腳邊。我本能地一下把它踏在腳下，心怦怦地跳了起來。多好的機會啊，陶芸不在。我趕忙伸手去摸，原來是一個指頭大的紙團。我來不及細想，急忙把它揣入懷裡，踅進小屋，塞在鋪蓋底下。然後我安定地又去過道捅完了火爐，把該做的事都做完了，便安安穩穩地躺在鋪上。其實，我那時的心啊，真像火燒一樣，那個小紙團就在我的身底下烙著我，烤著我，表面的安寧，並不能掩飾我心中的興奮和凌亂。「啊呀！你怎麼會想到，知道我這一時期的心情？你真大膽！你知不知道這是犯法的啊！我真高興，我歡迎你大膽！什麼狗屁王法，我們就要違反！我們只能這樣，我們應該這樣……」

不久，陶芸進來了。她板著臉，一言不發，滿屋巡視一番，屋子裡一張桌子，一把椅子，沒有引起她絲毫的懷疑。她看見我一副疲倦的樣子，吼道：「又頭痛了？」我嗯了一聲，她不再望我了，返身出去，扣上了門扣。我照舊躺著。屋子裡靜極了，窗子上邊的那層玻璃，透進兩片陽光，落在炕前那塊灰色的泥地上。陶芸啊！你不必從那門上的小洞洞裡窺視了，我不會讓你看到什麼的，我懂得你。

當我確信無疑屋子裡真真只剩我一個人的時候，才展開那個小紙團。那是一片花花綠綠的紙菸封皮。在那被揉得皺皺巴巴的雪白的反面，密密麻麻排著一群螞蟻似的陣式，只有細看，才能認出字來！你也是在「牛棚」裡，在眾目睽睽下生活，你花了多大的心思啊！

上面寫著：「你要堅定地相信黨、相信群眾、相信自己、相信時間。歷史會作出最後的結論。要活下去！高瞻遠矚，為共產主義的實現而活，為我們的孩子們而活，為我們的未來而活！永遠愛你的。」

這封短信裡的心裡話，幾乎全是過去向我說過又說過的。可是我好像還是第一次聽到，還是那麼新鮮，那麼有力量。這是冒著大風險送來的！在現在的情況底下，還能有什麼別的話好說呢？……我一定要依照這些話去做，而且要努力做到，你放心吧。只是……我到底能做什麼呢？我除了整天在這不明亮的斗室中冥思苦想之外，還能做什麼呢？我只有等著，等著……每天早晨我到走廊捅爐子，出爐灰，等著再發現一個紙團，等著再有一個紙團落在我的身邊。

果然，我會有時在爐邊發現一葉枯乾了的包米葉子，一張廢報紙的一角，或者找到一個破火柴盒子。這些聰明的發明，給了我多大的愉快啊！這是我唯一的精神食糧，它代替了報紙，代替了書籍，代替了一切可以照亮我屋子的生活的活力。它給我以安慰，給我以鼓勵，給我以希望。我要把它們留著，永遠地留著，這是詩，是小說，是永遠的紀念。我常常在準確地知道沒有人監視我的時候，就拿出來撫摸，收拾，拿出來低低地反覆吟誦，或者就放在胸懷深處，讓它像火一般貼在心上。下邊就是這些千叮囑、萬叮囑、千遍背誦、萬遍回憶的詩句：

他們能奪去你身體的健康，卻不能搶走你健康的胸懷。你是海洋上遠去的白帆，希望在與波濤搏鬥。我注視著你啊！人們也同我一起祈求。

關在小屋也好，可以少聽到無恥的謊言；沒有人來打攪，沉醉在自己的回憶裡。那些曾給你以光明的希望，而你又賦予他們以生命的英雄；他們將因你的創作而得名，你將因他們而永生。他們將在你的回憶裡豐富、成長，而你將得到無限愉快。

忘記那些迫害你的人的名字，握緊那些在你困難時伸過來的手。不要把豺狼當人，也不必為人類有了他們而失望。要看到遠遠的朝霞，總有一天會燦爛光明。

永遠不祈求憐憫，是你的孤傲；但總有許多人要關懷你的遭遇，你坎坷的一生，不會只有我獨自沉吟，你是屬於人民的，千萬珍重！

黑夜過去，曙光來臨。嚴寒將化為春風，狂風暴雨打不倒柔嫩的小草，何況是挺拔的大樹！你的一切，不是哪個人恩賜的，也不可能被橫暴的黑爪扼殺、滅絕。挺起胸來，無所畏懼地生存下去！

我們不是孤獨的，多少有功之臣、有才之士都在遭難受罪。我們只是滄海一粟，不值得哀怨！振起翅膀，積蓄精力，為將來的大好時機而有所作為吧。千萬不能悲觀！

……

這些短短的書簡，可以集成一個小冊子，一本小書。我把它紮成小卷，珍藏在我的胸間。它將伴著我走遍人間，走盡我的一生。

可惜啊！那天，當我戴上手銬的那天，當我脫光了衣服被搜身的那天，我這唯一的財產，我珍藏著的這些詩篇，全被當作廢紙而毀棄了。儘管我一再懇求，說這是我的「罪證」，務必留著，也沒有用。別了，這些比珍寶還貴重的詩篇，這些同我一起受盡折磨的紙片，竟永遠離開了我。但這些書簡，卻永遠埋在我心間，留在我記憶裡。

春風吹綠了北大荒的原野，天氣一天比一天暖和，按季節，春播已經開始了。我們住在這幾間大屋子、小屋子裡的人，一天比一天少了。聽說，有的已經回了家，回到原單位；有的也分配到生產隊勞動去了。每個人心中都將產生一個新的希望。

五月十四日那天，吃過早飯，一個穿軍裝的人，來到了我的房間，我意識到我的命運將有一個新的開始。我多麼熱切地希望回到我們原來住的那間小屋，那間七平方米大的小茅屋，那個溫暖的家。我幻想我們將再過那種可憐的而又是幸福的、一對勤勞貧苦的農民的生活啊！

我客氣地坐到炕的一頭去，讓來人在炕中間坐了下來。他打量了我一下，然後問：「你今年多大年紀？」

我說：「六十五歲了。」

他又說：「看來你身體還可以，能勞動嗎？」

「我一直都在勞動。」我答道。

他又說：「我們準備讓你去勞動，以為這樣對你好些。」

不懂得他指的是什麼，我沒有回答。

「讓你去××隊勞動，是由革命群眾專政，懂嗎？」

我的心跳了一下。××隊，我理解，去××隊是沒有什麼好受的。這個隊的一些人我領教過。這個隊裡就曾經有過一批一批的人深夜去過我家，什麼事都幹過。但我也不在乎，反正哪裡都會有壞傢伙，也一定會有好人，而且好人總是占多數。我只問：「什麼時候去？」

「就走。」

「我要清點一些夏天的換洗衣服，能回家去一次嗎？」我又想到我的那間屋子了，我離開那間小屋已經快十個月了，聽說去年冬天黑夜曾有人砸開窗戶進去過，誰知道那間空屋現在成了什麼樣子！

「我們派人替你去取，送到××隊去。」他站了起來，想要走的樣子。

我急忙說：「我要求同C見一面，我們必須談一些事情，我們有我們的家務。」

我說著也站了起來，走到門邊去，好像他如不答應，我就不會讓他走似的。

他沉吟了一下，望了望我，便答應了。然後，我讓他走了，他關上了門。

難道現在還不能讓我們回家嗎？為什麼還不准許我們在一道？我們究竟犯了什麼罪？自從去年七月把我從養雞隊（我正在那裡勞動），揪到這裡關起來，打也打了，鬥也鬥了，審也審了。現在農場的兩派不是已經聯合起來了嗎？據說要走上正軌了，為什麼對我們還是這樣沒完沒了？真讓人不能理解！

實際我同C分別是從去年七月就開始了的。從那時起我就獨自一人被關在這裡。到十月間才把這變相的牢房擴大，新湧進來了一大批人，C也就住在我間壁的大「牛棚」裡了。儘管不准我們見面，碰面了也不准說話，但我們總算住在一個屋頂之下，而且總還可以在偶然的場合見面。我們有時還可以隔著窗戶望，何況在最近幾個月內我還收到他非法投來的短短的書簡。現在看來，我們這種苦苦地彼此依戀的生活，也只能成為留戀和回憶時的甜蜜了。我將一個人到××隊去，到一個老虎隊去，去過接受「革命群眾專政」的生涯了。他又將到何處去呢？我們何時才能再見呢？我的生命同一切生趣、關切、安慰、點滴的光明，將要一刀兩斷了。只有痛苦，只有勞累，只有憤怒，只有相思，只有失望……我將同這些可惡的魔鬼搏鬥……我絕不能投降，不能沉淪下去。死是比較容易的，而生卻很難；死是比較舒服的，而生卻是多麼痛苦啊！但我是一個共產黨員（儘管我已於一九五七年底被開除了黨籍，十一年多了。我一直是這樣認識，這樣要求自己和對待一切的），我只能繼續走這條沒有盡頭的艱險的道路，我總得從死裡求生啊！

門呀然一聲開了。C走進來。整個世界變樣了。陽光充滿了這小小的黑暗牢房。我懂得時間的珍貴，我搶上去抓住了那兩隻伸過來的堅定的手，審視著那副好像幾十年沒有見到的面孔，那副表情非常複雜的面孔。他高興，見到了我；他痛苦，即將與我別離，他要鼓舞我去經受更大的考驗，他為我兩鬢白霜，容顏憔悴而擔憂；他要溫存，卻不敢以柔情來消融那僅有的一點勇氣；他要熱烈擁抱，卻深怕觸動那不易克制的激情。我們相對無語，無語相對，都忍不住讓熱淚悄悄爬上了眼瞼。可是隨即都搖了搖頭，勉強做出一副苦味的笑容。他點了點頭，低聲說：「我知道了。」

「你到什麼地方去？」我悄然問他。

「還不知道。」他搖了搖頭。

他從口袋裡拿出來一張鈔票，輕輕地而又慎重地放在我的手中。我知道這是他每月十五元生活費裡的剩餘：僅有的五元錢。但我也只得留下，我口袋裡只剩一元多錢了。

他說：「你儘管用吧，不要吃得太省、太壞，不能讓身體垮了。以後，以後我還要設法……」

我說我想回家取點衣服。

他黯然說道：「那間小屋別人住下了，那家，就別管它了。東西麼，我去清理，把你需要的撿出來，給你送去。你放心好了。我一定每月給你寫信。你還要什麼，我會為你設法的。」

我咽住了。我最想說的話，強忍住了。他最想說的話，我也只能從他的眼睛裡看到。我們的手，緊緊攥著；我們的眼睛，盯得牢牢的，誰也不能離開。我們馬上就要分別了。我們原也沒有團聚，可是又要別離了。這別離，這別離是生離呢，還是死別呢？這又有誰知道呢？

「砰」地一下，房門被一隻穿著翻毛皮鞋的腳踢開了。一個年輕小夥瞪著眼看著屋裡。

我問：「幹什麼？」

他道：「幹什麼！時間不早了，帶上東西走吧！」

我明白這是××隊派來接我的「解差」。管他是董超，還是薛霸，反正得開步走，到草料場勞動去。

於是，C幫助我清理那床薄薄的被子，和抗戰勝利時在張家口華北局發給的一床灰布褥子，還有幾件換洗衣服。為了便於走路，C把它們分捆成兩個小卷，讓我一前一後地那麼背著。

這時他遲疑了一會，才果斷地說：「我走了。你注意身體。心境要平靜，遇事不要激動。即使聽到什麼壞消息，如同……沒有什麼，總之，隨時要做兩種準備，特別是壞的準備。反正，不要怕，我們已經到了現在這種地步，還有什麼可怕的呢？我擔心你……」

我一下給他嚇傻了，我明白他一定瞞著我什麼。他現在不得不讓我在思想上有點準備。唉，你究竟還有什麼更壞的消息瞞著我呢？

他見到我呆呆發直、含著眼淚的兩眼，便又寬慰我道：「什麼事也沒有發生，都是我想得太多，怕你一時為意外的事而激動不寧。總之，事情總會有結局的。我們要相信自己。事情不是只限於我們兩個人。也許不需要很久，整個情況會有改變。我們得準備有一天要迎接光明。不要熬得過苦難，卻經不住歡樂。」他想用樂觀引出我的笑容，但我已經笑不出來了。我的心，已為這沒有好兆頭的別離壓碎了。

他比我先離開屋子。等我把什麼都收拾好，同那個「解差」離開這間小屋走到廣場時，春風拂過我的身上。我看見遠處槐樹下的井臺上，站著一個向我揮手的影子，他正在為鍋爐房汲水。他的臂膀高高舉起，好像正在無憂地、歡樂地、熱烈地遙送他遠行的友人。

作者簡介

——丁玲（1904-1986），原名蔣偉，字冰之，湖南臨澧人。上海大學中文系畢業。一九三〇年參加中國左翼作家聯盟，任左聯《北斗》主編，一九三六年到達陝北保安，歷任中央警衛團政治部副主任、蘇區中國文協主任、西北戰地服務團團長、《解放日報》副刊主編、陝甘寧邊區文協副主任等職，一九四九年後歷任《文藝報》主編、中央文學研究所所長、中宣部文藝處長、中國文聯副主席、中國作家協會黨組書記、副主席、《人民文學》主編、全國政協委員等。著有長篇小說《太陽照在桑乾河上》、《莎菲女士的日記》；短篇小說集《在黑暗中》；散文隨筆《我在霞村的時候》等。

懷念蕭珊——隨想錄五

1979

巴金

一

今天是蕭珊逝世的六周年紀念日。六年前的光景還非常鮮明地出現在我的眼前。那一天我從火葬場回到家中，一切都是亂糟糟的，過了兩三天我漸漸地安靜下來了，一個人坐在書桌前，想寫一篇紀念她的文章。在五十年前我就有了這樣一種習慣：有感情無處傾吐時我經常求助於紙筆。可是一九七二年八月裡那幾天，我每天坐三四個小時望著面前攤開的稿紙，卻寫不出一句話。我痛苦地想，難道給關了幾年的「牛棚」，真的就變成「牛」了？頭上彷彿壓了一塊大石頭，思想好像凍結了一樣。我索性放下筆，什麼也不寫了。

六年過去了。林彪、「四人幫」及其爪牙們的確把我搞得很「狼狽」，但我還是活下來了，而且偏偏活得比較健康，腦子也並不糊塗，有時還可以寫一兩篇文章。最近我經常去火葬場，參加老朋友們的骨灰安放儀式。在大廳裡，我想起許多事情。同樣地奏著哀樂，我的思想卻從擠滿了人的大廳轉到只有二三十個人的中廳裡去了，我們正在用哭聲向蕭珊的遺體告別。我記起了《家》裡面覺新說過的一句話：「好像玨死了，也是一個不祥的鬼。」四十七年前我寫這句話的時候，怎麼想得到我是在寫自己！我沒有流眼淚，可是我覺得有無數鋒利的指甲在搔我的心。我站在死者遺體旁邊，望著那張慘白色的臉，那兩片噏下千言萬語的嘴唇，我咬緊牙齒，在心裡喚著死者的名字。我想，我比她大十三歲，為什麼不讓我先死？我想，這是多麼不公平！她究竟犯了什麼罪？她也給關進「牛棚」，掛上「牛鬼蛇神」的小紙牌，還掃過馬路。究竟為什麼？理由很簡單，她是我的妻子。她患了病，得不到治療，也因為她是我的妻子。想盡辦法一直到逝世前三個星期，靠開後門她才住進醫院。但是癌細胞已經擴散，腸癌變成了肝癌。

她不想死，她要活，她願意改造思想，她願意看到社會主義建成。這個願望總不能說是癡心妄想吧。她本來可以活下去，倘使她不是「黑老K」的「臭婆娘」。一句話，是我連累了她，是我害了她。

在我靠邊的幾年中間，我所受到的精神折磨她也同樣受到。但是我並未挨過打，她卻挨了「北京來的紅衛兵」的銅頭皮帶，留在她左眼上的黑圈好幾天以後才褪盡。她挨打只是為了保護我，她看見那些年輕人深夜闖進來，害怕他們把我揪走，便溜出大門，到對面派出所去，請民警同志出來干預。那裡只有一個人值班，不敢管。當著民警的面，她被他們用銅頭皮帶狠狠抽了一下，給押了回來，同我一起關在馬桶間裡。

她不僅分擔了我的痛苦，還給了我不少的安慰和鼓勵。在「四害」橫行的時候，我在原單位（中國作家協會上海分會）給人當作「罪人」和「賤民」看待，日子十分難過，有時到晚上九、十點鐘才能回家。我進了門看到她的面容，滿腦子的烏雲都消散了。我有什麼委屈、牢騷，都可以向她盡情傾吐。有一個時期我和她每晚臨睡前要服兩粒眠爾通才能夠閉眼，可是天剛剛發白就都醒了。我喚她，她也喚我。我訴苦般地說：「日子難過啊！」她也用同樣的聲音回答：「日子難過啊！」但是她馬上加一句：「要堅持下去。」或者再加一句：「堅持就是勝利。」我說「日子難過」，因為在那一段時間裡，我每天在「牛棚」裡面勞動、學習、寫交代、寫檢查、寫思想匯報。任何人都可以責罵我、教訓我、指揮我。從外地到「作協分會」來串聯的人可以隨意點名叫我出去「示眾」，還要自報罪行。上下班不限時間，由管理「牛棚」的「監督組」隨意決定。任何人都可以闖進我家裡來，高興拿什麼就拿走什麼。這個時候大規模的群眾性批鬥和電視批鬥大會還沒有開始，但已經越來越逼近了。

她說「日子難過」，因為她給兩次揪到機關，靠邊勞動，後來也常常參加陪鬥。在淮海中路「大批判專欄」上張貼著批判我的罪行的大字報，我一家人的名字都給寫出來「示眾」，不用說「臭婆娘」的大名占著顯著的地位。這些文字像蟲子一樣咬痛她的心。她讓上海戲劇學院「狂妄派」學生突然襲擊、揪到「作協分會」去的時候，在我家大門上還貼了一張揭露她的所謂罪行的大字報。幸好當天夜裡我兒子把它撕毀，否則這一張大字報就會要了她的命！

人們的白眼，人們的冷嘲熱罵蠶食著她的身心。我看出來她的健康逐漸遭到損害。表面上的平靜是虛假的，內心的痛苦像一鍋煮沸的水，她怎麼能遮蓋住！怎麼能使它平靜！她不斷地給我安慰，對我表示信任，替我感到不平。然而她看到我的問題一天天地變得嚴重，上面對我的壓力一天天地增加，她又非常擔心。有時同我一起上班或者下班，走近巨鹿路口，快到「作協分會」，或者走近南湖路口，快到我們家，她總是抬不起頭。我理解她，同情她，也非常擔心她經受不起沉重的打擊。我記得有一天到了平常下班的時間，我們沒有受到留難，回到家裡她比較高興，到廚房去燒菜。我翻看當天的報紙，在第三版上看到當時做了「作協分會」的「頭頭」的兩個工人作家寫的文章〈徹底揭露巴金的反革命真面〉。真是當頭一棒！我看了兩三行，連忙把報紙藏起來，我害怕讓她看見。她端著燒好的菜出來，臉上還帶笑容，吃飯時她有說有笑。飯後她要看報，我企圖把她的注意力引到別處。但是沒有用，她找到了報紙。她的笑容一下子完全消失。這一夜她再沒有講話，早早地進了房間。我後來發現她躺在床上小聲哭著。一個安靜的夜晚給破壞了。今天回想當時的情景，她那張滿是淚痕的臉還在我的眼前。我多麼願意讓她的淚痕消失，笑容在她那憔悴的臉上重現，即使減少我幾年的生命來換取我們家庭生活中一個寧靜的夜晚，我也心甘情願！

二

我聽周信芳同志的媳婦說，周的夫人在逝世前經常被打手們拉出去當作皮球推來推去，打得遍體鱗傷。有人勸她躲開，她說：「我躲開，他們就要這樣對付周先生了。」蕭珊並未受到這種新式體罰。可是她在精神上給別人當皮球打來打去。她也有這樣的想法：她多受一點精神折磨，可以減輕對我的壓力。其實這是她一片癡心，結果只苦了她自己。我看見她一天天地憔悴下去，我看見她的生命之火逐漸熄滅，我多麼痛心。我勸她，安慰她，我想拉住她，一點也沒有用。

她常常問我：「你的問題什麼時候才解決呢？」我苦笑地說：「總有一天會解決的。」她嘆口氣說：「我恐怕等不到那個時候了。」後來她病倒了，有人勸她打電話找我回家，她不知從哪裡得來的消息，她說：「他在寫檢查，不要打岔他。他的問題大概可以解決了。」等到我從五．七幹校回家休假，她已經不能起床。她還問我檢查寫得怎樣，問題是否可以解決。我當時的確在寫檢查，而且已經寫了好幾次了。他們要我寫，只是為了消耗我的生命。但她怎麼能理解呢？

這時離她逝世不過兩個多月，癌細胞已經擴散，可是我們不知道，想找醫生給她認真檢查一次，也毫無辦法。平日去醫院掛號看門診，等了許久才見到醫生或者實習醫生，隨便給開個藥方就算解決問題。只有在發燒到攝氏三十九度才有資格掛急診號，或者還可以在病人擁擠的觀察室裡待上一天半天。當時去醫院看病找交通工具也很困難，常常是我女婿借了自行車來，讓她坐在車上，他慢慢地推著走。有一次她雇到小三輪車去看病，看好門診回家雇不到車了，只好同陪她看病的朋友一起慢慢地走回來，走走停停，走到街口，她快要倒下了，只得請求行人到我們家通知。她一個表侄正好來探病，就由他去把她背了回家。她希望拍一張X光片子查一查腸子有什麼病，但是辦不到。後來靠了她一位親戚幫忙開後門兩次拍片，才查出她患腸癌。以後又靠朋友設法開後門住進了醫院。她自己還很高興，以為得救了。只有她一個人不知道真實的病情，她在醫院裡只活了三個星期。

我休假回家假期滿了，我又請過兩次假，留在家裡照料病人。最多也不到一個月。我看見她病情日趨嚴重，實在不願意把她丟開不管，我要求延長假期的時候，我們那個單位的一個「工宣隊」頭頭逼著我第二天就回幹校去。我回到家裡，她問起來，我無法隱瞞。她嘆了一口氣，說：「你放心去吧。」她把臉掉過去，不讓我看見她。我女兒、女婿看到這種情景，自告奮勇跑到巨鹿路向那位「工宣隊」頭頭解釋，希望同意我在市區多留些日子照料病人。可是那個頭頭「執法如山」，還說：他不是醫生，留在家裡，有什麼用！「留在家裡對他改造不利！」他們氣憤地回到家中，只說機關不同意，後來才對我傳達了這句「名言」。我還能講什麼呢？明天回幹校去！

整個晚上她睡不好，我更睡不好。出乎意外，第二天一早我那個插隊落戶的兒子在我們房間裡出現了，他是昨天半夜裡到的。他得到了家信，請假回家看母親，卻沒有想到母親病成這樣。我見了他一面，把他母親交給他，就回幹校去了。

在車上我的情緒很不好。我實在想不通為什麼會有這樣的事情。我在幹校待了五天，無法同家裡通消息。我已經猜到她的病不輕了，可是人們不讓我過問她的事情。這五天是多麼難熬的日子！到第五天晚上，在幹校的造反派頭頭通知我們全體第二天一早回市區開會。這樣我才又回到了家，見到了我的愛人。靠了朋友幫忙，她可以住進中山醫院肝癌病房，一切都準備好，她第二天就要住院了。她多麼希望住院前見我一面，我終於回來了。連我也沒有想到她的病情發展得這麼快。我們見了面，我一句話也講不出來。她說了一句：「我到底住院了。」我答說：「你安心治療吧。」她父親也來看她，老人家雙目失明，去醫院探病有困難，可能是來同他的女兒告別了。

我吃過中飯，就去參加給別人戴上反革命帽子的大會，受批判、戴帽子的人不止一個，其中有一個我的熟人王若望同志（註❶），他過去也是作家，不過比我年輕。我們一起在「牛棚」裡關過一個時期，他的罪名是「摘帽右派」。他不服，不聽話，他貼出大字報，聲明「自己解放自己」，因此罪名越搞越大，給捉去關了一個時期不算，還戴上了反革命的帽子監督勞動。在會場裡我一直像在作怪夢。開完會回家，見到蕭珊我感到格外親切，彷彿重回人間。可是她不舒服，不想講話，偶爾講一句半句。我還記得她講了兩次：「我看不到了。」我連聲問她看不到什麼？她後來才說：「看不到你解放了。」我還能再講什麼呢？

我兒子在旁邊，垂頭喪氣，精神不好，晚飯只吃了半碗，像是患感冒。她忽然指著他小聲說：「他怎麼辦呢？」他當時在安徽山區農村已經待了三年半，政治上沒有人管，生活上不能養活自己，而且因為是我的兒子，給剝奪了好些公民權利。他先學會沉默，後來又學會抽菸。我懷著內疚的心情看看他。我後悔當初不該寫小說，更不該生兒育女。我還記得前兩年在痛苦難熬的時候她對我說：「孩子們說爸爸做了壞事，害了我們大家。」這好像用刀子在割我身上的肉。我沒有出聲，我把淚水全吞在肚裡。她睡了一覺醒過來忽然問我：「你明天不去了？」我說：「不去了。」就是那個「工宣隊」頭頭今天通知我不用再去幹校，就留在市區。他還問我：「你知道蕭珊是什麼病？」我答說：「知道。」其實家裡瞞住我，不給我知道真相，我還是從他這句問話裡猜到的。

三

第二天早晨她動身去醫院，一個朋友和我女兒、女婿陪她去。她穿好衣服等候車來。她顯得急躁，又有些留戀，東張張西望望，她也許在想是不是能再看到這裡的一切。我送走她，心上反而加了一塊大石頭。

將近二十天裡，我每天去醫院陪伴她大半天。我照料她，我坐在病床前守著她，同她短短地談幾句話。她的病情惡化，一天天衰弱下去，肚子卻一天天大起來，行動越來越不方便。當時病房裡沒有人照料，生活方面除飲食外一切都必須自理。後來聽同病房的人稱讚她「堅強」，說她每天早晚都默默地掙扎著下了床，走到廁所。醫生對我們談起，病人的身體經不住手術，最怕的是她的腸子堵塞，要是不堵塞，還可以拖延一個時期。她住院後的半個月是一九六六年八月以來我既感痛苦又感到幸福的一段時間，是我和她在一起度過的最後的平靜的時刻，我今天還不能將它忘記。

但是半個月以後，她的病情有了發展，一天吃中飯的時候，醫生通知我兒子找我去談話。他告訴我：病人的腸子給堵住了，必須開刀。開刀不一定有把握，也許中途出毛病。但是不開刀，後果更不堪設想。他要我決定，並且要我勸她同意。我做了決定，就去病房對她解釋。我講完話，她只說了一句：「看來，我們要分別了。」她望著我，眼睛裡全是淚水。我說：「不會的……」我的聲音啞了。接著護士長來安慰她，對她說：「我陪你，不要緊的。」她回答：「你陪我就好。」時間很緊迫，醫生、護士們很快做好了準備，她給送進手術室去了，是她的表侄把她推到手術室門口的。我們就在外面走廊上等了好幾個小時，等到她平安地給送出來，由兒子把她推回到病房去。兒子還在她的身邊守過一個夜晚。過兩天他也病倒了，查出來他患肝炎，是從安徽農村帶回來的。本來我們想瞞住他的母親，可是無意間讓他母親知道了。她不斷地問：「兒子怎麼樣？」我自己也不知道兒子怎麼樣，我怎麼能使她放心呢？晚上回到家，走進空空的、靜靜的房間，我幾乎要叫出聲來：「一切都朝我的頭打下來吧，讓所有的災禍都來吧。我受得住！」

我應當感謝那位熱心而又善良的護士長，她同情我的處境，要我把兒子的事情完全交給她辦。她做好安排，陪他看病、檢查，讓他很快住進別處的隔離病房，得到及時的治療和護理。他在隔離房裡苦苦地等候母親病情的好轉。母親躺在病床上，只能有氣無力地說幾句短短的話，她經常問：「棠棠怎麼樣？」從她那雙含淚的眼睛裡，我明白她多麼想看見她最愛的兒子，但是她已經沒有精力多想了。

她每天給輸血，打鹽水針。她看見我去就斷斷續續地問我：「輸多少西西的血？該怎麼辦？」我安慰她：「你只管放心。沒有問題，治病要緊。」她不止一次地說：「你辛苦了。」我有什麼苦呢？我能夠為我最親愛的人做事情，哪怕做一件小事，我也高興！後來她的身體更不行了。醫生給她輸氧氣，鼻子裡整天插著管子。她幾次要求拿開，這說明她感到難受，但是聽了我們的勸告，她終於忍受下去了。開刀以後她只活了五天。誰也想不到她會去得這麼快！五天中間我整天守在病床前，默默地望著她在受苦（我是設身處地感覺到這樣的），可是她除了兩三次要求搬開床前巨大的氧氣筒，三四次表示擔心輸血較多付不出醫藥費之外，並沒有抱怨過什麼。見到熟人她常有這樣一種表情：請原諒我麻煩了你們。她非常安靜，但並未昏睡，始終睜大兩隻眼睛。眼睛很大，很美，很亮。我望著，望著，好像在望快要燃盡的燭火。我多麼想讓這對眼睛永遠亮下去！我多麼害怕她離開我！我甚至願意為我那十四卷「邪書」受到千刀萬剮，只求她能安靜地活下去。

不久前我重讀梅林寫的《馬克思傳》，書中引用了馬克思給女兒的信裡的一段話，講到馬克思夫人的死。信上說：「她很快就嚥了氣。……這個病具有一種逐漸虛脫的性質，就像由於衰老所致一樣。甚至在最後幾小時也沒有臨終的掙扎，而是慢慢地沉入睡鄉。她的眼睛比任何時候都更大、更美、更亮！」這段話我記得很清楚。馬克思夫人也死於癌症。我默默地望著蕭珊那對很大、很美、很亮的眼睛，我想起這段話，稍微得到一點安慰。聽說她的確也「沒有臨終的掙扎」，也是「慢慢地沉入睡鄉」。我這樣說，因為她離開這個世界的時候，我不在她的身邊。那天是星期天，衛生防疫站因為我們家發現了肝炎病人，派人上午來做消毒工作。她的表妹有空願意到醫院去照料她，講好我們吃過中飯就去接替。沒有想到我們剛剛端起飯碗，就得到傳呼電話，通知我女兒去醫院，說是她媽媽「不行」了。真是晴天霹靂！我和我女兒、女婿趕到醫院。她那張病床上連床墊也給拿走了。別人告訴我她在太平間。我們又下了樓趕到那裡，在門口遇見表妹，還是她找人幫忙把

「嚥了氣」的病人抬進來的。死者還不曾給放進鐵匣子裡送進冷庫，她躺在擔架上，但已經給白布床單包得緊緊的，看不到面容了。我只看到她的名字。我彎下身子，把地上那個還有點人形的白布包拍了好幾下，一面哭著喚她的名字。不過幾分鐘的時間。這算是什麼告別呢？

據表妹說，她逝世的時刻，表妹也不知道。她曾經對表妹說：「找醫生來。」醫生來過，並沒有什麼。後來她就漸漸地「沉入睡鄉」。表妹還以為她在睡眠。一個護士來打針，才發覺她的心臟已經停止跳動了。我沒有能同她訣別，我有許多話沒有能向她傾吐，她不能沒有留下一句遺言就離開我！我後來常常想，她對表妹說「找醫生來」，很可能不是「找醫生」，是「找李先生」（她平日這樣稱呼我）。為什麼那天上午偏偏我不在病房呢？家裡人都不在她身邊，她死得這樣淒涼！

我女婿馬上打電話給我們僅有的幾個親戚。她的弟媳趕到醫院，馬上暈了過去。三天以後在龍華火葬場舉行告別儀式。她的朋友一個也沒有來，因為一則我們沒有通知，二則我是一個審查了將近七年的對象。沒有悼詞，沒有弔客，只有一片傷心的哭聲。我衷心感謝前來參加儀式的少數親友和特地來幫忙的我女兒的兩三個同學，最後，我跟她的遺體告別，女兒望著遺容哀哭，兒子在隔離病房還不知道把他當作命根子的媽媽已經死亡。值得提說的是她當作自己兒子照顧了好些年的一位亡友的男孩從北京趕來，只為了看見她的最後一面。這個整天同鋼鐵打交道的技術員，他的心倒不像鋼鐵那樣。他得到電報以後，他愛人對他說：「你去吧，你不去一趟，你的心永遠安定不了。」我在變了形的她的遺體旁邊站了一會。別人給我和她照了相。我痛苦地想：這是最後一次了，即使給我們留下來很難看的形象，我也要珍視這個鏡頭。

一切都結束了。過了幾天我和女兒、女婿到火葬場，領到了她的骨灰盒。在存放室寄存了三年之後，我按期把骨灰盒接回家裡。有人勸我把她的骨灰安葬，我寧願讓骨灰盒放在我的寢室裡，我感到她仍然和我在一起。

四

夢魘一般的日子終於過去了。六年彷彿一瞬間似的遠遠地落在後面了。其實哪裡是一瞬間！這段時間裡有多少流著血和淚的日子啊。不僅是六年，從我開始寫這篇短文到現在又過去了半年，半年中我經常在火葬場的大廳裡默哀，行禮，為了紀念給「四人幫」迫害致死的朋友。想到他們不能把個人的智慧和才華獻給社會主義祖國，我萬分惋惜。每次戴上黑紗、插上紙花的同時，我也想起我自己最親愛的朋友，一個普通的文藝愛好者，一個成績不大的翻譯工作者，一個心地善良的人。她是我的生命的一部分，她的骨灰裡有我的淚和血。

她是我的一個讀者。一九三六年我在上海第一次同她見面。一九三八年和一九四一年我們兩次在桂林像朋友似的住在一起。一九四四年我們在貴陽結婚。我認識她的時候，她還不到二十，對她的成長我應當負很大的責任。她讀了我的小說，給我寫信，後來見到了我，對我發生了感情。她在中學念書，看見我以前，因為參加學生運動被學校開除，回到家鄉住了一個短時期，又出來進另一所學校。倘使不是為了我，她三七、三八年一定去了延安。她同我談了八年的戀愛，後來到貴陽旅行結婚，只印發了一個通知，沒有擺過一桌酒席。從貴陽我和她先後到了重慶，住在民國路文化生活出版社門市部樓梯下七八個平方米的小屋裡。她託人買了四隻玻璃杯，開始組織我們的小家庭。

她陪著我經歷了各種艱苦生活。在抗日戰爭緊張的時期，我們一起在日軍進城以前十多個小時逃離廣州，我們從廣東到廣西，從昆明到桂林，從金華到溫州，我們分散了，又重見，相見後又別離。在我那兩冊《旅途通訊》中就有一部分這種生活的紀錄。四十年前有一位朋友批評我：「這算什麼文章！」我的《文集》出版後，另一位朋友認為我不應當把它們也收進去。他們都有道理，兩年來我對朋友、對讀者講過不止一次，我決定不讓《文集》重版。但是為我自己，我要經常翻看那兩小冊《通訊》。在那些年代，每當我落在困苦的境地裡、朋友們各奔前程的時候，她總是親切地在我耳邊說：「不要難過，我不會離開你，我在你的身邊。」的確，只有她最後一次進手術室之前她才說過這樣一句：「我們要分別了。」

我同她一起生活了三十多年，但是我並沒有好好地幫助過她。她比我有才華，卻缺乏刻苦鑽研的精神。我很喜歡她翻譯的普希金和屠格涅夫的小說。雖然譯文並不恰當，也不是普希金和屠格涅夫的風格，它們卻是有創造性的文學作品，閱讀它們對我是一種享受。她想改變自己的生活，不願做家庭婦女，卻又缺少吃苦耐勞的勇氣。她聽一個朋友的勸告，得到後來也是給「四人幫」迫害致死的葉以群同志的同意，到《上海文學》「義務勞動」，也做了一點點工作，然而在運動中卻受到批判，說她專門向老作家組稿，又說她是我派去的「坐探」。她為了改造思想，想走捷徑，要求參加「四清」運動，找人推薦到某銅廠的工作組工作，工作相當忙碌、緊張，她卻精神愉快。但是到我快要靠邊的時候，她也被叫回「作協分會」參加運動。她第一次參加這種急風暴雨般的鬥爭，而且是以反動權威家屬的身分參加，她不知道該怎麼辦才好。她張皇失措，坐立不安，替我擔心，又為兒女們的前途憂慮。她盼望什麼人向她伸出援助的手，可是朋友們離開了她，「同事們」拿她當作箭靶，還有人想通過整她來整我。她不是「作協分會」或者刊物的正式工作人員，可是仍然被「勒令」靠邊勞動、站隊掛牌，放回家以後，又給揪到機關。過一個時期，她寫了認罪的檢查，第二次給放回家的時候，我們機關的造反派頭頭卻通知里弄委員會罰她掃街。她怕人看見，每天大清早起來，拿著掃帚出門，掃得精疲力盡，才回到家裡，關上大門，吐了一口氣。但有時她還碰到上學去的小孩，對她叫罵「巴金的臭婆娘」。我偶爾看見她拿著掃帚回來，不敢正眼看她，我感到負罪的心情，這是對她的一個致命的打擊。不到兩個月，她病倒了，以後就沒有再出去掃街（我妹妹繼續掃了一個時期），但是也沒有完全恢復健康。儘管她還繼續拖了四年，但一直到死她並不曾看到我恢復自由。這就是她的最後，然而絕不是她的結局。她的結局將和我的結局連在一起。

我絕不悲觀。我要爭取多活。我要為我們社會主義祖國工作到生命的最後一息。在我喪失工作能力的時候，我希望病榻上有蕭珊翻譯的那幾本小說。等到我永遠閉上眼睛，就讓我的骨灰同她的攙和在一起。

註❶：王若望同志在一九五七年被錯劃為右派（一九六二年摘帽），最近已經改正，恢復名譽。

作者簡介

——巴金（1904-2005），詳見本書頁二二八。

往事三瞥

蕭乾

語言是跟著生活走的。生活變了，有些詞兒就失傳了。即便是土生土長的北京人，要是年紀還不到五十，又沒在像東直門那樣當年的貧民窟住過，他也未必說得出「倒臥」的意思。

乍看，多像陸軍操典裡的一種姿勢。才不是呢！「倒臥」指的是在那苦難的年月裡，特別是冬天，由於飢寒而倒斃北京街頭的窮人。身上照例蓋著半領破蓆頭，等驗屍官填個單子，就抬到城外亂葬崗子埋掉了事。

我上小學的時候，回家放下書包，有時會順口說一聲：「今兒個北新橋頭有個倒臥。」那就像是說「我看見樹上有隻麻雀」那麼習以為常。家裡大人興許會搭訕著問一聲：「老的還是少的？」因為蓆頭往往不夠長，只蓋到餓殍的胸部，下面的腳——甚至膝蓋依然露在外面，所以不難從鞋和褲腿辨識出性別和年齡。那是我最早同死亡的接觸。當時小心坎上常琢磨：要是把「倒臥」趕快抬到熱炕上暖和暖和，餵上他幾口什麼，說不定還會活過來呢！記得曾把這個想法說給一位長者聽，回答是：多那門子事，自找倒楣——活不過來得吃人命官司，活過來你養活下去呀！

難怪有的人一望到「倒臥」，就寧可繞幾步走開。我一般也只是瞅上兩眼，並不像有些孩子那麼停下來。可是有一回我也擠在圍觀者中間了。因為蓆頭裡伸出的那部分從膚色到穿著（儘管破爛，而且沾著泥巴）都不同尋常。從沒見過腿上有那麼密而長的毛毛，他腳上那雙破靴子也挺奇怪。「倒臥」四周已經圍了一圈人，一個叼菸袋鍋子的老大爺嘆了口氣說：「咳，自個兒的家不待，滿世界亂撞！」

不大工夫，驗屍官來了。蓆頭一揭開，我怔住了。這不正是我在東直門大街上常碰見的那個「大鼻子」嗎：枯瘦的臉，隆起的顴骨，深陷的眼眶，脖子上掛根鍊子，下面垂著個十字架。那件絳色破上衣的肘部磨出個大窟窿，露著肉，腰間纏著根破繩子。

驗屍官邊填單子邊唸叨著：「姓名——無，國籍——無，親屬——無。」接著，兩個漢子就把屍首吊在穿心槓上，朝門臉抬去。

那時候我只知道「大鼻子」就是「老毛子」，對他的來由卻一無所知。

後來才明白：十月革命一聲炮響，沙皇的那些王公貴族挾著細軟紛紛逃到巴黎或維也納去當寓公了，他們的司閽、園丁、廚子和僕奴糊裡糊塗地也逃了出來。有些窮白俄就徒步穿過白茫茫的西伯利亞流落到中國，到了北京。由於東直門城根那時有一座蒜頭式的東正教堂，有一簇舉著蠟燭誦經的洋和尚，它就成了這些窮白俄的麥加。剛來時，肩上還搭著塊掛氈什麼的向路人兜售；漸漸地坐吃山空，就乞討起來。這個「大鼻子」就是他們中間的一個。

我最後一次見到「大鼻子」是在那兩天之前的黎明，在羊倌胡同的粥廠前面。像往日一樣，天還漆黑我就給從熱被窩裡硬拽出來。屋子冷得像北極，被窩就像支在冰川上的一頂帳篷，難怪越是往外拽，我越往裡鑽。可是多去一口子就多打一盆子粥，終於還得爬起來，胡亂穿上衣裳。那時候胡同裡沒路燈。於是，就摸著黑，嚓嚓嚓地朝粥廠走去。那一帶靠打粥來貼補的人家有的是。黑咕隆咚的，腳底下又滑，一路上只聽見盆碗磕碰的響聲。

粥廠在羊倌胡同一塊敞地的左端。我同家人一道各挾著個盆子站在隊伍裡。隊伍已經老長了，可粥廠兩扇大門還緊閉著，要等天亮才開。

一九二二年冬天的北京，寒風冷得能把鼻涕眼淚都凍成冰。衣不蔽體的人們一個個跺著腳，搓著手，嘴裡嘶嘶著；老的不住聲地咳嗽，小的冷得哽咽起來。

最擔心的是隊伍長了。因為粥反正只那麼多，放粥的一見人多，就一個勁兒往裡兌水。隨著天色由漆黑變成暗灰，不斷有人回過頭來看看後尾兒有多長。

就在兩天前的拂曉，我聽到後邊吵嚷起來了。「『大鼻子』混進來啦！中國人還不夠打的，你滾出去！」接著又聽到一個聲音：「讓老頭子排著吧，我寧可少喝一勺。」

吵呀吵呀。吵可能也是一種取暖的辦法。

天亮了，粥廠的大門打開了。人們熱切地朝前移動。這時，我回過頭來，看到「大鼻子」垂著頭，挾了個食盒，依依不捨地從隊伍裡退出來，朝東正教堂的方向踱去。他邊走邊用袖子擦著鼻涕眼淚，時而朝我們望望，眼神裡有妒忌，有怨忿，說不定也有悔恨——

一九三九年九月初。

法國郵輪「讓．拉博德」號在新加坡停泊兩個小時加完水之後，就開始了它橫渡印度洋六千海里的漫長航程。離赤道那麼近，陽光是燙人的。海面像一匹無邊無際的藍綢子，閃著銀色的光亮。時而飛魚成群，繞著船頭展翅嬉戲。

船是在歐戰爆發的前一天從九龍啟碇的。多一半乘客都因眼看歐洲要打大仗而退了票。「阿拉米斯」號開到西貢就被法國海軍徵用了。這條船從新埠開出後，三等乘客就只剩下我、一位在阿姆斯特丹中國餐館當廚師的山東人和一個亞麻色頭髮、滿臉雀斑的小夥子。餐廳為了省事，就讓我們也到頭等艙去用飯。

在我心目中，一艘豪華郵輪的餐廳理應充滿歡樂的氣氛。侍者砰砰開著香檳酒，桌面上擺滿佳餚和各色果品。隨著悅耳的樂聲，男女乘客像蝴蝶般地翩然起舞。乘客中間如有位女高音，說不定還會即席唱起她的拿手名曲。

很失望，這是一條陰沉的船，船上載的淨是些愁眉苦臉的人。在餐桌上，他們有時好像不知道刀叉下面是豬肝還是牛排，因為他們全神幾乎都貫注在擴音器上，豎起耳朵傾聽著他們的母親法蘭西的戰爭部署：巴黎實行燈火管制了，徵兵的條例公布了——是的，這是對大部分男乘客切膚的事，因為船一靠碼頭，他們就得分頭去報到，然後，換上軍裝，進入馬奇諾陣線了。女乘客也有自己的苦惱：得忍受空襲，物資的短缺，守著空幃去等待那不可知的命運。他們的眼睛是直呆呆的，心神是恍惚的。一位女乘客碰了丈夫的臂肘一下，說：「親愛的，那是胡椒面！」他正要把小瓶瓶當作糖往咖啡杯裡倒。

正因為大家這麼憂容滿面，就更顯出三等艙裡那個有雀斑的小夥子與眾不同了。他年紀在二十歲左右，是個最合兵役標準的青年。可他成天吹著口哨，進了餐廳就抱著那瓶波爾多喝個不停。酒一喝光，他就興奮地招呼侍者：「添酒啊！」船上雖然沒舉辦舞會，他卻總是在跳著探戈。

每天早晨九點，全船要舉行一次「遇難演習」。哨子一吹，乘客就拿著救生圈到甲板上指定的地點去排隊，把救生圈套在脖頸上，作登上救生艇的準備。我笨手笨腳，小夥子常幫我一把。因為熟了一些，一天我就說：「這條船上的乘客都悶悶不樂，就只有你一個這麼歡蹦亂跳。」

「是啊，」他沉思了一下，朝印度洋啐了口唾沫說：「他們都怕去打仗。我可巴不得打起來。我天天盼！從希特勒一開進捷克就盼起。唉（他得意地尖笑了一聲），可給我盼到了。」

我真以為是在同一個惡魔談話哩，就帶點嚴峻的口氣責問他為什麼喜歡打仗。

「你知道嗎？我是個無國籍的人，」他接著又重複一遍，「無國籍。我媽媽是個白俄舞女（隨說隨在胸前畫了個十字），她可能已不在人世了。我爸爸嗎？（他猴子般地聳了聳肩頭，然後攤開雙手。）不知道。他也許是個美國水兵，也許是個挪威商人。反正我是無國籍。現在我要變成一個有國籍的人。」

「怎麼變法？」他肯於這麼推心置腹，使我感動了。於是，對他也同情起來。

「平常時期？沒門兒。可是如今一打仗，法國缺男人。他們得召雇傭兵。所以（他用一條腿作了個天鵝獨舞的姿勢），我的運氣就來了。船一到馬賽，我就去報名。」

我望著印度洋上的萬頃波濤，摹想著他——一個無國籍的青年，戴著鋼盔，蹲在潮濕的馬奇諾戰壕裡，守候著。要是徵求敢死隊，他準頭一個去報名，爭取立個功。

然而踏在他腳下的並不是他的國土，法蘭西不是他的祖國。他是個沒有祖國的人——

一九四九年初，我站在生命的一個大十字路口上，做出了決定自己和一家命運的選擇。

其實，頭一年這個選擇早已做了。家庭破裂後，正當我急於離開上海之際，劍橋給我來了一封信：大學要成立中文系，要我去講現代中國文學。當時我已參加了作為報紙起義前奏的學習會，政治上從一團漆黑開始瞥見了一線曙光。同時，在國外漂泊了七年，實在不想再出去了。在楊剛的鼓勵下，就寫信回絕了。

一九四九年三月的一天，我正在九龍花墟道寓所裡改著《中國文摘》的稿子，忽然聽到一陣叩門聲。哎呀，劍橋的何倫（註❶）教授氣喘吁吁地來了。他握住我的手解釋說，是報館給的地址。然後坐下來，呷了一口茶，才告訴我這次到香港他負有兩項使命，一個是替大學採購一批中文書籍——他是位連魯迅這個名字也沒聽說過的《詩經》專家，另一項是「親自把你同你們一家接到劍橋」。口氣裡像是很有把握。他認為我那封回絕的信不能算數，因為那時「中國」（他指的是白色的中國）還沒陷到今天的「危境」（指的是平津戰役後國民黨敗潰的局面）。他估計我會重新考慮整個問題。

在劍橋那幾年，這位入了英籍的捷克漢學家對我一直很友好，我常去他家吃茶，還同他度過一個聖誕夜。他一邊切著二十磅重的火雞，一邊談著《詩經》裡「之」字的用法。飯後，他那位曾經是柏林歌劇院名演員的夫人自己彈著鋼琴就唱了起來。在她的指引下，我迷上了西洋古典音樂。

可是當時他所說的「危境」正是我以及全體中國人民所渴望著的黎明。我坦率地告訴他說，我是個土生土長的中國人，中國在重生，我不能在這樣時刻走開。

兩天後，這位最怕爬樓梯的老教授又來了。一坐下他就聲明這回不是代表大學，而是以一個對共產黨有些「了解」的老朋友來對我進行一些規勸。他講的大都是戰後中歐的一些事情：瑪薩里克（註❷）死得「不明不白」啦，匈牙利又出了主教叛國案（註❸）啦。總之，他認為在西方學習過、工作過的人，在共產黨政權下沒有好下場。他甚至哆哆嗦嗦地伸出食指，聲音顫抖地說：「知識分子同共產黨的蜜月長不了，長不了。」隨說隨戲劇性地站了起來，看了看腕上的錶說：「我後天飛倫敦。明天這時候我再來——聽你的回話。」對於我說的「我不會改變主意」的聲明，他概不理睬。他只伸出個毛茸茸的指頭逗了一個搖籃裡的娃娃說：「為了他，你也不能不好好考慮一下。」

西方只有一位何倫，東方的何倫卻不止一位。有的給我送來杜勒斯乃兄寫的一部《斯大林傳》，還特別向我推薦談三五年肅反的那章。有的毛遂自薦當起「參謀」：「你進去容易，出來就難了。延安有老朋友了解你？等鬥你的時候，越是老朋友就越得多來上幾句。別看香港這些大黨員眼下同你老兄長老兄短，等人家當了大官兒，你當了下屬的時候再瞧吧。受了委屈不會讓你像季米特洛夫（註❹）那麼慷慨激昂地當眾講一通的，碰上了德雷福斯（註❺）那樣的案子，也不會出來個左拉替你大聲疾呼。」

於是，參謀出起主意了：「上策嘛，接下劍橋的聘書，將來盡可以回去做客。共產黨的客人可比當幹部舒服。中策？當個半客人——要求暫時留在香港工作，那樣你還可以保持現在的生活方式，又可以受到一定的禮遇，同時靜觀一下再說。反正憑你這個燕京畢業，在外國又待過七年的，不把你打成間諜特務，也得罵你一頓『洋奴』！」

那一宿，我服過三次安眠藥也不管事。上半夜是那一句句的「忠告」像幾十條蛇在我心裡亂鑽。後半夜我只要一闔上眼，就閃出一幅圖畫，時而黑白，時而帶朦朧彩色，反正是塊破蓆頭，下面伸出兩隻腳。搖籃裡的娃娃似乎也在作著噩夢。他無緣無故地忽然抽噎起來，從他那委屈的哭聲裡，我彷彿聽到「我要國籍」。

天亮了，青山在窗外露出一片赭色。我坐起來，頭腦清醒了一些。

兩小時後，我去馬寶道（註❻）了。臨走留下個短札給何倫教授：「報館有急事，不能如約等候，十分抱歉。更抱歉的是害你白跑三趟。我仍不改變主意。」

八月底的一天，我把行李集中到預先指定的地點，一家人就登上「華安輪」，隨地下黨經青島來到開國前夕的北京。

三十個寒暑過去了。這的確是不平靜也是不平凡的三十年。在最絕望的時刻，我從沒後悔過自己在生命那個大十字路口上所邁的方向。今天，只覺得感情的基礎比那時深厚了，想的積極了——不止是不當白華，而是要把自己投入祖國重生這一偉大事業中。

註❶：Guetav Haloun，英國劍橋大學中文系教授。

註❷：捷克解放後第一任外交部長，跳樓自殺。

註❸：匈牙利紅衣主教敏岑蒂被控叛國，株連多人。

註❹：保加利亞共產黨員，三十年代在柏林國會縱火案中被誣，他在法庭上慷慨激昂地痛斥誣陷者。

註❺：德雷福斯是猶太血統的法國軍官。一八九四年被法國軍事當局誣告。作家左拉因而寫了〈我控訴！〉一文。一八九九年德雷福斯被政府宣告無罪。

註❻：《中國文摘》編輯部所在地，在香港北角。

作者簡介

——蕭乾（1910-1999），原名蕭秉乾，化名蕭若萍。祖籍黑龍江省興安嶺地區，生於北京，蒙古族。先後就讀於北京輔仁大學、燕京大學、英國劍橋大學。歷任《人民中國》（英文版）副主編、《譯文》雜誌編輯部副主任、《文藝報》副總編等職，中國作家協會理事、全國政協委員、中央文史館館長等。一九三五年進入《大公報》當記者。一九三九年任倫敦大學東方學院講師，兼任《大公報》駐英記者，是二戰時期歐洲戰場中國戰地記者之一。一九四九年後，主要從事文學翻譯工作。著有《負笈劍橋》、《我這兩輩子》、《過路人》、《一個中國記者看二戰》、《未帶地圖的旅人：蕭乾回憶錄》、《蕭乾文學回憶錄》等；譯作有《尤利西斯》、《莎士比亞戲劇故事集》、《好兵帥克》等。《尤利西斯》曾獲第二屆外國文學圖書三等獎。

下放記別

1981

楊絳

中國社會科學院，以前是中國科學院哲學社會科學部，簡稱學部。我們夫婦同屬學部；默存在文學所，我在外文所。一九六九年，學部的知識分子正在接受「工人、解放軍宣傳隊」的「再教育」。全體人員先是「集中」住在辦公室裡，六、七人至九、十人一間，每天清晨練操，上下午和晚飯後共三個單元分班學習。過了些時候，年老體弱的可以回家住，學習時間漸漸減為上下午兩個單元。我們倆都搬回家去住，不過料想我們住在一起的日子不會長久，不日就該下放幹校了。幹校的地點在紛紛傳說中逐漸明確，下放的日期卻只能猜測，只能等待。

我們倆每天各在自己單位的食堂排隊買飯吃。排隊足足要費半小時；回家自己做飯又太費事，也來不及。工、軍宣隊後來管束稍懈，我們經常中午約會同上飯店。飯店裡並沒有好飯吃，也得等待；但兩人一起等，可以說說話。那年十一月三日，我先在學部大門口的公共汽車站等待，看見默存雜在人群裡出來。他過來站在我旁邊，低聲說：「待會兒告訴你一件大事。」我看看他的臉色，猜不出什麼事。

我們擠上了車，他才告訴我：「這個月十一號，我就要走了。我是先遣隊。」

儘管天天在等待行期，聽到這個消息，卻好像頭頂上著了一個焦雷。再過幾天是默存虛歲六十生辰，我們商量好：到那天兩人要吃一頓壽麵慶祝。再等著過七十歲的生日，只怕輪不到我們了。

可是只差幾天，等不及這個生日，他就得下幹校。

「為什麼你要先遣呢？」

「因為有你。別人得帶著家眷，或者安頓了家再走；我可以把家撂給你。」

幹校的地點在河南羅山，他們全所是十一月十七日走。

我們到了預定的小吃店，叫了一個最現成的沙鍋雞塊——不過是雞皮雞骨。我舀些清湯泡了半碗飯，飯還是噎不下。

只有一個星期置備行裝，可是默存要到末兩天才得放假。我倒藉此賴了幾天學，在家收拾東西。這次下放是所謂「連鍋端」——就是拔宅下放，好像是奉命一去不復返的意思。沒用的東西、不穿的衣服、自己寶貴的圖書、筆記等等，全得帶走，行李一大堆。當時我們的女兒阿圓、女婿得一，各在工廠勞動，不能叫回來幫忙。他們休息日回家，就幫著收拾行李，並且學別人的樣，把箱子用粗繩子密密纏綑，防旅途摔破或壓塌。可惜能用粗繩子纏綑保護的，只不過是木箱、鐵箱等粗重行李；這些木箱、鐵精，確也不如血肉之軀經得起折磨。

經受折磨，就叫鍛鍊；除了準備鍛鍊，還有什麼可準備的呢？準備的衣服如果太舊，怕不經穿；如果太結實，怕洗來費勁。我久不縫紉，胡亂把耐髒的綢子用縫衣機做了個毛毯的套子，準備經年不洗。我補了一條袴子，坐處像個布滿經線、緯線的地球儀，而且厚如龜殼。默存倒很欣賞，說好極了，穿上好比隨身帶著個座兒，隨處都可以坐下。他說，不用籌備得太周全，只需等我也下去，就可以看照他。至於家人團聚，等幾時阿圓和得一鄉間落戶，待他們迎養吧。

轉眼到了十一日先遣隊動身的日子。我和阿圓、得一送行。默存隨身行李不多，我們找個旮旯兒兒歇著等待上車。候車室裡，鬧嚷嚷、亂哄哄人來人往；先遣隊的領隊人忙亂得只恨分身無術，而隨身行李太多的，只恨少生了幾雙手。得一忙著放下自己拿的東西，去幫助隨身行李多得無法擺布的人。默存和我看他熱心為旁人效力，不禁讚許新社會的好風尚，同時又互相安慰說：得一和善忠厚，阿圓有他在一起，我們可以放心。

得一揹著、拎著別人的行李，我和阿圓幫默存拿著他的幾件小包小袋，排隊擠進月臺，擠上火車，找到個車廂安頓了默存。我們三人就下車，癡癡站著等火車開動。

我記得從前看見坐海船出洋的旅客，登上擺渡的小火輪，送行者就把許多彩色的紙帶拋向小輪船；小船慢慢向大船開去，那一條條彩色的紙帶先後迸斷，岸上就拍手歡呼。也有人在歡呼聲中落淚；迸斷的彩帶好似迸斷的離情。這番送人上幹校，車上的先遣隊和車下送行的親人，彼此間的離情假如看得見，就絕不是彩色的，也不能一迸就斷。

默存走到車門口，叫我們回去吧，別等了。彼此遙遙相望，也無話可說。我想，讓他看我們回去還有三人，可以放心釋念，免得火車馳走時，他看到我們眼裡，都在不放心他一人離去。我們遵照他的意思，不等車開，先自走了。幾次回頭望望，車還不動，車下還是擠滿了人。我們默默回家；阿圓和得一接著也各回工廠。他們同在一校而不同系，不在同一個工廠勞動。

過了一兩天，文學所有人通知我，下幹校的可以帶自己的床，不過得用繩子纏綑好，立即送到學部去。粗硬的繩子要纏綑得服貼，關鍵在繩子兩頭；不能打結子，得把繩頭緊緊壓在繩下。這至少得兩人一齊動手才行。我只有一天的期限，一人請假在家，把自己的小木床拆掉。左放、右放，怎麼也無法綑在一起，只好分別綑；而且我至少還欠一隻手，只好用牙齒幫忙。我用細繩縛住粗繩頭，用牙咬住，然後把一隻床分三部分綑好，各件重複寫上默存的名字。小小一隻床分拆了幾部，就好比兵荒馬亂中的一家人，只怕一出家門就彼此失散，再聚不到一處去。據默存來信，那三部分重新團聚一處，確也害他好生尋找。

文學所和另一所最先下放。用部隊的詞兒，不稱「所」而稱「連」。兩連動身的日子，學部敲鑼打鼓，我們都放了學去歡送。下放人員整隊而出；紅旗開處，俞平老和俞師母領隊當先。年逾七旬的老人了，還像學齡兒童那樣排著隊伍，遠赴幹校上學，我看著心中不忍，抽身先退；一路回去，發現許多人缺乏歡送的熱情，也紛紛回去上班。大家臉上都漠無表情。

我們等待著下幹校改造，沒有心情理會什麼離憂別恨，也沒有閒暇去品嘗那「別是一般」的「滋味」。學部既已有一部分下了幹校，沒下去的也得加緊幹活兒。成天坐著學習，連「再教育」我們的「工人師父」們也膩味了。有一位二十二、三歲的小「師父」嘀咕說：「我天天在爐前鍊鋼，並不覺得勞累；現在成天坐著，屁股也痛，腦袋也痛，渾身不得勁兒。」顯然鍊人比鍊鋼費事；「坐冷板凳」也是一項苦工夫。

鍊人靠體力勞動。我們挖完了防空洞——一個四通八達的地下建築，就把圖書搬來搬去。綑，紮，搬運，從這樓搬到那樓，從這處搬往那處；搬完自己單位的圖書，又搬別單位的圖書。有一次，我們到一個積塵三年的圖書館去搬出書籍、書櫃、書架等，要騰出屋子來。有人一進去給塵土嗆得連打了二十來個嚏噴。我們儘管戴著口罩，出來都滿面塵土，咳吐的盡是黑痰。我記得那時候天氣已經由寒轉暖而轉熱。沉重的鐵書架、沉重的大書櫥、沉重的卡片櫃——卡片屜內滿滿都是卡片，全都由年輕人狠命用肩膀打，貼身的衣衫磨破，露出肉來。這又使我驚歎，最經磨的還是人的血肉之軀！

弱者總占便宜；我只幹些微不足道的細事，得空就打點包裹寄給幹校的默存。默存得空就寫家信；三言兩語，斷斷續續，白天黑夜都寫。這些信如果保留下來，如今重讀該多麼有趣！但更有價值的書信都毀掉了，又何惜那幾封。

他們一下去，先打掃了一個士積塵封的勞改營。當晚睡在草鋪上還覺燠熱。忽然一場大雪，滿地泥濘，天氣驟寒。十七日大隊人馬到來，八十個單身漢聚居一間屋裡，分睡在幾個炕上。有個跟著爸爸下放的淘氣小男孩兒，臨睡常繞炕撒尿一匝，為炕上的人「施肥」。休息日大家到鎮上去買吃的：有燒雞，還有煮熟的烏龜。我問默存味道如何？他卻沒有嘗過，只悄悄做了幾首打油詩寄我。

羅山無地可耕，幹校無事可幹。過了一個多月，幹校人員連同家眷又帶著大堆箱籠物件，搬到息縣東岳。地圖上能找到息縣，卻找不到東岳。那兒地僻人窮，冬天沒有燃料生火爐子，好多女同志臉上生了凍瘡。洗衣服得蹲在水塘邊上「投」。默存的新襯衣請當地的大娘代洗，洗完就不見了。我只愁他跌落水塘；能請人代洗，便賠掉幾件衣服也值得。

在北京等待上幹校的人，當然關心幹校生活，常叫我講些給他們聽。大家最愛聽的是何其芳同志吃魚的故事。當地竭澤而漁，食堂改善伙食，有紅燒魚。其芳同志忙拿了自己的大漱口杯去買了一份；可是吃來味道很怪，越吃越怪。他撈起最大的一塊想嘗個究竟，一看原來是還未泡爛的藥肥皂，落在漱口杯裡沒有拿掉。大家聽完大笑，帶著無限同情。他們也告訴我一個笑話，說鐵鍾書和丁X X兩位一級研究員，半天燒不開一鍋爐水！我代他們辯護：鍋爐設在露天，大風大雪中，燒開一鍋爐水不是容易。可是笑話畢竟還是笑話。

他們過年就開始自己造房。女同志也拉大車，脫坯，造磚，蓋房，充當壯勞力。默存和俞平伯先生等幾位「老弱病殘」都在免役之列，只幹些打雜的輕活兒。他們下去八個月之後，我們的「連」才下放。那時候，他們已住進自己蓋的新屋。

我們「連」是一九七〇年七月十二日動身下幹校的。上次送默存走，有我和阿圓還有得一。這次送我走，只剩了阿圓一人；得一已於一月前自殺去世。

得一承認自己總是「偏右」一點，可是他說，實在看不慣那伙過左派。他們大學裡開始圍剿「五一六」的時候，幾個有「五一六」之嫌的過左派供出得一是他們的「組織者」，「五一六」的名單就在他手裡。那時候得一已回校，阿圓還在工廠勞動；兩人不能同日回家。得一末了一次離開我的時候說：「媽媽，我不能對群眾態度不好，也不能頂撞宣傳隊；可是我絕不能捏造個名單害人，我也不會撒謊。」他到校就失去自由。階級鬥爭如火如荼，阿圓等在廠勞動的都返回學校。工宣隊領導全系每天三個單元鬥得一，逼他交出名單。得一就自殺了。

阿圓送我上了火車，我也促她先歸，別等車開。她不是一個脆弱的女孩子，我該可以放心撇下她。可是我看著她踽踽獨歸的背影，心上淒楚，忙閉上眼睛；閉上了眼睛，越發能看到她在我們那破殘凌亂的家裡，獨自收拾整理，忙又睜開眼。車窗外已不見了她的背影。我又闔上眼，讓眼淚流進鼻子，流入肚裡。火車慢慢開動，我離開了北京。

幹校的默存又黑又瘦，簡直換了個樣兒，奇怪的是我還一見就認識。

我們幹校有一位心直口快的黃大夫。一次默存去看病，她看他在簽名簿上寫上錢鍾書的名字，怒道：「胡說！你什麼錢鍾書！錢鍾書我認識！」默存一口咬定自己是錢鍾書。黃大夫說：「我認識錢鍾書的愛人。」默存經得起考驗，報出了他愛人的名字。黃大夫還待信不信，不過默存是否冒牌也沒有關係，就不再爭辯。事後我向黃大夫提起這事，她不禁大笑說：「怎麼的，全不像了。」

我記不起默存當時的面貌，也記不起他穿的什麼衣服，只看見他右下頷一個紅疱，雖然只有榛子大小，形狀卻崢嶸險惡：高處是亮紅色，低處是暗黃色，顯然已經灌膿。我吃驚說：「啊呀，這是個疽吧？得用熱敷。」可是誰給他做熱敷呢？我後來看見他們的紅十字急救藥箱，紗布上、藥棉上盡是泥手印。默存說他已經生過一個同樣的外疹，領導上級讓他休息了幾天，並叫他改行不再燒鍋爐。他目前白天看管工具，晚上巡夜。他的頂頭上司因我去探親，還特地給了他半天假。可是我的排長卻非常嚴厲，只讓我隨人去探望一下，吩咐我立即回隊。默存送我回隊，我們沒說得幾句話就分手了。得一去世的事，阿圓和我暫時還瞞著他，這時也未及告訴。過了一兩天他來信說：那個疱兒是疽，穿了五個孔。幸虧打了幾針也漸見痊好。

我們雖然相去不過一小時的路程，卻各有所屬，得聽指揮、服從紀律，不能隨便走動，經常只是書信來往，到休息日才許探親。休息日不是星期日；十天一次休息，稱為大禮拜。如有事，大禮拜可以取消。可是比了獨在北京的阿圓，我們就算是同在一處了。

作者簡介

——楊絳（1911-2016），本名楊季康，祖籍江蘇無錫，生於北京。一九三二年畢業於蘇州東吳大學。一九三五年與錢鍾書結婚，同年兩人至英國留學，一九三七年轉赴法國。一九三八年回國，先後任振華女校上海分校校長、上海震旦女子文理學院教授。一九四九年後，任清華大學教授、中國社會科學院外國文學所研究員等。著有長篇小說《洗澡》、《洗澡之後》；短篇小說集《倒影集》；散文集《幹校六記》、《我們仨》、《走到人生邊上》；劇本《稱心如意》、《弄假成真》；論文集《春泥集》、《關於小說》等。譯有《堂吉訶德》、《小癩子》、《吉爾．布拉斯》等。

五味巷

賈平凹

長安城內有一條巷：北邊為頭，南邊為尾，千百米長短；五丈一棵小柳，十丈一棵大柳。那柳都長得老高，一直突出兩層木樓，巷面就全陰了，如進了深谷峽底；天只剩下一帶，又盡被柳條割成一道兒的，一溜兒的。路燈就藏在樹中，遠看隱隱約約，羞澀像雲中半露的明月，近看光芒成束，乍長乍短在綠縫裡激射。在巷頭一抬腳起步，巷尾就有了響動，背著燈往巷裡走，身影比人長，越走越長，人還在半巷，身影已到巷尾去了。巷中並無別的建築，一堵側牆下，孤零零站一竿鐵管，安有龍頭，那便是水站了；水站常常斷水，家家少不了備有水甕、水桶、水盆，水站來了水，一個才會說話的孩子喊一聲「水來了！」全巷便被調動起來。缺水時節，地震時期，巷裡是一個神經，每一個人都可以當將軍。買高檔商品，是要去西大街、南大街，但生活日用，卻極方便：巷北口就有了四間門面，一間賣醋，一間賣椒，一間賣鹽，一間賣鹼；巷南口又有一大鋪，專售甘蔗，最受孩子喜愛，每天門口擁集很多，來了就趕，趕了又來。巷本無名，借得巷頭巷尾酸辣苦甜鹹，便「五味，五味」，從此命名叫開了。

這巷子，離大街是最遠的了，車從未從這裡路過，或許就最保守著古老，也因保守的成分最多，便一直未被人注意過，改造過。但居民卻看重這地方，住戶越來越多，門窗越安越稠。東邊木樓，從北向南，一百二十戶，西邊木樓，從南向北，一百零三戶。門上窗上，掛竹簾的，吊門簾的，搭涼棚的，遮雨布的，一入巷口，各人一眼就可以看見自己門窗的標誌。樓下的房子，沒有一間不陰暗，樓上的房子，沒有一間不裂縫；白天人人在巷裡忙活，夜裡就到每一個門窗去，門窗雜亂無章，卻誰也不曾走錯過。房間裡，布幔拉開三道，三代界線劃開；一張木床，妻子，兒子，香甜了一個家庭，屋外再吵再鬧，也徹夜酣眠不醒了。

城內大街是少栽柳的，這巷裡柳就覺得稀奇。冬天過去，春天幾時到來，城裡沒有山河草林，唯有這巷子最知道。忽有一日，從遠遠的地方向巷中一望，一巷迷迷的黃綠，忍不住叫一聲「春來了！」巷裡的人倒覺得來得突然，近看那柳枝，卻不見一片綠葉，以為是迷了眼兒。再從遠處看，那黃黃的、綠綠的，又瀰漫在巷中。這奇觀兒曾惹得好多人來，看了就嘆，嘆了就折，巷中人就有了制度：君子動眼不動手。只有遠道的客人難得來了，才折一枝、二枝送去瓶插。瓶要瓷瓶，水要淨水，在茶桌几案上置了，一夜便皮兒全綠，一天便嫩芽暴綻，三天吐出幾片綠葉，一直可以長出五指長短，不肯脫落，秀娟如美人的長眉。

到了夏日，柳樹上全掛了葉子，枝條柔軟修長如長髮，數十縷一撮，數十撮一道，在空中吊了綠簾，巷面上看不見樓上窗，樓窗裡卻看清巷道人。只是天愈來愈熱，家家門窗對門窗，火爐對火爐，巷裡熱氣散不出去，人就全到了巷道。天一擦黑，男的一律褲頭，女的一律裙子，老人孩子無顧忌，便赤著上身，將那竹床、竹椅、竹席、竹凳，巷道兩邊擺嚴，用水嘩地潑了，仄身躺著臥著上去，茶一碗一碗喝，扇一時一刻搖，旁邊還放盆涼水，一刻鐘去擦一次。有月，白花花一片，無月，煙火頭點點，一直到了夜闌，大酣的，低談的，坐的，躺的，橫七豎八，如到了青島的海灘。

若是秋天，這裡便最潮濕，磚塊鋪成的路面上，人腳踏出坑凹，每一個磚縫都長出野草，又長不出磚面，就嵌滿了磚縫，自然分出一塊一塊的綠的方格兒。房基都很潮，外面的磚牆上印著泛潮後一片一片的白漬，內屋腳地，濕濕蟲繁生，半夜小解一拉燈，滿地濕濕蟲亂跑，使人毛骨悚然，正待要捉，卻霎時無影。難得的卻有了鳴叫的蛐蛐，水泥大樓上、柏油街道上都有著蛐蛐，這磚縫、木隙裡卻是牠們的家園。孩子們喜愛，大人也不去捕殺，夜裡懶散地坐在家中，倒聽出一種生命之歌，歡樂之歌。三天，五天，秋雨就落一場，風一起，一巷乒乒乓乓，門窗皆響，索索瑟瑟，枯葉亂飛，雨絲接著斜斜下來，和柳絲一同飄落，一會拂到東邊窗下，一會拂到西邊窗下。末了，雨戛然而止，太陽又出來，復照玻璃窗上，這兒一閃，那兒一亮，兩邊人家的動靜，各自又對映在玻璃上，如演電影，自有了天然之趣。

孩子們是最盼著冬天的。天上下了雪，在樓上窗口伸手一抓，便抓回幾朵雪花，五角形的，七角形的，十分好看，湊近鼻子聞聞有沒有香氣，卻倏忽就沒了。等雪在柳樹下積得厚厚的了，看見有相識的打下邊過，動手一扯那柳枝，雪塊就嘩地砸下，並不生疼，卻吃一大驚，樓上樓下就樂得大呼小叫。逢著一個好日頭，家家就忙著打水洗衣，木盆都放在門口，女的揉，男的塗，花花彩彩的衣服全在樓窗前用竹竿挑起，層層疊疊，如辦展銷。風翻動處，常露出姑娘俊俏俏白臉，立即又不見了，唱幾句細聲細氣的電影插曲，逗起過路人好多遐想。偶爾就又有頑童惡作劇，手握一小圓鏡，對巷下人一照，看時，頭兒早縮了，在木樓裡嗤嗤癡笑。

這裡每一個家裡，都在體現著矛盾的統一：人都肥胖，而樓梯皆瘦，兩個人不能並排，提水桶必須雙手在前；房間都小，而立櫃皆大，向高空發展，亂七八糟東西一古腦全塞進去；工資都少，而開銷皆多，上養老，下育小，兩個錢頂一個錢花，自由市場的鮮菜吃不起，只好跑遠道去國營菜場排隊；地位都低，而心性皆高，家家看重孩子學習，巷內有一位老教師，人人器重。當然沒有高幹，中幹住在這裡，小車不會來的，也就從不見交通警察，也不見一次戒嚴。他們在外從不管教別人，在家也不受人教管：夫妻平等，男回來早男做飯，女回來早女做飯。他們也談論別人住水泥樓上的單元，但末了就數說那單元房住了憋氣：一進房，門「砰」地關了，一座樓分成幾十個世界。也談論那些後有後院，前有籬笆花園的人家，但末了就又數說那平房住不慣：鄰人相見，而不能相逾。他們害怕那種隔離，就越發維護著親近，有生人找一家，家家都說得清楚：走哪個門，上哪個梯，拐哪個角，穿哪個廊。誰家娶媳婦，鞭炮一響，兩邊樓上樓下伸頭去看，樂事的剪一把彩紙屑，撒下新郎新娘一頭喜，夜裡去看鬧新房，吃一顆喜糖，說十句吉祥。誰說不出誰家大人的小名，誰家小孩的脾性呢？

他們沒有兩家是鄉黨的，漢、回、滿，各種風俗。也沒有說一種方言的，北京、上海、河南、陝西，南腔北調。人最雜，語言豐富，孩子從小就會說幾種話，各家都會炒幾種風味菜，除了外國人，哪兒的來人都能交談，哪兒來的劇團，都要去看。坐在巷中，眼不能看四方，耳卻能聽八面，城內哪個商場辦展銷，哪個工廠辦技術夜校，哪個書店賣高考複習資料，只要一家知道，家家便知道。北京開了什麼會，他們要議論，某個球隊出國得了冠軍，他們要歡呼，哪個高幹搞走私，他們要咒罵。議完了，笑完了，罵完了，就各自回家去安排各家的事情，因為房小錢少，夫妻也有吵的，孩子也有哭的。但一陣雷鳴電閃，立即便風平浪靜，妻子依舊是乳，丈夫依舊是水，水乳交融，誰都是誰的俘虜；一個不笑，一個不走，兩個笑了，孩子就樂，出來給人說：爸叫媽是冤家，媽叫爸是對頭。

早上，是這個巷子最忙的時候。男的去買菜，排了豆腐隊，又排蘿蔔隊，女的給孩子穿衣餵奶，去爐子上燒水做飯。一家人匆匆吃了，但收拾打扮卻費老長時間：女的頭髮要油光鬆軟，褲子要線楞不倒，男子要領齊帽端，鞋光襪淨，夫妻各自是對方的鏡子，一切滿意了，一溜一行自行車扛下樓，一聲叮鈴，千聲呼應，頭尾相接，出巷去了。中午巷中人少，孩子可以隔巷道打羽毛球。黃昏來了，巷中就一派悠閒：老頭去喂鳥兒，小夥去養魚，女人最喜育花。鳥籠就掛滿樓窗和柳欉上，魚缸是放在走廊、臺階上，花盆卻苦於沒處放，就用鐵絲木板在窗外淩空吊一個涼臺。這裡的姑娘和月季，突然被發現，立即成了長安城內之最，五年之中，姑娘被各劇團吸收了十人，月季被植物園專家參觀了五次。

就是這麼個巷子，開始有了聲名，參觀者愈來愈多了。八一年冬，我由郊外移居城內，天天上下班，都要路過這巷子，總是帶了油鹽醬醋瓶，去那巷頭四間門面捎帶，吃醋椒是酸辣，嘗鹽鹼是鹹苦。進了巷口，一直往南走，短短小巷，卻用去我好多時間。走一步，看一步，想一步，千縷思緒，萬般感想。出了南巷口，見孩子們又擁在甘蔗鋪前啃甘蔗，吃得有滋有味，小孩吃，大人也吃。我便不禁兩耳下陷坑，滿口生津，走去也買一根，果然水分最多，糖分最濃，且甜味最長。

記於一九八二年七月二日靜虛村

作者簡介

——賈平凹（1952-），出生於陝西省丹鳳縣棣花鎮，畢業於西北大學中文系。曾任西安建築科技大學人文學院院長、文學院院長，現為全國人大代表、陝西省作家協會主席、《延河》及《美文》雜誌主編。曾獲茅盾文學獎、魯迅文學獎、全國優秀短篇小說獎、全國優秀中篇小說獎、全國優秀散文獎等數十個文學獎，以及美國美孚飛馬文學獎、法國費米娜文學獎、香港紅樓夢獎、法蘭西文學藝術騎士勛章等。出版作品有《賈平凹文集》二十四卷，代表作有長篇小說《商州》、《廢都》、《秦腔》、《高興》、《古爐》、《老生》、《極花》、《山本》等；中短篇小說集《山地筆記》、《晚唱》、《匪事》等；散文集《靜水流深》、《自在獨行》、《商州往事》等。作品被翻譯成英、法、德、俄、日、韓、越文等出版三十餘種，被改編電影、電視、話劇等二十餘種。

憶白石老人

艾青

一九四九年我進北京城不久，就打聽白石老人的情況，知道他還健在，我就想看望這位老畫家。我約了沙可夫和江豐兩個同志，由李可染同志陪同去看他，他住在西城跨車胡同十三號。進門的小房間住了一個小老頭子，沒有鬍子，後來聽說是清皇室的一名小太監，給他看門的。

當時，我們三個人都是北京軍事管制委員會的文化接管委員，穿的是軍裝，臂上戴臂章，三個人去看他，難免要使老人感到奇怪。經李可染介紹，他接待了我們。我馬上向前說：「我在十八歲的時候，看了老先生的四張冊頁，印象很深，多年都沒有機會見到你，今天特意來拜訪。」

他問：「你在哪兒看到我的畫？」

我說：「一九二八年，已經二十一年了，在杭州西湖藝術院。」

他問：「誰是藝術院院長？」

我說：「林風眠。」

他說：「他喜歡我的畫。」

這樣他才知道來訪者是藝術界的人，親近多了，馬上叫護士研墨，戴上袖子，拿出幾張紙給我們畫畫。他送了我們三個人每人一張水墨畫，兩尺琴條。給我畫的是四隻蝦，半透明的，上畫有兩條小魚。題款：

「艾青先生雅正　八十九歲白石」，印章「白石翁」，另一方「吾所能者樂事」。

我們真高興，帶著感激的心情和他告別了。

我當時是接管中央美術學院的軍代表。聽說白石老人是教授，每月到學校一次，畫一張畫給學生看，作示範表演。有學生提出要把他的工資停掉。

我說：「這樣的老畫家，每月來一次畫一張畫，就是很大的貢獻。日本人來，他沒有餓死。國民黨來，也沒有餓死。共產黨來，怎麼能把他餓死呢？」何況美院院長徐悲鴻非常看重他，收藏了不少他的畫，這樣的提案當然不會採納。

老人一生都很勤奮，木工出身，學雕花，後來學畫。他已畫了半個多世紀了，技巧精練，而他又是個愛創新的人，畫的題材很廣泛：山水、人物、花鳥蟲魚。沒有看見他臨摹別人的。他具有敏銳的觀察力，記憶力特別強，能準確地捕捉形象。他有一雙顯微鏡的眼睛，早年畫的昆蟲，纖毫畢露，我看見他畫的飛蛾，伏在地上，滿身白粉，頭上有兩瓣觸鬚；他畫的蜜蜂，翅膀好像有嗡嗡的聲音；畫知了、蜻蜓的翅膀，像薄紗一樣；他畫的蚱蜢，大紅大綠，很像後期印象派的油畫。

他畫雞冠花，也畫牡丹，但他和人家的畫法不一樣，大紅花，筆觸很粗，葉子用黑墨只幾點；他畫絲瓜、窩瓜；特別愛畫葫蘆；他愛畫殘荷，看看很亂，但很有氣勢。

有一張他畫的向日葵。題：

「齊白石居京師第八年畫」，印章「木居士」。題詩：

「茅檐矮矮長葵齊，雨打風搖損葉稀。乾旱猶思晴暢好，傾心應向日東西。白石山翁燈昏又題」，印章「白石翁」。

有一張柿子，粗枝大葉，果實赭紅，寫「杏子塢老民居京華第十一年矣　丁卯」，印章「木人」。

他也畫山水，沒有見他畫重巒疊嶂，多是平日容易見到的。他一張山水畫上題：「予用自家筆墨寫山水，然人皆余為糊塗，吾亦以為然。白石山翁並題」，印章「白石山翁」。

後在畫的空白處寫「此幅無年月，是予二十年前所作者，今再題。八十八白石」，印章「齊大」。

事實是他不願畫人家畫過的。

我在上海朵雲軒買了一張他畫的一片小松林，二尺的水墨畫，我拿到和平書店給許麟廬看，許以為是假的，我要他一同到白石老人家，掛起來給白石老人看。我說：「這畫是我從上海買的，他說是假的，我說是真的，你看看……」他看了之後說：「這個畫人家畫不出來的。」署名齊白石，印章是「白石翁」。

我又買了一張八尺的大畫，畫的是沒有葉子的松樹，結了松果，上面題了一首詩：「松針已盡蟲猶瘦，松子餘年綠似苔。安得老天憐此樹，雨風雷電一起來。阿爺嘗語，先朝庚午夏，星塘老屋一帶之松，為蟲食其葉。一日，大風雨雷電，蟲盡滅絕。丁巳以來，借山館後之松，蟲食欲枯。安得庚午之雷雨不可得矣。辛酉春正月畫此並題記之。三百石印富翁五過都門」，下有八字：「安得之安字本欲字」，印章「白石翁」。

他看了之後竟說：「這是張假畫。」

我卻笑著說：「這是昨天晚上我一夜把它趕出來的。」他知道騙不了我，就說：「我拿兩張畫換你這張畫。」我說：「你就拿二十張畫給我，我也不換。」他知道這是對他畫的讚賞。

這張畫是他七十多歲時的作品。他拿了放大鏡很仔細地看了說：「我年輕時畫畫多麼用心呵。」

一張畫了九隻麻雀在亂飛。詩題：

「葉落見藤亂，天寒入鳥音。老夫詩欲鳴，風急吹衣襟。枯藤寒雀從未有，既作新畫，又作新詩。借山老人非懶輩也。觀畫者老何郎也。」印章「齊大」。

看完畫，他問我：「老何郎是誰呀？」

我說：「我正想問你呢。」他說：「我記不起來了。」這張畫是他早年畫的，有一顆大印「甑屋」。

我曾多次見他畫小雞，毛茸茸，很可愛；也見過他畫的魚鷹，水是綠的，鑽進水裡的，很生動。

他對自己的藝術是很欣賞的，有一次，他正在畫蝦，用筆在紙上畫了一根長長的頭髮粗細的鬚，一邊對我說：「我這麼老了，還能畫這樣的線。」

他掛了三張畫給我看，問我：「你說哪一張好？」我問他：「這是幹什麼？」他說：「你懂得。」

我曾多次陪外賓去訪問他。有一次，他很不高興，我問他為什麼，他說外賓看了他的畫沒有稱讚他。我說：「他稱讚了，你聽不懂。」他說他要的是外賓伸出大拇指來。他多天真！

他九十三歲時，國務院給他做壽，拍了電影，他和周恩來總理照了相，他很高興。第二天畫了幾張畫作為答謝的禮物，用紅紙簽署，親自送到幾個有關的人家裡。送我的一張兩尺長的彩色畫，畫的是一筐荔枝和一枝枇杷，這是他送我的第二張畫，上面題：

「艾青先生　齊璜白石九十三歲」，印章「齊大」，另外在下面的一角有一方大的印章「人猶有所憾」。

他原來的潤格，普通的畫每尺四元，我以十元一尺買他的畫，工筆草蟲、山水、人物加倍，每次都請他到飯館吃一頓，然後用車送他回家。他愛吃對蝦，據說最多能吃六隻。他的胃特別強，花生米只一咬成兩瓣，再一咬就往下嚥，他不吸菸，每頓能喝一兩杯白酒。

一天，我收到他給毛主席刻的兩方印子，陰文陽文都是毛澤東（他不知毛主席的號叫潤之）。我把印子請毛主席的祕書轉交。毛主席為報答宴請他一次，由郭沫若作陪。

他所收的門生很多，據說連梅蘭芳也跪著磕過頭，其中最出色的要算李可染。李原在西湖藝術院學畫，素描基礎很好，抗戰期間畫過幾個戰士被日軍釘死在牆上的畫。李在美院當教授，拜白石老人為師。李有一張畫，一頭躺著的水牛，牛背脊梁骨用一筆下來，氣勢很好，一個小孩赤著背，手持鳥籠，籠中小鳥在叫，牛轉過頭來聽叫聲……

白石老人看了一張畫，題了字：

「心思手作不愧乾嘉間以後繼起高手。八十七歲白石甲亥。」印章「白石題跋」。

一天，我去看他，他拿了一張紙條問我：「這是個什麼人哪，詩寫得不壞，出口能成腔。」我接過來一看是柳亞子寫的，詩裡大意說：「你比我大十二歲，應該是我的老師。」我感到很驚奇地說：「你連柳亞子也不認得，他是中央人民政府的委員。」他說：「我兩耳不聞天下事，連這麼個大人物也不知道。」感到有些愧色。

我在給他看門的太監那兒買了一張小橫幅的字，寫著：「家山杏子塢，閑行日將夕。忽忘還家路，依著牛蹄跡。」印章「阿芝」，另一印「吾年八十已矣」。我特別喜歡他的詩，生活氣息濃，有一種樸素的美。早年，有人說他寫的詩是薛蟠體，實在不公平。

我有幾次去看他，都是李可染陪著，這一次聽說他搬到一個女弟子家──是一個起義的將領家。他見到李可染忽然問：「你貴姓？」李可染馬上知道他不高興了，就說：「我最近忙，沒有來看老師。」他轉身對我說：「艾青先生，解放初期，承蒙不棄，以為我是能畫幾筆的……」李可染馬上說：「艾先生最近出國，沒有來看老師。」他才平息了怨怒。他說最近有人從香港來，要他到香港去。我說：「你到香港去幹什麼？那兒許多人是從大陸逃亡的……你到香港，半路上死了怎麼辦？」他說：「香港來人，要了我的親筆寫的潤格，說我可以到香港賣畫。」他不知道有人騙去他的潤格，到香港去賣假畫。

不久，他就搬回跨車胡同十三號了。

我想要他畫一張他沒有畫過的畫，我說：「你給我畫一張冊頁，從來沒有畫過的畫。」他欣然答應，護士安排好了，他走到畫案旁邊畫了一張水墨畫：一隻青蛙往水裡跳的時候，一條後腿被草絆住了，青蛙前面有三個蝌蚪在游動，更顯示青蛙掙不脫去的焦急。他很高興地說：「這個，我從來沒有畫過。」我也很高興。他問我題什麼款，我說：「你就題吧，我是你的學生。」他題：

「青也吾弟　小兄璜　時同在京華　深究畫法　九十三歲時記　齊白石」。

一天，我在倫池齋看見了一本冊頁，冊頁的第一張是白石老人畫的：一個盤子放滿了櫻桃，有五顆落在盤子下面，盤子在一個小木架子上。我想買這張畫。店主人說：「要買就整本買。」我看不上別的畫，光要這一張，他把價抬得高高的，我沒有買；馬上跑到白石老人家，對他說：「我剛才看了倫池齋你畫的櫻桃，真好。」他問：「是怎樣的？」我就把畫給他說了，他馬上說：「我給你畫一張。」他在一張兩尺的琴條上畫起來，但是顏色沒有倫池齋的那麼鮮豔，他說：「西洋紅沒有了。」

畫完了，他寫了兩句詩，字很大：

「若教點上佳人口，言事言情總斷魂。」

他顯然是衰老了，我請他到曲園吃了飯，用車子送他回到跨車胡同，然後跑到倫池齋，把那張冊頁高價買來了。署名「齊白石」，印章「木人」。

後來，我把畫給吳作人看，他說某年展覽會上他見過這張畫，整個展覽會就這張畫最突出。

有一次，他提出要我給他寫傳。我覺得我知道他的事太少，他已經九十多歲，我認識他也不過最近七八年，而且我已經看了他的年譜，就說：「你的年譜不是已經有了嗎？」我說的是胡適、鄧廣銘、黎錦熙三人合寫的，商務印書館出版的《齊白石年譜》。他不作聲。

後來我問別人，他為什麼不滿意他的年譜，據說那本年譜把他的「瞞天過海法」給寫了。一九三七年他七十五歲時，算命的說他流年不利，所以他增加了兩歲。

這之後，我很少去看他，他也越來越不愛說話了。

最後一次我去看他，他已奄奄一息地躺在躺椅上，我上去握住他的手問他：「你還認得我嗎？」他無力地看了我一眼，輕輕地說：「我有一個朋友，名字叫艾青。」他很少說話，我就說：「我會來看你的。」他卻說：「你再來，我已不在了。」他已預感到自己在世之日不會有多久了。想不到這一別就成了永訣——緊接著的一場運動把我送到北大荒。

他逝世時已經九十七歲。實際是九十五歲。

作者簡介

——艾青（1910-1996），原名蔣正涵，號海澄，曾用筆名莪加、克阿、林壁等，浙江金華人。一九二八年考入國立西湖藝術院，一九二九年赴法國習畫。抗戰勝利後歷任陝甘寧邊區參議員、區政府文委委員、華北聯合大學文藝學院副院長、華北人民政府文委委員、《人民文學》主編、中國作家協會副主席、全國人大常委、中國文聯全委等職。一九八五年獲法國文學藝術最高勳章。著有詩集《向太陽》、《火把》、《他死在第二次》、《大堰河》《曠野》、《黎明的通知》、《歸來的歌》；論文集《新文藝論集》、《艾青談詩》等；以及《艾青全集》五卷。

泡茶館

1984

汪曾祺

「泡茶館」是聯大學生特有的語言。本地原來似無此說法，本地人只說「坐茶館」。「泡」是北京話。其含義很難準確地解釋清楚。勉強解釋，只能說是持續長久地沉浸其中，像泡泡菜似的泡在裡面。「泡蘑菇」、「窮泡」，都有長久的意思。北京的學生把北京的「泡」字帶到了昆明，和現實生活結合起來，便創造出一個新的語彙。「泡茶館」，即長時間地在茶館裡坐著。本地的「坐茶館」也含有時間較長的意思。到茶館裡去，首先是坐，其次才是喝茶（雲南叫吃茶）。不過聯大的學生在茶館裡坐的時間往往比本地人長，長得多，故謂之「泡」。

有一個姓陸的同學，是一怪人，曾經徒步旅行半個中國。這人真是一個泡茶館的冠軍。他有一個時期，整天在一家熟識的茶館裡泡著。他的盥洗用具就放在這家茶館裡。一起來就到茶館裡去洗臉刷牙，然後坐下來，泡一碗茶，吃兩個燒餅，看書。一直到中午，起身出去吃午飯。吃了飯，又是一碗茶，直到吃晚飯。晚飯後，又是一碗，直到街上燈火闌珊，才夾著一本很厚的書回宿舍睡覺。

昆明的茶館共分幾類，我不知道。大別起來，只能分為兩類，一類是大茶館，一類是小茶館。

正義路原先有一家很大的茶館，樓上樓下，有幾十張桌子。都是荸薺紫漆的八仙桌，很鮮亮。因為在熱鬧地區，座客常滿，人聲嘈雜。所有的柱子上都貼著一張很醒目的字條：「莫談國事」。

時常進來一個看相的術士，一手捧一個六寸來高的硬紙片，上書該術士的大名（只能叫作大名，因為往往不帶姓，不能叫「姓名」；又不能叫「法名」、「藝名」，因為他並未出家，也不唱戲），一隻手捏著一根紙媒子，在茶桌間繞來繞去，嘴裡唸說著「送看手相不要錢！」「送看手相不要錢」——他手裡這根媒子即是看手相時用來指示手紋的。

這種大茶館有時唱圍鼓。圍鼓即由演員或票友清唱。我很喜歡「圍鼓」這個詞。唱圍鼓的演員、票友好像不是取報酬的。只是一群有同好的閒人聚攏來唱著玩。但茶館卻可借來招攬顧客，所以茶館便於鬧市張貼告條：「某月日圍鼓」。到這樣的茶館裡來一邊聽圍鼓，一邊吃茶，也就叫作「吃圍鼓茶」。「圍鼓」這個詞大概是從四川來的，但昆明的圍鼓似多唱滇劇。我在昆明七年，對滇劇始終沒有入門。只記得不知什麼戲裡有一句唱詞「孤王頭上長青苔」。孤王的頭上如何會長青苔呢？這個設想實在是奇，因此一聽就永不能忘。

我要說的不是那種「大茶館」。這類大茶館我很少涉足，而且有些大茶館，包括正義路那家興隆鼎盛的大茶館，後來大都陸續停閉了。我所說的是聯大附近的茶館。

從西南聯大新校舍出來，有兩條街，鳳翥街和文林街，都不長。這兩條街上至少有不下十家茶館。

從聯大新校舍，往東，折向南，進一座磚砌的小牌樓式的街門，便是鳳翥街。街角右手第一家便是一家茶館。這是一家小茶館，只有三張茶桌，而且大小不等，形狀不一的茶具也是比較粗糙的，隨意畫了幾筆藍花的蓋碗。除了賣茶，簷下掛著大串大串的草鞋和地瓜（即湖南人所謂的涼薯），這也是賣的。張羅茶座的是一個女人。這女人長得很強壯，皮色也頗白淨。她生了好些孩子。身邊常有兩個孩子圍著她轉，手裡還抱著一個孩子。她經常敞著懷，一邊奶著那個早該斷奶的孩子，一邊為客人沖茶。她的丈夫，比她大得多，狀如猿猴，而目光銳利如鷹。他什麼事情也不管，但是每天下午卻捧了一個大碗喝牛奶。這個男人是一頭種畜。這情況使我們頗為不解。這個白皙強壯的婦人，只憑一天賣幾碗茶，賣一點草鞋、地瓜，怎麼能餵飽了這麼多張嘴，還能供應一個懶惰的丈夫每天喝牛奶呢？怪事！中國的婦女似乎有一種天授的驚人的耐力，多大的負擔也壓不垮。

由這家往前走幾步，斜對面，曾經開過一家專門招徠大學生的新式茶館。這家茶館的桌椅都是新打的，塗了黑漆。堂倌繫著白圍裙。賣茶用細白瓷壺，不用蓋碗（昆明茶館賣茶一般都用蓋碗）。除了清茶，還賣沱茶、香片、龍井。本地茶客從門外過，伸頭看看這茶館的局面，再看看裡面坐得滿滿的大學生，就會挪步另走一家了。這家茶館沒有什麼值得一記的事，而且開了不久就關了。聯大學生至今還記得這家茶館是因為隔壁有一家賣花生米的。這家似乎沒有男人，站櫃賣貨是姑嫂兩人，都還年輕，成天塗脂抹粉。尤其是那個小姑子，見人走過，輒作媚笑。聯大學生叫她花生西施。這西施賣花生米是看人行事的。好看的來買，就給得多。難看的給得少。因此我們每次買花生米都推選一個挺拔英俊的「小生」去。

再往前幾步，路東，是一個紹興人開的茶館。這位紹興老闆不知怎麼會跑到昆明來，又不知為什麼在這條小小的鳳翥街上來開一爿茶館。他至今鄉音未改。大概他有一種獨在異鄉為異客的情緒，所以對待從外地來的聯大學生異常親熱。他這茶館裡除了賣清茶，還賣一點芙蓉糕、薩其瑪、月餅、桃酥，都裝在一個玻璃匣子裡。我們有時覺得肚子裡有點缺空而又不到吃飯的時候，便到他這裡一邊喝茶一邊吃兩塊點心。有一個善於吹口琴的姓王的同學經常在紹興人茶館喝茶。他喝茶，可以欠帳。不但喝茶可以欠帳，我們有時想看電影而沒有錢，就由這位口琴專家出面向紹興老闆借一點。紹興老闆每次都是欣然地打開錢櫃，拿出我們需要的數目。我們於是歡欣鼓舞，興高采烈，邁開大步，直奔南屏電影院。

再往前，走過十來家店鋪，便是鳳翥街口，路東路西各有一家茶館。

路東一家較小，很乾淨，茶桌不多。掌櫃的是個瘦瘦的男人，有幾個孩子。掌櫃的事情多，為客人沖茶續水，大都由一個十三四歲的大兒子擔任，我們稱他這個兒子為「主任兒子」。街西那家又髒又亂，地面坑窪不平，一地的菸頭、火柴棍、瓜子皮。茶桌也是七大八小，搖搖晃晃，但是生意卻特別好。從早到晚，人坐得滿滿的。也許是因為風水好。這家茶館正在鳳翥街和龍翔街交接處，門面一邊對著鳳翥街，一邊對著龍翔街，坐在茶館，兩條街上的熱鬧都看得見。到這家吃茶的全部是本地人，本街的閒人、趕馬的「馬鍋頭」、賣柴的、賣菜的。他們都抽葉子菸。要了茶以後，便從懷裡掏出一個菸盒——圓形，皮製的，外面塗著一層黑漆，打開來，揭開覆蓋著的菜葉，拿出剪好的金堂葉子，一支一支地捲起來。茶館的牆壁上張貼、塗抹得亂七八糟。但我卻於西牆上發現了一首詩，一首真正的詩：

記得舊時好，
跟隨爹爹去吃茶。
門前磨螺殼，

巷口弄泥沙。

是用墨筆題寫在牆上的。這使我大為驚異了。這是什麼人寫的呢？

每天下午，有一個盲人到這家茶館來說唱。他打著揚琴，說唱著。照現在的說法，這應是一種曲藝，但這種曲藝該叫什麼名稱，我一直沒有打聽著。我問過「主任兒子」，他說是「唱揚琴的」，我想不是。他唱的是什麼？我有一次特意站下來聽了一會兒，是：

……

良田美地賣了，

高樓大廈拆了，

嬌妻美妾跑了，

狐皮袍子當了……

我想了想，哦，這是一首勸戒鴉片的歌，他這唱的是鴉片煙之為害。這是什麼時候傳下來的呢？說不定是林則徐時代某一憂國之士的作品。但是這個盲人只管唱他的，茶客們似乎都沒有在聽，他們仍然在說話，各人想自己的心事。到了天黑，這個盲人背著揚琴，點著馬桿，踽踽地走回家去。我常常想：他今天能吃飽麼？

進大西門，是文林街，挨著城門口就是一家茶館。這是一家最無趣味的茶館。茶館牆上的鏡框裡裝的是美國電影明星的照片，蓓蒂．黛維絲、奧麗薇．德．哈茀蘭、克拉克．蓋博、泰倫．寶華……除了賣茶，還賣咖啡、可可。這家的特點是：進進出出的除了穿西服和麂皮夾克的比較有錢的男同學外，還有把頭髮捲成一根一根香腸似的女同學。有時到了星期六，還開舞會。茶館的門關了，從裡面傳出〈藍色的多瑙河〉和〈風流寡婦〉舞曲，裡面正在「蹦嚓嚓」。

和這家斜對著的一家，跟這家截然不同。這家茶館除賣茶，還賣煎血腸。這種血腸是犛牛腸子灌的，煎起來一街都聞見一種極其強烈的氣味，說不清是異香還是奇臭。這種西藏食品，那些把頭髮捲成香腸一樣的女同學是絕對不敢問津的。

由這兩家茶館往東，不遠幾步，面南便可折向錢局街。街上有一家老式的茶館，樓上樓下，茶座不少。說這家茶館是「老式」的，是因為茶館備有菸筒，可以租用。一段青竹，旁安一個粗如小指半尺長的竹管，一頭裝一個帶爪的蓮蓬嘴，這便是「菸筒」。在蓮蓬嘴裡裝了菸絲，點以紙媒，把整個嘴埋在筒口內，盡力猛吸，筒內的水咚咚作響，濃煙便直灌肺腑，頓時覺得渾身通泰。吸菸筒要有點工夫，不會吸的吸不出煙來。茶館的菸筒比家用的粗得多，高齊桌面，吸完就靠在桌腿邊，吸時尤需底氣充足。這家茶館門前，有一個小攤，賣酸角（不知什麼樹上結的，形狀有點像皂莢，極酸，入口使人攢眉）、拐棗（也是樹上結的，應該算是果子，狀如雞爪，一疙瘩一疙瘩的，有的地方即叫作雞腳爪，味道很怪，像紅糖，又有點像甘草）和泡梨（糖梨泡在鹽水裡，梨味本是酸甜的，昆明人卻偏於鹽水內泡而食之。泡梨仍有梨香，而梨肉極脆嫩）。過了春節則有人於門前賣葛根。葛根是藥，我過去只在中藥鋪見過，切成四方的棋子塊兒，是已經經過加工的了，原物是什麼樣子，我是在昆明才見到的。這種東西可以當零食來吃，我也是在昆明才知道。一截葛根，粗如手臂，橫放在一塊板上，外包一塊濕布。給很少的錢，賣葛根的便操起有點像北京切涮羊肉的肉片用的那種薄刃長刀，切下薄薄的幾片給你。雪白的。嚼起來有點像乾瓤的生白薯片，而有極重的藥味。據說葛根能清火。聯大的同學大概很少人吃過葛根。我是什麼奇奇怪怪的東西都要買一點嚐一嚐的。

大學二年級那一年，我和兩個外文系的同學經常一早就坐在這家茶館靠窗的一張桌邊，各自看自己的書，有時整整坐一上午，彼此不交語。我這時才開始寫作，我的最初幾篇小說，即是在這家茶館裡寫的。茶館離翠湖很近，從翠湖吹來的風裡，時時帶有水浮蓮的氣味。

回到文林街。文林街中，正對府甬道，後來新開了一家茶館。這家茶館的特點一是賣茶用玻璃杯，不用蓋碗，也不用壺。不賣清茶，賣綠茶和紅茶。紅茶色如玫瑰，綠茶苦如豬膽。第二是茶桌較少，且覆有玻璃桌面。在這樣桌子上打橋牌實在是再適合不過了，因此到這家茶館來喝茶的，大都是來打橋牌的，這茶館實在是一個橋牌俱樂部。聯大打橋牌之風很盛。有一個姓馬的同學每天到這裡打橋牌。解放後，我才知道他是老地下黨員，昆明學生運動的領導人之一。學生運動搞得那樣熱火朝天，他每天都只是很閒在，很熱衷地在打橋牌，誰也看不出他和學生運動有什麼關係。

文林街的東頭，有一家茶館，是一個廣東人開的，字號就叫「廣發茶社」——昆明的茶館我記得字號的只有這一家，原因之一，是我後來住在民強巷，離廣發很近，經常到這家去。原因之二是——經常聚在這家茶館裡的，有幾個助教、研究生和高年級的學生。這些人多多少少有一點玩世不恭。那時聯大同學常組織什麼學會，我們對這些儼乎其然的學會微存嘲諷之意。有一天，廣發的茶友之一說：「咱們這也是一個學會——廣發學會！」這本是一句茶餘的笑話。不料廣發的茶友之一，解放後，在一次運動中被整得不可開交，胡亂交代問題，說他曾參加過「廣發學會」。這就惹下了麻煩。幾次有人專程到北京來外調「廣發學會」問題。被調查的人心裡想笑，又笑不出來，因為來外調的政工人員態度非常嚴肅。廣發茶館代賣廣東點心。所謂廣東點心，其實只是包了不同味道的甜餡的小小的酥餅，面上卻一律貼了幾片香菜葉子，這大概是這一家餅師的特有的手藝。我在別處吃過廣東點心，就沒有見過面上貼有香菜葉子的——至少不是每一塊都貼。

或問：泡茶館對聯大學生有些什麼影響？答曰：第一，可以養其浩然之氣。聯大的學生自然也是賢愚不等，但多數是比較正派的。那是一個汙濁而混亂的時代，學生生活又窮困得近乎潦倒，但是很多人卻能自許清高，鄙視庸俗，並能保持綠意蔥蘢的幽默感，用來對付惡濁和窮困，並不頹喪灰心，這跟泡茶館是有些關係的。第二，茶館出人才。聯大學生上茶館，並不是窮泡，除了瞎聊，大部分時間都是用來讀書的。聯大圖書館座位不多，宿舍裡沒有桌凳，看書多半在茶館裡。聯大同學上茶館很少不夾著一本乃至幾本書的。不少人的論文、讀書報告，都是在茶館寫的。有一年一位姓石的講師的《哲學概論》期終考試，我就是把考卷拿到茶館裡去答好了再交上去的。聯大八年，出了很多人才。研究聯大校史，搞「人才學」，不能不了解了解聯大附近的茶館。第三，泡茶館可以接觸社會。我對各種各樣的人、各種各樣的生活都發生興趣，都想了解了解，跟泡茶館有一定關係。如果我現在還算一個寫小說的人，那麼我這個小說家是在昆明的茶館裡泡出來的。

一九八四年五月十三日

作者簡介

——汪曾祺（1920-1997），出生於江蘇高郵的書香世家，祖父是清末拔貢（選拔貢入國子監的一種生員）兼眼科大夫，父親則擅長金石書畫。如此的家學淵源，讓汪曾祺能書能文，日後更將繪畫裡的留白技法運用到小說創作。一九三九年，沈從文在西南聯大開創作課，汪曾祺是「各體文習作」的學生，其課堂寫作習作經沈從文的修改和推薦，於一九四〇年發表首篇小說，一九四三年畢業後在昆明、上海任中學國文教員和歷史博物館職員。一九四六年起發表〈戴車匠〉、〈復仇〉、〈綠貓〉、〈雞鴨名家〉等短篇小說，引起文壇注目，並於一九四八年出版小說集《邂逅集》。後來他在北京文聯、中國民間文學研究會工作，編輯《北京文藝》和《民間文學》等刊物。一九五八年起遭到下放土改，中斷了創作。一九六二年調北京京劇團（後改北京京劇院）任編劇。一九七九年以後，汪曾祺重新出發，〈黃油烙餅〉引起文壇的極大迴響。一九八〇年發表的〈受戒〉，逸離現實時空，遁入另一種詩化的意境，無論題材、文字與敘述格調，對當時文壇造成很大的震撼，被視為「尋根派」之始祖。

沈從文先生在西南聯大

汪曾祺

沈先生在聯大開過三門課：各體文習作、創作實習和中國小說史。三門課我都選了——各體文習作是中文系二年級必修課，其餘兩門是選修。西南聯大的課程分必修與選修兩種。中文系的語言學概論、文字學概論、文學史（分段）……是必修課，其餘大都是任憑學生自選。詩經、楚辭、莊子、昭明文選、唐詩、宋詩、詞選、散曲、雜劇與傳奇……選什麼，選哪位教授的課都成。但要湊夠一定的學分（這叫「學分制」）。一學期我只選兩門課，那不行。自由，也不能自由到這種地步。

創作能不能教？這是一個世界性的爭論問題。很多人認為創作不能教。我們當時的系主任羅常培先生就說過：大學是不培養作家的，作家是社會培養的。這話有道理。沈先生自己就沒有上過什麼大學。他教的學生後來成為作家的，也極少。但是也不是絕對不能教。沈先生的學生現在能算是作家的，也還有那麼幾個。問題是由什麼樣的人來教，用什麼方法教。現在的大學裡很少開創作課的，原因是找不到合適的人來教。偶爾有大學開這門課的，收效甚微，原因是教得不甚得法。

教創作靠「講」不成。如果在課堂上講魯迅先生所譏笑的「小說作法」之類，講如何作人物肖像，如何描寫環境，如何結構，結構有幾種——攢珠式的、橘瓣式的……那是要誤人子弟的。教創作主要是讓學生自己「寫」。沈先生把他的課叫作「習作」、「實習」，很能說明問題。如果要講，那「講」要在「寫」之後。就學生的作業，講他的得失。教授先講一套，放學生照貓畫虎，那是行不通的。

沈先生是不贊成命題作文的，學生想寫什麼就寫什麼。但有時在課堂上也出兩個題目。沈先生出的題目都非常具體。我記得他曾給我的上一班同學出過一個題目：「我們的小庭院有什麼」，有幾個同學就這個題目寫了相當不錯的散文，都發表了。他給比我低一班的同學曾出過一個題目：「記一間屋子裡的空氣」！我的那一班出過些什麼題目，我倒不記得了。沈先生為什麼出這樣的題目？他認為：先得學會車零件，然後才能學組裝。我覺得先做一些這樣的片段的習作，是有好處的，這可以鍛鍊基本功。現在有些青年文學愛好者，往往一上來就寫大作品，篇幅很長，而功力不夠，原因就在零件車得少了。

沈先生的講課，可以說是毫無系統。前已說過，他大都是看了學生的作業，就這些作業講一些問題。他是經過一番思考的，但並不去翻閱很多參考書。沈先生讀很多書，但從不引經據典，他總是憑自己的直覺說話，從來不說阿里斯多德怎麼說、福樓拜怎麼說、托爾斯泰怎麼說、高爾基怎麼說。他的湘西口音很重，聲音又低，有些學生聽了一堂課，往往覺得不知道聽了一些什麼。沈先生的講課是非常謙抑，非常自制的。他不用手勢，沒有任何舞臺道白式的腔調，沒有一點譁眾取寵的江湖氣。他講得很誠懇，甚至很天真。但是你要是真正聽「懂」了他的話——聽「懂」了他的話裡並未發揮罄盡的餘意，你是會受益匪淺，而且會終生受用的。聽沈先生的課，要像孔子的學生聽孔子講話一樣：「舉一隅而三隅反」。

沈先生講課時所說的話我幾乎全都忘了（我這人從來不記筆記）！我們有一個同學把聞一多先

生講唐詩課的筆記記得極詳細，現已整理出版，書名就叫《聞一多論唐詩》，很有學術價值，就是不知道他把聞先生講唐詩時的「神氣」記下來了沒有。我如果把沈先生講課時的精闢見解記下來，也可以成為一本《沈從文論創作》。可惜我不是這樣的有心人。

沈先生關於我的習作講過的話我只記得一點了，是關於人物對話的。我寫了一篇小說（內容早已忘記乾淨），有許多對話。我竭力把對話寫得美一點，有詩意，有哲理。沈先生說：「你這不是對話，是兩個聰明腦殼打架！」從此我知道對話就是人物所說的普普通通的話，要盡量寫得樸素。不要哲理，不要詩意。這樣才真實。

沈先生經常說的一句話是：「要貼到人物來寫。」很多同學不懂他的這句話是什麼意思。我以為這是小說學的精髓。據我的理解，沈先生這句極其簡略的話包含這樣幾層意思：小說裡，人物是主要的，主導的；其餘部分都是派生的，次要的。環境描寫、作者的主觀抒情、議論，都只能附著於人物，不能和人物游離，作者要和人物同呼吸、共哀樂。作者的心要隨時緊貼著人物。什麼時候作者的心「貼」不住人物，筆下就會浮、泛、飄、滑，花裡胡哨，故弄玄虛，失去了誠意。而且，作者的敘述語言要和人物相協調。寫農民，敘述語言要接近農民；寫市民，敘述語言要近似市民。小說要避免「學生腔」。

我以為沈先生這些話是浸透了淳樸的現實主義精神的。

沈先生教寫作，寫的比說的多，他常常在學生的作業後面寫很長的讀後感，有時會比原作還長。這些讀後感有時評析本文得失，也有時從這篇習作說開去，談及有關創作的問題，見解精到，文筆講究——一個作家應該不論寫什麼都寫得講究。這些讀後感也都沒有保存下來，否則是會比

《廢郵存底》還有看頭的。可惜！

沈先生教創作還有一種方法，我以為是行之有效的，學生寫了一個作品，他除了寫很長的讀後感之外，還會介紹你看一些與你這個作品寫法相近似的中外名家的作品。記得我寫過一篇不成熟的小說〈燈下〉，記一個店鋪裡上燈以後各色人的活動，無主要人物、主要情節，散散漫漫。沈先生就介紹我看了幾篇這樣的作品，包括他自己寫的〈腐爛〉。學生看看別人是怎樣寫的，自己是怎樣寫的，對比借鑒，是會有長進的。這些書都是沈先生找來，帶給學生的。因此他每次上課，走進教室裡時總要夾著一大摞書。

沈先生就是這樣教創作的。我不知道還有沒有別的更好的方法教創作。我希望現在的大學裡教創作的老師能用沈先生的方法試一試。

學生習作寫得較好的，沈先生就做主寄到相熟的報刊上發表。這對學生是很大的鼓勵。多年以來，沈先生就幹著給別人的作品找地方發表這種事。經他的手介紹出去的稿子，可以說是不計其數了。我在一九四六年前寫的作品，幾乎全都是沈先生寄出去的。他這輩子為別人寄稿子用去的郵費也是一個相當可觀的數目了。為了防止超重太多，節省郵費，他大都把原稿的紙邊裁去，只剩下紙芯。這當然不大好看。但是抗戰時期，百物昂貴，不能不打這點小算盤。

沈先生教書，但願學生省點事，不怕自己麻煩。他講「中國小說史」，有些資料不易找到，他就自己抄，用奪金標毛筆，筷子頭大的小行書抄在雲南竹紙上。這種竹紙高一尺，長四尺，並不裁斷，抄得了，捲成一卷。上課時分發給學生。他上創作課夾了一摞書，上小說史時就夾了好些紙卷。沈先生做事，都是這樣，一切自己動手，細心耐煩。他自己說他這種方式是「手工業方式」。

他寫了那麼多作品，後來又寫了很多大部頭關於文物的著作，都是用這種手工業方式搞出來的。

沈先生對學生的影響，課外比課堂上要大得多。他後來為了躲避日本飛機空襲，全家移住到呈貢桃園新村，每星期上課，進城住兩天。文林街二十號聯大教職員宿舍有他一間屋子。他一進城，宿舍裡幾乎從早到晚都有客人。客人多半是同事和學生，客人來，大都是來借書，求字，看沈先生收到的寶貝，談天。

沈先生有很多書，但他不是「藏書家」，他的書，除了自己看，也是借給人看的。聯大文學院的同學，多數手裡都有一兩本沈先生的書，扉頁上用淡墨簽了「上官碧」的名字。誰借了什麼書，什麼時候借的，沈先生是從來不記得的。直到聯大「復員」，有些同學的行裝裡還帶著沈先生的書，這些書也就隨之而漂流到四面八方了。沈先生書多，而且很雜，除了一般的四部書、中國現代文學、外國文學的譯本、社會學、人類學、黑格爾的《小邏輯》、佛洛伊德、亨利·詹姆斯、道教史、陶瓷史、《髹飾錄》、《糖霜譜》……兼收並蓄，五花八門。這些書，沈先生大都認真讀過。沈先生稱自己的學問為「雜知識」。一個作家讀書，是應該雜一點的。沈先生讀過的書，往往在書後寫兩行題記。有的是記一個日期，那天天氣如何，也有時發一點感慨。有一本書的後面寫道：「某月某日，見一大胖女人從橋上過，心中十分難過。」這兩句話我一直記得，可是一直不知道是什麼意思。大胖女人為什麼使沈先生十分難過呢？

沈先生對打撲克簡直是痛恨。他認為這樣地消耗時間，是不可原諒的。他曾隨幾位作家到井岡山住了幾天。這幾位作家成天在賓館裡打撲克，沈先生說起來就很氣憤：「在這種地方打撲克！」沈先生小小年紀就學會擲骰子，各種賭術他也都明白，但他後來不玩這些。沈先生的娛樂，除了看看電影，就是寫字。他寫章草，筆稍偃側，起筆不用隸法，收筆稍尖，自成一格。他喜歡寫窄長的直幅，紙長四尺，闊只三寸。他寫字不擇紙筆，常用糊窗的高麗紙。他說：「我的字值三分錢！」從前要求他寫字的，他幾乎有求必應。近年有病，不能握管，沈先生的字變得很珍貴了。

沈先生後來不寫小說，搞文物研究了，國外、國內，很多人都覺得很奇怪。熟悉沈先生的歷史的人，覺得並不奇怪。沈先生年輕時就對文物有極其濃厚的興趣。他對陶瓷的研究甚深，後來又對絲綢、刺繡、木雕、漆器……都有廣博的知識。沈先生研究的文物基本上是手工藝製品。他從這些工藝品看到的是勞動者的創造性。他為這些優美的造型、不可思議的色彩、神奇精巧的技藝發出的驚歎，是對人的驚歎。他熱愛的不是物，而是人，他對一件工藝品的孩子氣的天真激情，使人感動。我曾戲稱他搞的文物研究是「抒情考古學」。他八十歲生日，我曾寫過一首詩送給他，中有一聯：「玩物從來非喪志，著書老去為抒情」，是記實。他有一陣在昆明收集了很多耿馬漆盒。這種黑紅兩色刮花的圓形緬漆盒，昆明多的是，而且很便宜。沈先生一進城就到處逛地攤，選買這種漆盒。他屋裡裝甜食點心、裝文具郵票……都是這種盒子。有一次買得一個直徑一尺五寸的大漆盒，一再撫摩，說：「這可以作一期《紅黑》雜誌的封面！」他買到的緬漆盒，除了自用，大多數都送人了。有一回，他不知從哪裡弄到很多土家族的桃花布，擺得一屋子，這間宿舍成了一個展覽室。來看的人很多，沈先生於是很快樂。這些挑花圖案天真稚氣而秀雅生動，確實很美。

沈先生不長於講課，而善於談天。談天的範圍很廣，時局、物價……談得較多的是風景和人物。他幾次談及玉龍雪山的杜鵑花有多大，某處高山絕頂上有一戶人家——就是這樣一戶！他談某一位老先生養了二十隻貓。談一位研究東方哲學的先生跑警報時帶了一隻小皮箱，皮箱裡沒有金銀財寶，裝的是一個聰明女人寫給他的信。談徐志摩上課時帶了一個很大的煙臺蘋果，一邊吃，一邊講，還說：「中國東西並不都比外國的差，煙臺蘋果就很好！」談梁思成在一座塔上測繪內部結構，差一點從塔上掉下去。談林徽因發著高燒，還躺在客廳裡和客人談文藝。他談得最多的大概是金岳霖。金先生終生未娶，長期獨身。他養了一隻大鬥雞。這雞能把脖子伸到桌上來，和金先生一起吃飯。他到處搜羅大石榴、大梨。買到大的，就拿去和同事的孩子的比，比輸了，就把大梨、大石榴送給小朋友，他再去買！……沈先生談及的這些人有共同特點。一是都對工作、對學問熱愛到了癡迷的程度；二是為人天真到像一個孩子，對生活充滿興趣，不管在什麼環境下永遠不消沉沮喪，無機心、少俗慮。這些人的氣質也正是沈先生的氣質。「聞多素心人，樂與數晨夕」，沈先生談及熟朋友時總是很有感情的。

文林街文林堂旁邊有一條小巷，大概叫作金雞巷，巷裡的小院中有一座小樓。樓上住著聯大的同學：王樹藏、陳蘊珍（蕭珊）、施載宣（蕭荻）、劉北汜。當中有個小客廳。這小客廳常有熟同學來喝茶聊天，成了一個小小的沙龍。沈先生常來坐坐。有時還把他的朋友也拉來和大家談談。老舍先生從重慶過昆明時，沈先生曾拉他來談過「小說和戲劇」。金岳霖先生也來過，談的題目是「小說和哲學」。金先生是搞哲學的，主要是搞邏輯的，但是讀很多小說，從普魯斯特到《江湖奇俠傳》。「小說和哲學」這題目是沈先生給他出的。不料金先生講了半天，結論卻是：小說和哲學沒有關係。他說《紅樓夢》裡的哲學也不是哲學。他談到興濃處，忽然停下來，說：「對不起，我這裡有個小動物！」說著把右手從後脖領伸進去，捉出了一隻跳蚤，甚為得意。我們問金先生為什麼搞邏輯，金先生說：「我覺得它很好玩」！

沈先生在生活上極不講究。他進城沒有正經吃過飯，大都是在文林街二十號對面一家小米線鋪吃一碗米線。有時加一個西紅柿，打一個雞蛋。有一次我和他上街閒逛，到玉溪街，他在一個米線攤上要了一盤涼雞，還到附近茶館裡借了一個蓋碗，打了一碗酒。他用蓋碗蓋子喝了一點，其餘的都叫我一個人喝了。

沈先生在西南聯大是一九三八年到一九四六年。一晃，四十多年了！

一九八六年一月二日上午

作者簡介

——汪曾祺（1920-1997），詳見本書頁三一二。

1987 壺中日月長

陸文夫

我小時候便能飲酒，所謂小時候大約是十二三歲，這事恐怕也是環境造成的。

我的故鄉是江蘇省的泰興縣，解放之前，故鄉算得上是個酒鄉。泰興盛產豬和酒，名聞長江下游。杜康釀酒其意在酒，故鄉的農民釀酒，意不在酒而在豬。此意雖欠高雅，卻也十分重大。酒糟是上好的發酵飼料，可以養豬，養豬可以聚肥，肥多糧多，可望豐收。糧——豬——肥——糧，形成一種良性循環，循環之中又分離出令人陶醉的酒。

在故鄉，在種旱穀的地方，每個村莊上都有一二酒坊。這種酒坊不是常年生產，而是一年一次。冬天是淌酒的季節，平日冷落破敗的酒坊便熱鬧起來，火光熊熊，煙霧繚繞，熱氣騰騰，成為人們的聚會之處，成了孩子們的樂園。大人們可大模大樣地品酒，孩子們沒有資格，便捧著小手到淌酒口偷飲幾許。那酒稱之為原泡，微溫、醇和，孩子們醉倒在酒缸邊上的事兒常有。我當然也是其中的一個，只是沒有醉倒過。

孩子們還偷酒喝，大人們嗜酒那就更不待說。凡有婚喪喜慶，便要開懷暢飲，文雅一點的用酒杯，一般的農家都用飯碗，酒壇子放在桌子的邊上，內中插著一個竹製的長柄酒端。

十二三歲的時候，我的一位表姊結婚，三朝回門，娘家置酒會新親。這是個鬧酒的機會，娘家和婆家都要在親戚中派幾個酒鬼出席，千方百計地要把對方灌醉，那陣勢就像民間的武術比賽。我有幸躬逢盛宴，目睹這一場比賽進行得如火如荼，目看娘家人紛紛敗下陣來時，便按捺不住，跳將出來，與對方的酒鬼連乾了三大杯，居然面不改色，熬到終席。下席以後，雖然酣睡了三小時，但這並不為敗，更不為醜，鄉間的人只反對武醉，不反對文醉。所謂武醉，便是喝了酒以後罵人、打架、摔物件、打老婆；所謂文醉便是睡覺，不管你是睡在草堆旁、河坎邊，抑或是睡在灰堆上，鬧個大花臉。我能和酒鬼較量，而且是文醉，因而便成為美談：某某人家的兒子是會喝酒的。

我的父親不禁止我喝酒，但也不贊成我喝酒，他教導我說，一個人要想在社會上做點事情，需有四戒：戒煙（鴉片煙）、戒賭、戒嫖、戒酒。四者湎其一，定無出息。我小時候總想有點出息，所以再也不喝酒了。參加工作以後逢場作戲，偶爾也喝它幾斤黃酒，但平時是絕不喝酒的。

不期到了二十九歲，又躬逢反右派鬥爭，批判、檢查，惶惶不可終日。我不知道與世長辭是個什麼味道，卻深深體會世界離我而去是個什麼滋味。一九五七年的國慶節不能回家，大街上充滿了節日的氣氛，斗室裡卻死一般的沉寂，一時間百感交集，算啦，反正也沒有什麼出息了，不如買點酒來喝喝吧。從此便一發不可收拾……

小時候喝酒是鬧著玩兒的，這時候喝酒卻應了古語，是為了澆愁。借酒澆愁愁更愁，這話也不盡然，要不然，那又何必去澆它呢？借酒澆愁愁將息，痛飲小醉，淚兩行，長嘆息，昏昏然，茫茫然，往事如煙，飄忽不定，若隱若現，世間事人負我，我負人，何必何必！這時間三杯兩盞六十四度，卻也能敵那晚來風急。設若與二三知己對飲，酒入愁腸便頓生豪情，口出狂言，倒楣的事情都忘了，檢討過的事情也不認帳了：「我錯呀，那時候……」剩下的都是正確的，受騙的，不得已的。略有幾分酒意之後，倒楣的事情索性不提了，最倒楣的人也有最得意的時候，包括長得帥、跑得快、會寫文章、能飲五斤黃酒之類。喝得糊裡糊塗的時候便競相比賽狂言了，似乎每個人都能幹出一番偉大的事業。不過，這時候得注意有不糊塗的人在座，在鄰座，在門外的天井裡，否則，到了下一次揭發批判時，這杯苦酒你吃不了也得兜著走。

一個人也沒有那麼多的愁要解，問君能有幾多愁，恰似一江春水向東流。愁多得恰似一江春水，那也就見愁不愁，任其自流了。飲酒到了第二階段，我是為了解乏的。一九五八年大躍進，我下放在一爿機床裡做車工，連著幾個月打夜班，動輒三天兩夜不睡覺，那時候也顧不上什麼愁了，最高的要求是睡覺。特別是冬天，到了曙色萌動之際，混身虛脫，像浸在水裡，那車床在自行，個把小時之內用不著動手，人站著，眼皮上像墜著石頭，腳下的土地在往下沉，沉……突然一嚇，驚醒過來，然後再沉，沉……我的天啊，這時候我才知道，什麼叫瞌覺如山倒。此時如果有人高喊八級地震來了！我的第一反應便是：你別嚷嚷，讓我睡一會。

別叫苦，酒來了！乘午夜吃夜餐的時候，我買一瓶二兩五的糧食白酒藏在口袋裡，躲在食堂的角落裡喝。夜餐是一碗麵條，沒有菜，吃一口麵條喝一口酒；有時候，為了加快速度，不引人注意，便把酒倒在麵條裡，呼呼啦，把吃喝混為一體。這時候倒不大同情孔乙己了，反生了些許羨慕之意。那位老前輩雖然被人家打斷了腿，卻也能在櫃檯前慢慢地飲酒，還有一碟「多乎哉不多也」的茴香豆。

喝了酒以後再進車間，便添了幾分精神，而且渾身暖和，雖然有點暈暈乎乎，但此種暈乎是酒意而非睡意，眼睛有點朦朧，但是眼皮上沒有繫石頭，耳朵特別尖靈，聽得出車床的響聲，聽得出走刀行到哪裡。二兩五白酒能熬過漫漫長夜，迎來晨光曦微。蘇州人稱二兩五一瓶的白酒叫小炮仗，多謝小炮仗，轟然一響，才使我沒有倒在車床的邊上。

酒能驅眠，也能催眠，這叫化進化出，看你用在何時何地，每個能飲的人都能無師自通，靈活運用。一九六四年我又入了另冊，到南京附近的江陵縣李家生產隊去勞動，那次勞動是貨真價實，見天便挑河泥，七八十斤的擔子壓在肩上，爬河坎，走田埂歪歪斜斜，搖搖欲墜，每一趟都覺得再也跑不到頭了，一定會倒下了，結果卻又死背活纏地到了泥塘邊。有時候還想背幾句詩詞來代替那單調的號子，增加點精神刺激，可惜什麼詩句都沒描繪過此種情景，只有一個詞牌比較相近，〈如夢令〉，因為此時已經神體分離，像患了夢遊症似的。晚飯以後應該早早上床了吧，不行，挑擔子只能勞其筋骨，卻不動腦筋，停下來以後雖然渾身痠痛，頭腦卻十分清醒，爬上床去會輾轉反側，百感叢生。這時候需要用酒來化進。乘天色昏暗，到小鎮上去敲開店門，妙哉！居然還有兔肉可買。那時間正在「四清」，實行「三同」，不許吃肉。隨它去吧，暫且向魯智深學習，花和尚也是革命的。急買白酒半斤，兔肉四兩，酒瓶握在手裡，兔肉放在口袋裡，匆匆忙忙地向回趕，必須在不到二里的行程中把酒喝完，把肉啖盡。好在天色已經大黑，路無行人，遠近的村莊上傳來狗吠三聲兩聲。仰頭，引頸，豎瓶，見滿天星斗，時有流星；低頭啖肉看路，聞草蟲唧唧，或有蛙聲。雖無明月可邀，卻有天地作陪，萬幸，萬幸。我算得十分精確，到了村口的小河邊，正好酒空肉盡，然後把空酒瓶灌滿水，沉入河底，不留蛛絲馬跡。這下子可以入化了，夢裡不知身是客，一夜沉睡到天明。

飲酒到了第三階段，便會產生混合效應，全方位，多功能：解憂，助興，驅眠，催眠，解乏，無所不在，無所不能。今日天氣大好，久雨放晴，草塘水滿，彩蝶紛紛，如此良辰美景，豈能無酒？今日陰雲四合，風急雨冷，夜來獨伴孤燈，無酒難到天明。有朋自遠方來，喜出望外，痛飲；無人登門，孑然一身，該飲；今日家中菜好，無酒枉對佳餚；今日無啥可吃，菜不夠，酒來湊，君子在酒不在菜也……嗚呼，此時飲酒實際上已經不是為了什麼，就是為了飲酒。十年動亂期間，全家下放到黃海之濱，現在想起來，一切艱難困苦都已經淡泊了，留下的卻是有關飲酒的回憶。那是個荒誕的時代，喝酒的年頭，成千的幹部下放在一個縣裡，造茅屋，種自留地，養老母雞，天高皇帝遠，無人收管。突然之間湧現出大批酒徒，連最規正、最嚴謹、菸酒不入的鐵甲衛士也在小酒店裡喝得面紅耳赤，揚長過市。我想，他們正在走著我曾經走過的路：「算啦，不如買點酒來喝喝吧。」一路途雖有不同，心情卻大體相似。我混在如此之多的故交新知之中，簡直是如魚得水。以前飲酒不敢張揚，被認為是一種墮落不軌的行為，此時飲酒則為豪放豁達，快樂的遊戲。三五酒友相約，今日到你家，明日到他家，不畏道路崎嶇，拎著自行車可以從獨木橋上走過去；不怕大河攔阻，脫下衣服頂在頭上泅向彼岸。喝醉了，倒在黃沙公路上，仰天而臥，路人圍觀，居然想出詩句來了：「醉臥沙場君莫笑，古來征戰幾人回！」一那時最大的遺憾是買不到酒，特別是好酒，為買酒曾經和店家吵過架，曾經擠掉棉襖上的三粒鈕扣。有糧食白酒已經不錯了，常喝的是那種地瓜乾釀造的劣酒，俗名大頭昏，一喝頭就昏。偶爾喝到一瓶優質雙溝，以玉液瓊漿視之，半斤下肚，神采飛揚，頭不昏，腳不浮，口不渴，杜康釀的酒誰也沒有喝過，大概也和雙溝差不多。

喝到一舉粉碎「四人幫」，那真是驚天動地的，高潮迭起。中國人在一周之間幾乎把所有的酒都喝得光光的。我痛飲一月，拔筆為文，重操舊業，要寫小說了。照理說，從今以後應當戒酒，才能有點出息。遲了，酒入膏肓，迷途難返，這半生顛沛流離，榮辱沉浮，都不曾離開過酒，沒有菜時，可以把酒倒進麵碗，沒有好酒時，照樣把大頭昏喝下去，今日躬逢盛宴，美酒佳餚當前，不喝有礙人情，有違天理，喝下去吧，你還等什麼呢？

喝不下去了！樽中有美酒，壺中無日月，時限快到了。從一九五七年喝到一九八七年，從二十九歲喝到五十九歲，整整三十年的歲月從壺中漏掉了，酒量和年齡是成反比的，二兩五白酒下肚，那嘴巴和腳步便有點守不住。特別是到老朋友家去小酌，臨出門時家人千叮萬囑，好像我要去赴湯蹈火。連四歲的小外孫女也站在門口牙牙學語：「爺爺你早點回來，少喝點老酒。」「爺爺知道，少喝，一定少喝。」無奈兩杯下肚，豪情復發：「咄，這點兒酒算得了什麼，想當年……」當年可想而不可返，豪情依然在，體力不能支，結果是踉踉蹌蹌地搖回來，不知昨夜身置何處。最傷心的是常有訃告飛來：某某老酒友前日痛飲，昨夜溘然仙逝。不是死於心臟病，便是死於腦溢血，禍起於酒。此種前車之鑑，近三年來每年都有一兩次。四周險象叢生，在家庭中造成一種恐怖氣氛，看見我喝酒就像看見我喝敵敵畏差不多。兒女情長，英雄氣短，酒可解憂，到頭來卻又造成了憂愁，人間事總要向反方向逆轉。醫生向我出示黃牌了：「你要命還是要酒？」「我……」我想，不要命也不行，還有小說沒有寫完；不要酒也不行，活著也少了點情趣，答曰：「我要命也要酒。」「不行，魚和熊掌不可得兼，二者必須取其一。」「且慢，這樣吧，我們來點中庸之道。酒，少喝點；命，少要點。如果能活到八十歲的話，七十五就行了，那五年反正也寫不了小說，不如拿來換酒喝。」醫生笑了：「果真如此，或可兩全，從今以後白酒不得超過一兩五，黃酒不得超過三兩，啤酒算作飲料，但也不能把一瓶都喝下去。」我立即舉手贊成，多謝醫生關照。

第三天碰到一位多年不見的酒友，卻又喝得昏昏糊糊，記不清喝了多少，大……大概是超過了一兩五。

一九八七年十月十日

作者簡介

——陸文夫（1928-2005），詳見本書頁二三九。

華文散文百年選・中國大陸卷 1

國家圖書館出版品預行編目（CIP）資料

華文散文百年選，中國大陸卷 . 1 / 陳大為，鍾怡雯主編 . -- 初版 .
-- 臺北市 : 九歌，2019.10
面； 公分 . -- (華文文學百年選 ; 13)
ISBN 978-986-450-259-2 (平裝)
855 108014857

主 編——陳大為、鍾怡雯
執行編輯——杜秀卿
創 辦 人——蔡文甫
發 行 人——蔡澤玉
出 版——九歌出版社有限公司
臺北市 105 八德路 3 段 12 巷 57 弄 40 號
電話／02-25776564・傳真／02-25789205
郵政劃撥／0112295-1

九歌文學網 www.chiuko.com.tw

印 刷——晨捷印製股份有限公司
法律顧問——龍躍天律師 ・ 蕭雄淋律師 ・ 董安丹律師
初 版——2019 年 10 月
定 價——380 元
書 號——0109413
I S B N——978-986-450-259-2